Werner Filmer / Wolfgang Klein

Johannes Rau

Werner Filmer / Wolfgang Klein

JOHANNES RAU

Der Bundespräsident

Gustav Lübbe Verlag

Lektorat: Heike Rosbach, Nürnberg
Umschlaggestaltung: DYADEsign Atelier für Werbung,
Düsseldorf, unter Verwendung eines Fotos von Vario-Press,
Ulrich Baumgarten Photoagentur, Bonn
Satz: Dörlemann Satz, Lemförde
Gesetzt aus der Goudy Old Style von Berthold
Druck und Einband: Friedrich Pustet, Regensburg

Printed in Germany
ISBN 3-7857-0997-8

5 4 3 2 1

Sie finden die Verlagsgruppe Lübbe im Internet unter:
http://www.luebbe.de

Inhalt

Vorwort

Sein Harmoniestreben und seine Integrationskraft werden in Deutschland hoch geschätzt. Johannes Rau hat weitreichende politische Verdienste. Er war ein äußerst beliebter Landesvater, sogar ein gefragter sozialdemokratischer Kanzlerkandidat. Inzwischen entwickelte er sich zur Vaterfigur seiner Partei. Zum Patriarchen. Oft bemühte er sich, festgefahrene Karren aus dem Dreck zu fahren. Jetzt steht er vor seiner letzten außerordentlichen Herausforderung. Er muß zeigen, wieviel Kraft er noch besitzt, um sein Motto umsetzen zu können: Versöhnen statt spalten.

Viele Parteigenossen glaubten, als er im November 1998 nominiert wurde, daß der Ministerpräsident a.D. den Höhepunkt seines politischen Schaffens längst überschritten habe. Eigentlich bestand wenig Lust auf Rau. »Verdient, aber verbraucht«, hieß es. Ein Ostdeutscher als neuer Bundespräsident wäre gut gewesen, sagten Parteifreunde. Andere meinten, er sei halt dran gewesen. Seine Vergangenheit habe vergoldet werden müssen. Zumal der mächtige nordrhein-westfälische Kurfürst Wolfgang Clement seinem Ziehvater versprochen hatte, sich für ihn einzusetzen. Auch deshalb wurde Johannes Rau nach einem zweiten Anlauf Bundespräsident. 1994 war er im dritten Wahlgang gegen Roman Herzog gescheitert. 1999 erreichte er das Traumziel.

Frauen in der SPD hätten lieber eine Frau im höchsten Amt gesehen, das die Bundesrepublik zu vergeben hat. Immerhin sind mehr als die Hälfte der Bevölkerung in Deutschland Frauen. Respektable Kandidatinnen gab es genug. Jutta Limbach beispielsweise, die oberste Hüterin der Verfassung. Doch auch die nicht auf den Mund gefallene, beherzte Klare aus dem Norden, Heide Simonis. Allerdings standen die Spitzen der SPD im Wort. Und das Wort band sie an Bruder Johannes, der wenigstens fünf Jahre seines Lebens im Schloß Bellevue repräsentieren wird. Die politische Macht lag bei den Männern. Ihr Netzwerk funktionierte besser. Die Frauen hatten das Nachsehen.

Wer ist dieser Mann, der nicht nur im Ruhrpott und in den bergischen Wäldern verehrt wird? Was hat den Sohn eines Predigers geprägt? Wie glaubhaft sind Positionen und Person des achtundsechzigjährigen Politikers aus Nordrhein-Westfalen? Wie wichtig könnte er für die Berliner Republik werden, für die innere Einheit Deutschlands, die noch aussteht? Denn ein Riß zieht sich durch die vereinigte Republik, der seine Amtszeit prägen wird: Die Gefühle der Deutschen sind gespalten.

Verkörpert Rau politische Zuversicht und Toleranz? Was wird er zum Zusammenwachsen der Nation beitragen können? Was bedeutet er für dieses Land an der Schwelle zum einundzwanzigsten Jahrhundert? Wie ist seine Symbolkraft einzuschätzen? Was vor allem möchte er erreichen? Beispielsweise bei der Integration ausländischer Mitbürger? Welche Zeichen wird er setzen?

Er sei wie kein anderer geeignet, Menschen zusammenzuführen, sagte der damalige SPD-Chef Oskar Lafontaine. Rau besitze die Gabe, Verständnis für andere zu wecken, Trennendes zu überwinden und die Menschen einander näherzubringen, schrieben namhafte Autoren wie Günter Grass, Walter Jens, Carola Stern in einem »Brief an Johannes Rau« Ende 1998. Ein solcher Bundespräsident werde helfen, die Entfremdung zwischen Ost- und Westdeutschen abzubauen.

Inzwischen haben sich nach dem Bonner Machtwechsel die neuen Kräfte formiert. Schlappen und Abgänge mußten hingenommen, Identitätsverluste, Turbulenzen und Parteikrisen überstanden werden. Offene Wunden blieben nach dem Rücktritt Lafontaines. Nie startete eine deutsche Regierungskoalition ähnlich chaotisch. Zusätzlich sorgte der Kosovo-Konflikt mit dem umstrittenen Angriff der NATO und dem ersten Kampfeinsatz deutscher Soldaten für politischen Zündstoff. Mühsam justierte jeder sein Verhältnis zur Macht neu, zu politischen Imperativen und humanitären Verpflichtungen, seine Einstellung zu angeblich unverbrauchten Köpfen. Wie unverbraucht aber geht es im Kopf des Altvaters Rau zu? Ist er für seine Partei, für die Bundesrepublik Deutschland mehr als ein bibelfester Grüßonkel?

Werner Filmer und Wolfgang Klein

1.

Johannes Rau – wie er leibt und lebt

Ein Fundamentalsozialist war er nie. Eher ein sozialer Demokrat, ein überzeugter Christ, ein Gefühlssozialist ohne Stallgeruch, ohne Schwielen an den Händen, ohne proletarisches Gehabe. Wenn er redet oder mit anderen Menschen spricht, verwendet er gern vertraute Bilder: Szenen aus dem Alten und Neuen Testament. Bibelzitate. Gelegentlich umweht ihn der Hauch eines pastoralen Seminars. Er kennt sich aus in dieser Welt: »Teneo, quia teneor« – Ich halte stand, weil ich gehalten werde, ist sein Wahlspruch.

Volksnähe ist ihm wichtig. Humor. Fröhlichkeit. Popularität. Anerkennung. Er will verstanden werden. Hin und wieder ist ihm die alte pietistische Zerrissenheit seiner Heimat anzumerken. Auch emphatische Zuversicht. Sogar knorrige Widerborstigkeit O du, mein bergisches Land! Manchmal glaubt man, die Dickköpfigkeit des jungen Engels begreifen zu können, der Marx gegen den Willen seiner Barmer Familie begleitete, unterstützte und finanzierte. Wie gesagt, wenn man Rau betrachtet: seinen Glauben und seine Herkunft, seine Stammtischkumpanei und sein Harmoniebedürfnis, seinen Ehrgeiz und sein Zähneknirschen, seine Wünsche und seine Verbindungen, seine Leitsätze und sein Alter. »Das Alter eines Bundespräsidenten oder eines Menschen«, meint er, »sagt nichts über seine Fähigkeiten, auch nichts über seine Chance, Menschen zu erreichen.«

Bruder Johannes nannten ihn Spötter und Kritiker, wenn sie sein Zaudern und Zagen betrachteten, seinen altfränkischen Stil, seine Art, sich ins Szene zu setzen; doch auch seine gelegentlich selbstverliebt wirkende Menschenfreundlichkeit; sein verfeinertes, auf ihn zugeschnittenes Instrumentarium, um Macht durchzusetzen und auszuüben.

Johannes Rau erfuhr vielfältige Prägungen. Als Autodidakt las er sich klug. Oft bekannte er, wie sehr Bücher sein Schicksal bestimmt haben. Doch er blieb auch bekennender Christ und versuchte seinen Glauben zu leben. Nicht so bedingungslos und missionarisch, wie das sein Vater tat, der meinte, nur so sich und anderen zu einem besseren Leben verhelfen zu können.

Familienerinnerungen

»Vor allem eins, mein Kind, sei treu und wahr, laß nie die Lüge deinem Mund entweichen …« An die beiden ersten Zeilen eines Gedichtes, das der Vater über das Bett des kleinen Johannes gehängt hatte, kann sich Rau noch gut erinnern. Er lächelt versonnen, wenn er an die Erziehungsgrundsätze seines Elternhauses denkt. An seinen Vater. Treue und Wahrhaftigkeit wurden groß geschrieben. Gebote und Verbote stützten die wichtigsten Werte der Familie.

Selbstverständlich wurde bei Tisch gebetet. Sogar gesungen. Noch heute singt Johannes Rau gern, und nicht nur im Familienkreis oder in der Kirche. Fromme, aufrechte Christen wollte Ewald Rau aus seinen Kindern machen. Weltanschaulich gefestigt. In der Nachfolge des Herrn. Doch auch tolerant sollten sie werden. Vater und Mutter praktizierten einen Lebensstil, der Fröhlichkeit und Offenheit vermittelte, Warmherzigkeit und Zuversicht.

Im Bergischen seien die Menschen früher mit Regenschirm und Gebetbuch auf die Welt gekommen, witzelte ein Weggefährte über Rau. Erstens, weil es hier so viel regnet; zweitens, weil das Gebetbuch geholfen habe, die Einsamkeit zu lindern. Manche Menschen des Bergischen Landes hätten in der ländlich strukturierten Abgeschiedenheit in sich hineingehorcht. »Jede Menge Sekten« habe es gegeben: Adventisten, Freikirchliche, Niederländisch-Reformierte, Altlutheraner und wie sie alle heißen. Fromme, gottesfürchtige Eiferer, bekennende, entflammte Überzeugungstäter, die oft – wie vom Blitz getroffen – »zum Glauben« kamen. Vom Donner gerührt. Streng hielten sie sich an das, was für den richtigen Weg zur Gotteserkenntnis – und damit zum ewigen Leben – gehalten wurde: bleichwangig und in sich gekehrt. Ein kleinbürgerliches, manchmal stickiges Milieu sei das gewesen. Vater Rau muß anders gewesen sein.

»Der Pietismus gilt ja immer als streng, bigott, unfröhlich. Das war bei uns nicht«, erinnert sich Johannes Rau. Humor und Mutterwitz seines Vaters bewahrten die Familie vor der üblichen frömmelnden, pietistischen Käseglocke, die bleichen menschlichen Produkten im Tal der Wupper und auf den Höhen des Bergischen Landes übergestülpt wurde, um sie vor den Anfechtungen des Satans zu schützen. Immer wieder forderte der Vater seine Kinder auf, am Sonntagnachmittag jene Freunde mitzubringen, die sie »liebhatten«. Er pflegte ein offenes, geselliges Haus, spielte und diskutierte mit seinen Zöglingen und deren Gefährten.

Zank, Streit und den alltäglichen Kleinkrieg unter Geschwistern gab es natürlich auch in der Familie des Predigers Ewald Rau. Schon als Kind war Sohn Johannes durch »Volksreden« aufgefallen. Der phantasiebegabte Schwarmbruder erfreute die Familie durch kreative Schlupflöcher seines Humors. Kunst erzeugte Lust. Er verfaßte Gedichte und schrieb Briefe an berühmte Zeitgenossen, während die anderen Indianer spielten. »Wo hat der Junge das her?« fragte sich der Vater. Rau zitiert noch heute Gedichte und Aphorismen, Psalmen und Bibelverse. Verblüfft damit seine Zuhörer.

Dem Pietismus habe er teils empfindsame, teils schwärmerische Lebensaspekte zu verdanken, urteilt ein Freund. In der Familie baute sich Raus ethischer und optimistischer Ansatz zum Wert des Menschen auf.

Im großen und ganzen führte sein Vater ein strenges, gottesfürchtiges Regiment. Die Kirmes, den Rummelplatz aufzusuchen, galt als schwere Sünde, ebenso der Besuch des Kinos. Unterhaltungsgeräte wie Radio oder Plattenspieler waren in vielen reformierten Familien verpönt. Karneval galt als Teufelswerk. Alkohol und Zigaretten waren streng untersagt. Durch Sucht, das wußte Vater Rau, gerieten die Kinder Gottes in die Fänge des Bösen. Tief hatte sich diese Erfahrung in sein Leben eingegraben.

Zurück zu den Wurzeln

Auf dem Düsseldorfer Schreibtisch des ehemaligen Ministerpräsidenten Rau stand ein Foto. Es zeigte seinen Vater. Der Alte schaute auf den Sohn. Liebevoll betrachtete der Politiker das Gesicht des Predigers. Wie oft haben sie Zwiesprache gehalten? Sich aneinander gerieben? Sich Vorhaltungen gemacht? Oder einfach nur zugelächelt?

Seinem Vater ähnelte Johannes Rau äußerlich kaum. Doch wesentliche Eigenschaften und Talente scheint Ewald Rau seinem dritten Kind vererbt zu haben. Bis zum frühen Tod des Vaters 1953 blieb er für Johannes ein lebenswichtiges Vorbild. Einer, der das Leben nach christlichen Grundsätzen lebte, und zwar radikal.

Der Großvater väterlicherseits war aus dem oberbergischen Waldbröl ins Tal der Wupper gezogen, nach Barmen. Dort arbeitete er einige Jahre als Maurer. Später wurde er Polizist. Sohn Ewald war 1898 als drittes von fünf Kindern geboren worden. Nach der Volksschule machte er eine kaufmännische Lehre. Danach arbeitete er als Handlungsgehilfe. Im Barmer Stadtteil Wichlinghausen versuchte er ein Textilgeschäft aufzubauen. Eine kleine Klitsche, sagt man im Bergischen.

Damals lernte Ewald Rau seine spätere Frau kennen: Helene Hartmann. Sie stammte aus einer mittelständischen Unternehmerfamilie, die ebenfalls aus dem Oberbergischen kam. 1901 war sie geboren worden. Ihr Vater verkaufte Haushaltsgeräte und Landmaschinen. Einen wesentlichen Teil seiner Freizeit verbrachte er im Christlichen Verein Junger Männer (CVJM), denn Gustav Hartmann gehörte zu den führenden Köpfen dieses evangelischen Jugendverbandes. Durch die Mitarbeit im CVJM hatte Ewald Rau die Hartmanns kennengelernt. So war das. Man blieb dem kirchlichen Milieu verhaftet.

1925 heirateten die beiden. Ewald Rau schloß seinen Textilladen und verdingte sich als Vereinssekretär des Blauen Kreuzes in Wuppertal. Zu jener Zeit war das eine der stärksten Gesinnungsgemeinschaften im Pietismus. Mit einer bewußten Entscheidung war er Christ geworden – als Glied einer zwar volkskirchlich organisierten, aber religiös nicht gebundenen Gemeinschaft. Die Eheleute zogen nach Unterbarmen. Ewald Rau, der jetzt predigte und die Bibel auslegte, gelobte, niemals mehr Alkohol zu trinken.

Er reiste durch die Lande, deutete das Wort Gottes, bekannte sich zum Herrn, hielt Andachten und Ansprachen, bekehrte Trinker. Denn die Blaukreuzler bemühten sich, Alkoholgefährdeten zu helfen. Der Vater war jäh »zum Glauben gekommen«. Konsequent lebte auch seine Familie nach pietistischen Grundsätzen.

1926 kam Tochter Leni zur Welt. Drei Jahre später Sohn Traugott. Am 16. Januar 1931 wurde Johannes Rau geboren. Ein Jahr später Schwester Christel. Und 1934 Hartmut, Raus jüngster Bruder. Gottergeben zog die Familie mehrfach um. Vater Rau fand 1931 eine geräumige Mietwohnung in der Riescheider Straße 14. Dort wohnte seine Frau bis zu ihrem Tod.

Fünf Kinder großzuziehen blieb vor allem Helene Raus Aufgabe. Der Vater wandelte in Gottes Namen und verdiente wenig. Auf den Herrn vertrauend, kümmerte sich Mutter Helene um die Erziehung der Kinder. »Sie klagte nie, blieb immer zuversichtlich und fröhlich«, erinnert sich Johannes Rau an seine Jugendzeit. Dabei mutete Vater Ewald seiner Frau allerlei Kraftakte zu.

Immer wieder brachte der gottesfürchtige Blaukreuzler Penner mit heim, die er – in der Nachfolge Christi – von der Straße aufgelesen hatte: Obdachlose, Trinker, Entwurzelte. Aus tiefster Glaubensüberzeugung akzeptierte auch Mutter Rau die selbstlosen Aktionen christlicher Nächstenliebe.

Der Vater, das hatte sich bei Hitlers Machtübernahme gezeigt, war ein unpolitischer, jedoch nicht unkritischer Pietist. Johannes Rau meint heute, er sei »deutschnational« gewesen. Als Freiwilliger nahm er von 1916 bis 1918 am Ersten Weltkrieg teil. Später habe er in Hitler nicht den Verführer und Diktator erkannt. Allerdings sei er gegenüber dessen Politik recht distanziert gewesen.

»Ich weiß noch, wie ich meinen Vater nach dem Hitler-Bild gefragt habe, das bei uns in der Wohnung hing – wie in den meisten Familien der damaligen Zeit. Es unterschied sich von allen anderen Bildern, die ich kannte«, sagt Rau. »Es war das Foto, wo Hitler vor der Garnisonkirche in Potsdam eine Verbeugung vor Hindenburg machte. Ich fragte meinen Vater: ›Warum haben wir das?‹, und er antwortete: ›Junge, das will ich dir erklären, weil es das einzige Bild ist, wo der Führer sich vor jemandem verneigt.‹«

1939 war Vater Rau eingezogen worden. Als aufrichtiger Patriot zog er wie viele andere Wehrmachtsangehörige durch Belgien, Italien und Rußland. Wenige Monate vor Kriegsende wurde er an der Ostfront schwer verletzt, nach nur einem Tag Gefangenschaft allerdings nach Hause entlassen. Für Johannes Rau grenzte es an ein Wunder.

Zum Blauen Kreuz kehrte Ewald Rau nicht mehr zurück. Mit seinen Glaubensbrüdern zerstritt er sich während des Krieges. Zeit seines Lebens blieben Alkohol und Zigaretten für ihn tabu. In der Nachkriegszeit wurde der begabte Redner freier Prediger. Er verkündete das Wort Gottes, erklärte seinen Zuhörern die Heilige Schrift, zeigte den Menschen den rechten Weg: nachmittags den Kindern, abends den Erwachsenen.

Als »Menschenfischer« und Wanderprediger zog er durch deutsche Lande, beauftragt von evangelischen Kirchengemeinden und Freikirchen. Sein Einkommen blieb bescheiden. »Mein Vater war immer mal drei Wochen unterwegs und dann zwei Wochen da. Das war der normale Rhythmus«, erinnert sich der Sohn.

Ab 1948 kombinierte er seine Aufgabe als Prediger mit einer Tätigkeit als Handelsvertreter, um die Familie unterhalten zu können. Einige Jahre später verunglückte er tödlich. Wegen eines defekten Türschlosses fiel er am 15. Dezember 1953 aus einem Bus der Wuppertaler Stadtwerke.

Für Johannes Rau blieb der Vater eine prägende Persönlichkeit: sehr belesen, sehr bibelfest, ein begnadeter Erzähler und warmherziger Redner. Seine Fähigkeit, auf Menschen zuzugehen, sie zu »berühren und zu verzaubern«, sie heiter für sich einzunehmen, erbte Johannes Rau. Der Vater muß ein Kommunikationsgenie gewesen sein. Jedenfalls besaß der Autodidakt Ewald Rau »ein weites Herz«. Im Alltag verhielt er sich eher unbeholfen. Die familiäre Normalität wurde von seiner Frau gemeistert. Ebenso empfindsam, ebenso kontaktfreudig, ebenso offenherzig.

Pastor wollte er werden

Wenige Monate nach der Geburt von Johannes Rau am 16. Januar 1931 war die Familie erneut umgezogen. In der Riescheider Straße 14 wuchs Johannes in einem Barmer Arbeiterviertel auf. Hier wurden er und seine Geschwister »in der Furcht des Herrn« erzogen. Gern erinnert sich Rau an die Andacht nach dem Essen. An die familiären Traditionen. Oft versammelten sich die Kinder zur Geigenstunde und Hausmusik.

Häufig kamen Verwandte und Bekannte zu Besuch. Wenn der Vater zu Hause war, unternahm er mit seinen Kindern Spaziergänge. Pädagogische Lehrpfade sollen das gewesen sein. »Streng, gottesfürchtig und gerecht«, sei der Vater gewesen, lächelt Johannes Rau. Man habe manches tun dürfen, nie aber »gegen die Liebe verstoßen«.

Den größten Teil des Zweiten Weltkrieges erlebten Mutter und Kinder in der Riescheider Straße. Die Bombennächte im Luftschutzkeller haften noch intensiv im Gedächtnis des Achtundsechzigjährigen: die heulenden Sirenen und erschreckenden Brände, die Zerstörung Wuppertals und die hektischen Ansprachen der Nazigrößen. »Wuppertal war so zerstört wie keine andere Stadt bis dahin«, erinnert Rau sich.

In der Nacht vom 30. auf den 31. Mai 1942 erlebte er dort den bis dahin schwersten Angriff auf eine deutsche Stadt. Sein Vater, der sich auf Heimaturlaub befand, erlitt die Schreckensnacht mit. »Während mein Vater und mein älterer Bruder auf einem Dachgiebel löschten, habe ich im Bach gestanden und Wasser geschöpft, Eimer weitergegeben, die mein Vater und mein Bruder brauchten, in Häusern, die heute nicht mehr existieren. Im Lauf der Nacht kamen zwei Familien von Freunden, eine mit acht Kindern, die ausgebrannt waren und nicht mehr wußten, wohin. Sie schliefen bei uns. Als wir morgens völlig übernächtigt, durchfroren und müde um den Tisch saßen, aufgeregt natürlich, weil man nicht wußte, wer tot war, hat unser Vater gesagt: ›Ich muß euch etwas erzählen!‹«

Ewald Rau berichtete, er habe von Lagern in Polen und Rußland gehört, in denen Juden, Kommunisten und Sozialdemokraten gefoltert und erschossen würden: »Die nennt man Konzentrationslager!« Johannes Rau erzählt oft diese Geschichte. Für ihn sei sie auch ein Indiz in der Frage, wer etwas von den Nazigreueln gewußt habe.

Die Bombardierung brannte sich ins Gedächtnis des Jungen ein. Zum ersten Mal in seinem Leben sah er Leichen, entdeckte im heißen Asphalt die Fußabdrücke der Flüchtenden. »Wer dieses Inferno erlebt hat, der empfindet nichts, was mit Abenteuerlichkeit zu tun hätte. Das ist einfach nur bedrückend.«

Die reformierte Gemeinde Gemarke in Wuppertal-Barmen beeinflußte das Kind Johannes. Besonders deren Pfarrer und Familien. Das pietistisch-reformierte Milieu prägte ihn. Im Kindergarten, den Schwester Anna Bicker leitete, fand Johannes eine Bezugsperson, die er nie vergaß. Als Tante Anna starb, war sie zweiundneunzig Jahre alt. Rau hat ihr stets zum Geburtstag gratuliert. Durch ihre liebevolle Zuwendung und anregende Art wurde sie zu einer zweiten Mutter für ihn. Ihr vertraute er sich an. Und Tante Anna schloß den aufgeweckten, fröhlichen Knaben in ihr Herz.

1940, im zweiten Kriegsjahr, lernte der Neunjährige durch den Bibelkreis der Schüler ein lebendiges protestantisches Pfarrhaus kennen. Pfarrer Karl Immer, der auch Blaukreuzler gewesen war, aber früh austrat, wurde für Johannes ein wegweisendes Vorbild. Die Nazis hatten bereits 1934 versucht, ihn als einen der ersten protestantischen Pfarrer kaltzustellen. Doch die Gemeinde hielt zu ihm. Er wurde einer der führenden Köpfe der Bekennenden Kirche. Nie ängstlich, nie verzagt. Einer, der Widerstand leistete. Unter ihren Pfarrern galt er als publizistisches Talent. Lange Zeit war er der Herausgeber der wichtigsten Schriften der Bekennenden Kirche. 1937 geriet er ins Fadenkreuz der Geheimen Staatspolizei Hitlers. Doch furchtlos versuchte er, seine Kirche zu stärken.

Karl Immer ging auf Menschen zu, wartete nicht, bis sie kamen. Seine solidarische Liebe zu Schwachen und Hilfsbedürftigen strahlte in die Gemeinde hinein. Für Rau wurde er Prophet und Künder. Bis zu Immers Tod 1944 blieb er für den Jungen ein väterlicher Fürsprecher. In der Familie des Pfarrers fühlte sich Johannes aufgehoben und verstanden. Mit den Kindern des Pfarrers verband ihn jahrelange Freundschaft.

Da in den Schulen kein Religionsunterricht erteilt wurde, vermittelten die Pfarrer der Bekennenden Kirche den jungen Gemeindemitgliedern den Katechismus und die Bibel. Im Kindergottesdienst »kneteten« sie drei Jahre lang das Alte und Neue Testament durch. Jedes Buch der Bibel mußte in Auszügen bearbeitet werden. Raus Bibelfestigkeit entstand in dieser Zeit, auch seine Liebe zu den Psalmen. Noch heute spricht Rau gern über diese Jahre. Auch über die Mitglieder der Bibelkreise, die er damals kennenlernte: Wichtige Leute seien das geworden.

»Der Junge fiel durch ein erstaunliches Gedächtnis für Bibelstunden und Gesangbuchverse auf«, berichtete Pfarrer Hermann Lutze später, der Rau in seinem Pfarrhaus in der Westkotterstraße in Barmen kennenlernte. »Er arbeitete rege mit, war aber kein Überflieger!«

Damals keimte in Johannes Rau der Wunsch auf, Pastor zu werden. Er wollte wie Karl Immer sein, der 1944 an den Folgen der Haft in der Massenzelle Berlin-Alexanderplatz gestorben war. »Als er starb, war ich dreizehn Jahre alt«, schrieb Johannes Rau später. »Seine drei Söhne waren meine bewunderten älteren Freunde, er selber mein zweiter Vater.«

Von der Rolle geraten

1937 war Rau in die Volksschule gekommen. Er galt als aufgeweckt und intelligent. Später mußte der Zehnjährige zum Jungvolk in die Hitlerjugend. Doch mangelte es ihm an sportlichem Geschick. Zäh wie Leder, hart wie Kruppstahl war er nicht. Außerdem verhielt sich Vater Rau gelegentlich recht störrisch. Wenn seine Söhne sonntags mit ihrem Fähnlein »antreten« mußten, schickte er die »Seinen mit dem Gesangbuch unterm Arm« in den Kindergottesdienst.

1941 wurde der Viertkläßler wegen der anhaltenden Bombenangriffe auf Wuppertal für knapp vier Monate nach Bayern geschickt. Ab 1942 besuchte der Junge das humanistische Gymnasium im Stadtteil Elberfeld. 1943 evakuierte man die Schüler. Der Bombenkrieg machte den Schulunterricht unmöglich. Raus Familie zog vorübergehend nach Chemnitz in Sachsen, später zu Verwandten nach Erfurt.

Erst 1944, als die Luftangriffe beendet schienen, kehrten die Raus nach Wuppertal zurück. Chaos herrschte ringsum. Die meisten Schulen waren zerstört. In der Barmer Sammeloberschule Ost wurden Schüler unterschiedlicher Schultypen zusammengefaßt. Ordentlicher Unterricht fand noch nicht statt. Erst nach dem Krieg kehrte im Herbst 1945 langsam wieder Normalität ein.

Johannes landete auf einem Gymnasium mit naturwissenschaftlicher Ausrichtung. Ein Fehlgriff, wie sich später herausstellte. Im Oktober 1946 erkrankte er an Lungentuberkulose. Drei Monate dauerte der Heilungsprozeß. In jener Zeit entstanden weitere Schuldefizite. Wieder wechselte er. Diesmal auf ein neusprachliches Gymnasium. Krankheit, Schulwechsel und Unterrichtsausfälle setzten dem pubertierenden Pennäler zu. Er geriet von der Rolle.

Seine Leistungen ließen nach. »Stinkefaul« sei er, meinte damals einer seiner Lehrer. In Deutsch, Geschichte und Religion stand er gut. Mathematik und Latein lagen ihm überhaupt nicht. Schulisches Unbehagen entwickelte sich. Versagen. Selbstwertdefizite entstanden. Er glaubte, fehl am Platz zu sein. Unterstützende Hilfe in seiner Familie fand er kaum. Ratschläge seiner Eltern schlug er in den Wind. Der Vater drohte wiederholt, ihn von der Schule zu nehmen. Er hielt Johannes für faul und wenig pflichtbewußt.

Nach einer Auseinandersetzung mit dem Vater im September 1948, als er wieder einmal »nichts« für die Schule getan hatte, donnerte Ewald Rau, Johannes solle sich von der Schule abmelden. Am nächsten Tag verabschiedete sich der Junge vom Gymnasium und registrierte ein befreiendes Gefühl. Der Vater war bitter enttäuscht. Durchzuhalten, strebsam zu sein, Ehrgeiz zu entwickeln galten im Tal der Wupper als Ausweis und Gütesiegel christlichen Lebens.

Einige Jahre später wußte der Lehrling Rau, daß er falsch gehandelt hatte. Die akademische Laufbahn war verbaut. Pastor konnte er nicht mehr werden. Lange Jahre litt der junge Verlagsbuchhändler darunter, kein Abitur zu haben. Erst als Wissenschaftsminister, vermuten Freunde, habe er sich von dem Plan verabschiedet, die Reifeprüfung nachzuholen. Nicht aufgegeben hat er bis zum heutigen Tag die Verpflichtung reformierter Christen: Erfolg auch im irdischen Leben zu suchen.

Jeden Pfennig zweimal gewendet

Luxus und Konsum blieben für die Familie Rau Fremdworte. Das Geld, das der Vater heimbrachte, reichte selten aus, um die Familie satt zu kriegen. Die Mutter sparte, wo sie konnte. Bis zur Währungsreform wurde das Essen immer wieder rationiert. Im Küchenschrank erhielt jedes Kind ein Fach: Brot, Margarine und Marmelade lagen darin. Man sparte, teilte, hungerte. Weil Johannes »kaum etwas auf den Rippen hatte«, erkrankte der unterernährte Junge an Lungentuberkulose. Ein langwieriger Heilungsprozeß mußte durchgestanden werden. Ein Lebensabschnitt, der ihn mit sich selbst konfrontierte und sich ihm nachhaltig ins Bewußtsein grub. Vater Rau, der Prediger, dachte in der harten Nachkriegszeit nicht nur aufopferungsvoll an seine Familie, er brachte auch immer wieder notleidende »Trinker« mit heim, die er auf der Straße »aufgelesen« hatte. Die Kunst »Mäuler zu stopfen«, verfeinerte Helene Rau zu dünnen Suppen.

Bezeichnend für die Haltung des Vaters, im Geist des Evangeliums zu leben, ist eine Nachkriegsepisode. Weihnachten 1946 suchte er für seine Frau eine Hilfe im Haushalt. Aus dem Flüchtlingslager in Wipperfürth brachte er ein vierzehnjähriges Mädchen mit nach Hause. Außerdem zwei ostpreußische Jungen, sechs und zwölf Jahre alt, deren Mutter und drei Geschwister an Typhus gestorben waren. Ewald Rau hatte das Leid der beiden Jungen nicht ertragen können. Ohne vorher mit seiner Frau zu sprechen, handelte er in der Nachfolge dessen, dem er dienen wollte.

Kurt und Heinz wurden in die Familie aufgenommen. Sie blieben dort mehrere Jahre und gehören noch heute zum Familienverband. Das Mädchen verließ nach einem Jahr die Familie. Weder gab es damals Pflegegeld noch »soziale Stütze«. Man kann verstehen, weshalb Johannes Rau bis heute Hochachtung für seinen Vater empfindet. Mit dem Weihnachtsfest 1946 war die Familie auf sieben Kinder angewachsen. Was das für den entbehrungsreichen Alltag einer bescheiden lebenden Familie heißt, läßt sich nur ahnen. Rau verschweigt nicht, daß es immer wieder zu Aggressionen, Wutausbrüchen und Eifersuchtsdramen kam.

Genauigkeit und Wißbegier

Im Oktober 1948 begann Johannes Rau eine Probezeit im Verlag Emil Müller KG. Der Vater besorgte ihm diese Wuppertaler Ausbildungsstätte. »Früher war es der Verlag der Bekennenden Kirche«, meint Rau. Klima und Arbeitsgebiet gefielen dem gescheiterten, aber neugierigen Obertertianer, der zunächst froh war, der Penne entkommen zu sein: »Ich war eine Leseratte, ich las Tag und

Nacht!« Nach einer dreimonatigen Probezeit zeigte sich der Verlagsinhaber mit dem Jungen zufrieden. Deshalb trat am 1. Januar 1949 der Lehrvertrag in Kraft.

Verlagsinhaber Emil Wilhelm Müller achtete als strenger Lehrherr penibel darauf, daß Pakete und Päckchen, Briefe und Post pünktlich ausgeliefert wurden. Er konfrontierte den jungen Rau mit kaufmännischen Problemen; machte ihn mit der Herstellung von Büchern vertraut. Der Lehrling erlernte das Druck- und Verlagsgewerbe von der Pike auf.

Das kleine Verlagsunternehmen, in dem neben dem Chef und seiner Sekretärin noch ein Buchhalter und ein Buchhändlergeselle arbeiteten, war für ihn ein idealer Trainingsort. Bücher wurden seine Welt. Von der Idee eines Buches bis zur Drucklegung und dem Vertrieb lernte er alles kennen, was er später benötigte.

Wichtige Schriften und pastorale Werke wurden im Verlag publiziert: Predigtmeditationen, Zeitschriften, Taschenbücher, Bibelauslegungen. Bücher, Hefte und Zeitschriften prägten das Leben des jungen Rau, dem sein Chef solides Fachwissen vermittelte. Müller war wie gesagt pingelig. Seinen Drang zur Genauigkeit zwischen den Pappdeckeln übertrug er auf Rau. Mitarbeitern und Autoren schaute er auf die Finger. Geschäftliche Vorstellungen setzte er mit eiserner Disziplin um. Wert legte er auf eine gut lesbare Handschrift, die Rau bis heute kennzeichnet. Sowohl für die Paketbeschriftung als auch für die Korrekturen der Manuskripte war sie wichtig.

Rau entwickelte im Verlag sein Sprachgefühl und seine Kreativität. Erzählerisches Temperament und individuelle Ironie hatte er vom Vater geerbt, auch dessen rhetorisches Talent. Sich mitzuteilen, einander zu erzählen, miteinander zu sprechen, andere zu unterhalten, all das war schon im Elternhaus gepflegt worden. Im Verlag verfeinerten sich Raus kommunikative Talente.

Eine Marotte aus seiner Lehrzeit begleitet ihn bis heute: Vorlagen und Entwürfe liest er mit der gleichen Akribie und Sorgfalt, die ihm beim Korrekturlesen und Redigieren der Manuskripte im Verlag antrainiert wurden. Oft zum Ärgernis der Beamten und Redenschreiber. Fehler in Rechtschreibung und Grammatik sind ihm ein Greuel. Auch Tageszeitungen liest er mit den Augen des Korrektors. Müller läßt grüßen.

Raus Fähigkeit, einfühlsam und verbindlich mit Autoren umzugehen, sich ihren Projekten zu nähern, ihre Vorstellungen und Gedanken umsetzen zu helfen, wurde von seinem Lehrherrn schnell erkannt. Im dritten Lehrjahr betraute er Rau mit einer wichtigen Aufgabe. Als Verlagsvertreter durfte er mit dem Dienstwagen evangelische Buchhandlungen im Bundesgebiet besuchen.

Rau mußte die Frühjahrs- und Herbstproduktion des Verlages »unterbringen«. Er verdiente monatlich 55 Deutsche Mark. Müller zahlte zehn Mark mehr als vorgeschrieben. Am 31. Dezember 1951 war die Lehrzeit beendet. 1952 bestand er »mit Auszeichnung« seine Abschlußprüfung an der Kölner Buchhändler-Lehranstalt. Als Gehilfe verdiente er monatlich 180 Deutsche Mark.

Noch war die Bundesrepublik erst wenige Jahre alt; noch ließen sich die Folgen eines grausamen Krieges überall sehen und spüren; noch mußten die Ansprüche der Kriegsbeschädigten und Hinterbliebenen geregelt, Flüchtlinge und Vertriebene eingegliedert werden. Mit umfangreichen Gesetzeswerken versuchte der Erste Deutsche Bundestag der immer noch unabsehbaren Not beizukommen. Zwar existierte nach der Währungsunion die Marktwirtschaft, doch die Politiker bemühten sich um ihre soziale Absicherung. Neue Rechtsbeziehungen zwischen Arbeitnehmern und Arbeitgebern entstanden. Im Mai 1951 wurde das Gesetz zur paritätischen Mitbestimmung der Arbeitnehmer in der eisenschaffenden Industrie und im Bergbau eingeführt: das Montanmitbestimmungsgesetz, das Raus politisches Leben begleitete.

»Die Welt von damals ist im Grunde nur vorstellbar für Menschen, die jene Zeit am eigenen Leib erfahren haben«, sagte ein Lehrer Raus über diese Jahre. »Für die Alten war es Heimkehr nach Krieg und Gefangenschaft, für die Jüngeren Trümmerlandschaft und Tauschzentrale, Selbstbescheidung in Kleidung und Essen.« Das sei der soziale Nährboden für die Lehrlinge des Kölner Literaturkollegs gewesen. An Rau lobte er Kameradschaft und »gewaltigen Lesehunger«.

Fühler ausgestreckt

Leseanregungen erhielt Rau in Hülle und Fülle. Die Bücher von Rainer Maria Rilke, Werner Bergengruen, Ernst Wiechert und Ernst Jünger waren ihm durch die verlegerische Arbeit vertraut geworden. Mit Wißbegier arbeitete er unter anderem auch die theologischen Werke von Karl Barth durch. Was ihn interessierte, verschlang er. Besonders faszinierten den Achtzehnjährigen die Werke von Joachim Ringelnatz. Sowohl dessen Lyrik als auch seine Moritaten und Grotesken. In der Biographie dieses Autors entdeckte er Übereinstimmungen mit dem eigenen Lebensweg, mit seiner inneren Einstellung.

Der hintergründige Humor von Ringelnatz ähnelt tatsächlich dem moralisierenden und sarkastischen Grundton Raus.

Immer wieder fand er Menschen, die ihn »vorwärts brachten«. Der hilfsbereite, spontan reagierende und kreativ denkende junge Mann traf auf kompetente Gesprächspartner, von denen er profitierte. Durch die Begegnung mit Pfarrern, Schriftstellern und Publizisten erweiterte sich sein Wissenshorizont. Er war ein ausgezeichneter Zuhörer, der konstruktiv zu fragen verstand. Ein Freund des Buches ist er geblieben. Noch heute kennt er sich sowohl in der zeitgenössischen als auch in der klassischen Literatur aus. Er liest viel, trotz starker zeitlicher Beanspruchung.

Seine Fühler streckte der ernsthaft reflektierende Rau auch in andere publizistische Bereiche aus. Als freier Mitarbeiter der *Westdeutschen Rundschau* schrieb er Buchbesprechungen; berichtete über kulturelle und kommunalpolitische Veranstaltungen; informierte über Vorträge, Konzerte und Ausstellungen. Ein Freund sagte über diese Zeit: »Was nicht zu beschreiben war, hat er erzählt!« Diese vermittelnde Fähigkeit strukturierte sein Leben.

Auf festem Boden

Wer den Lebensweg Raus betrachtet, stößt auf einen Grundbestand: Ein differenziertes Gemeinschaftsgefühl kennzeichnet ihn. Er war nie ein Einzelgänger, scheute extremen, radikalen Individualismus. Christliche Gesinnungs- und Aktionsgemeinschaften prägten ihn. Schon in seiner Jugend verhielt sich Rau kontaktfreudig und »unaufgeregt«.

Offen und gut miteinander umzugehen galt als Gütezeichen seines Elternhauses. Im Schülerbibelkreis und in der Gemeindearbeit entfalteten sich sowohl seine kommunikative Kompetenz als auch seine Fähigkeit, »aufnehmen« und schnell verarbeiten zu können. Im subtilen gemeinschaftlichen Kräftemessen wuchs sein Ehrgeiz. Auch Konkurrenzdruck half ihm weiter.

Bewußt Christ zu sein, verdankt er vor allem der Gemeinde Gemarke in Wuppertal-Barmen. »Ihr seid das Licht der Welt. Es kann die Stadt, die auf dem Berge liegt, nicht verborgen sein.« Fragt man Rau nach dem Text, zitiert er auf Anhieb den Evangelisten (Mt. 5,14). Vielleicht würde er noch hinzufügen, daß Gemarke im Kirchenkampf eine solche Gemeinde gewesen ist. Für viele evangelisch-reformierte Christen ein Ort des Trostes. Ein Fels auf festem Boden. Von ihr sei im Tausendjährigen Reich der Nazis ein Licht ausgegangen: Widerstandsgeist und Widerstandskraft.

Kirchliches Leben bestimmte Raus Fühlen und Wollen. Die Bibel wurde seine Bekenntnisschrift. Aufrichtig dem Wort Gottes zu begegnen, das den Menschen »freispricht«, war wichtiger als alles andere, der Gottesdienst wesentlicher als der Talar! Lebensnotwendig war die Predigt. Das Leben in der Gemeinde Gemarke wurde ein Grundpfeiler seines Lebens.

Dort predigte von 1945 bis 1974 Pfarrer Hans Specht. Als Jugendpfarrer ein begnadeter Redner. Als Theologe einer der mutigsten Männer der Bekennenden Kirche. Seine Art, das Wort Gottes zu erklären und das Leben in einer sich wandelnden Welt aufzuhellen, beeinflußten den jungen Rau nachhaltig. Er ahmte Spechts Sprache nach, imitierte seinen Tonfall, kopierte seine Gestik.

Specht interessierte Johannes Rau für theologische und philosophische Fragen, erläuterte ihm historische Prozesse. Durch ihn lernte das junge Gemeindemitglied aktuelle gesellschaftspolitische Themen jener Jahre kennen und begreifen.

2.

Erste Schritte ins andere Deutschland

Siebzehn- bis fünfundzwanzigjährige Christen trafen sich in der Jungen Gemeinde. Der junge Verlagsbuchhändler unternahm mit Gleichgesinnten Fahrten und Auslandsreisen. 1951 besuchte er erstmals die Schweiz. Später bereiste Rau mehrfach die DDR. Die Gemeinde Gemarke unterhielt eine Patenschaft zur evangelischen Gemeinde Oranienburg. Dadurch lernte Rau den Ost-West-Konflikt kennen; erlebte die Auswirkungen des Kalten Krieges; machte wesentliche Erfahrungen mit der sozialistischen Gesellschaft. Oft trafen sich die Jungen und Mädchen der beiden evangelischen Partnergemeinden von »hüben und drüben« zur gemeinsamen »Rüste«. Sie diskutierten Sinn- und Lebensfragen, fragten nach verschütteten Erkenntnissen in ihrer Kirche.

»Man konnte mit Rau über alles reden, was uns damals bewegte«, beschreibt ein Pastor aus Oranienburg die Zusammentreffen, »und zwar so, daß das Gespräch nicht an der Oberfläche plätscherte, sondern wirklich zu den eigentlichen Fragen vorzudringen vermochte und dann durchaus Tiefgang hatte.«

Rau schloß in der DDR manche Freundschaft. »Er hat an ihr festgehalten in allem Wandel seiner beruflichen, vor allem politischen Laufbahn«, bilanziert der Seelsorger. »Er ist ein Mensch, der seinem jeweiligen Partner oder auch Gegenüber zugewandt ist. Das ist nicht alltäglich!«

In den folgenden Jahren erfuhr Rau noch konkreter, welchen Preis es Christen in der DDR kostete, in ihrem Land zu bleiben und es als Staat »anzunehmen«. Das regelmäßige Gespräch mit den Freunden aus der Bibelarbeit in der DDR schärfte seinen Blick für Zeugnis und Dienst der Christen im geteilten Deutschland, damals noch in einer ungeteilten Evangelischen Kirche in Deutschland.

1956 hatte das Bundesverfassungsgericht nach langen innenpolitischen Auseinandersetzungen die Kommunistische Partei Deutschlands (KPD) auf Antrag der Bundesregierung für verfassungswidrig erklärt. Sie wurde verboten und aufgelöst, ihr Vermögen zu gemeinnützigen Zwecken eingezogen. Das oberste deutsche Gericht verwies in seiner Begründung auf die Unvereinbarkeit der Ziele (Diktatur des Proletariats) mit den Prinzipien der freiheitlichen, demokratischen Grundordnung.

Das innenpolitische Klima in der Bundesrepublik brodelte. Auch außenpolitisch ging es hoch her. Die Verteilung Deutschlands auf zwei gegensätzliche Machtblöcke war mit den Pariser Verträgen 1955 fixiert worden. Die Bundesrepublik gehörte zum westlichen, die DDR zum östlichen Lager.

»Wir lernten die Sorge um die Einheit der Evangelischen in Deutschland als Sorge um die Freiheit zum Dienst innerhalb zweier einander ausschließender Gesellschaftssysteme kennen«, berichtete Jürgen Schroer, ein Freund Raus. »Wir Christen in der Bundesrepublik hatten uns in den fünfziger Jahren schon daran gewöhnt, fast ausschließlich an den Osten zu denken, wenn von Beschränkung christlicher Freiheit die Rede war. Es ist vor allem den Begegnungen mit Christen aus der DDR zu verdanken, daß wir zu erkennen lernten, wo die Kirche auch in der Bundesrepublik Adenauers ihre Freiheit aufs Spiel setzte, als sie noch einmal ein Kartell von bürgerlicher Gesellschaft und christlicher Kirche zu bilden sich anschickte. Je eindeutiger die Bundesrepublik sich dann in die westlichen Bündnisse integrierte und je deutlicher also auch Christen in der DDR die Hoffnung begraben mußten, sie würden eine Wiedervereinigung im Sinne Adenauerscher Versprechungen noch erleben, desto mehr bewegte uns in der Schülerarbeit in Ost und West das Interesse daran, die Last der gemeinsamen Geschichte nicht dem jeweils anderen Staat und seinen Bürgern alleine zu überlassen.«

Mit roter Krawatte

Bücher, Broschüren, Flugblätter gehörten zum beruflichen Alltag des Gehilfen Rau. Nach vierjähriger Tätigkeit in seiner alten Firma wechselte er 1953 von der Wupper an die Ruhr. Er heuerte beim Luther- und Eckart-Verlag in Witten an. Leitete dort ein knappes Jahr den Vertrieb des Verlages, der namhafte evangelische Autoren publizierte. Sein friedens- und kulturpolitisches Interesse verstärkte sich.

Christliche Dichter zu fördern und dem »qualifizierten evangelischen Buch eine größere Gemeinde zu schaffen«, hatte der Verlag auf seine Fahnen geschrieben. Er versuchte dies mit allen, damals zur Verfügung stehenden Mitteln. Eckart-Kreise gehörten auch nach dem Zweiten Weltkrieg zum festen kulturellen Bestandteil der Kirchengemeinden. Dort wurden geeignete Bücher der Autoren gemeinsam gelesen, gedeutet und verbreitet.

Für 240 Deutsche Mark monatlich vertrieb Rau kirchliche, theologische und literarische Texte. Er kümmerte sich um Werbung und Verkauf, arbeitete als Lektor und Vertriebsleiter. Alle Kniffe und Praktiken jener Zeit beherrschte er, um das »Kulturgut Buch« zu verkaufen. Autoren, Mitarbeiter und Kunden schätzten den geschärften Blick des bibelfesten, humorvollen zweiundzwanzigjährigen Kommunikators, der »Wind machen« konnte. Seine Familie war stolz auf Johannes.

Oft zierte eine rote Strickkrawatte den redegewandten Vertriebsleiter. In der Jungen Gemeinde wußten alle, daß sie ein Geschenk des großen Rowohlt war. Der deutsche Verleger hatte sie Rau auf der Frankfurter Buchmesse »überreicht«. Werbung in eigener Sache zu betreiben war Rau nicht wesensfremd. Sich selbst darzustellen, verstand er meisterhaft.

Aktiv und vielfach engagiert blieb er bis zum heutigen Tag. Damals wurde ihm nachgesagt, er tanze auf zu vielen Hochzeiten. Denn der Vertriebsleiter arbeitete nebenher für die Zeitung *Westdeutsche Rundschau*. Außerdem war er im Redaktionsteam der *Jungenwacht* tätig; nahm regelmäßig an den Zusammenkünften der Jungen Gemeinde teil; engagierte sich in der Gesamtdeutschen Volkspartei (GVP), einer Partei, die Adenauers Außen- und Verteidigungspolitik attackierte. Freunde erinnern sich lebhaft an einen »Aktivismus, der nicht zu überbieten« war.

Rau lernte spätere Führungsköpfe der Gesamtdeutschen Volkspartei kennen. Wichtige Persönlichkeiten kannte er bereits aus den Schülerbibelkreisen. Ihnen begegnete der Verlagsexperte als Autoren und Publizisten wieder. Für sie wurde Rau ein begehrter, unterschriftsberechtigter publizistischer Kontaktmann: offen, belastbar, dynamisch, verbindlich.

Die Wirtschaftsdaten der fünfziger Jahre schnellten in der noch jungen Bundesrepublik nach oben. Das Bruttosozialprodukt stieg. Ab 1955 meldeten die Arbeitsämter Vollbeschäftigung. Die Löhne kletterten, die Arbeitszeiten wurden verringert. Die Preise zeigten sich stabil. Der Lebensstandard wuchs. Jedes Jahr wurden mehr als 500 000 Wohnungen gebaut. Von 1954 bis 1957 verdoppelte sich die Zahl der Kraftfahrzeuge auf fünf Millionen.

Mädchen für alles

»Für uns Kinder war der Tod des Vaters ein tiefer und schmerzender Einschnitt. Ich habe ihn vielleicht deshalb besonders empfunden, weil ich als einziger noch zu Hause lebte. Ich wurde telefonisch an den Unfallort gerufen. Das war schrecklich. Ich lebte damals in einer Phase, in der ich das Gefühl hatte: Ich packe das. Ich schrieb gern, hatte Erfolg, wurde gedruckt. Aber wenn ich es heute bedenke, dann schrieb ich manches mehr für meinen Vater als für die Leser. Mir lag sehr daran, ob und wie es ihm gefiel. Als er tot war, hatte ich zunächst keine Motivation mehr. Ich fragte mich: Wofür?«

Am 15. Dezember 1953 war sein Vater tödlich verunglückt. Im Herbst des gleichen Jahres hatte Johannes Rau ein Angebot des Jugenddienst-Verlages in Oldenburg akzeptiert. Er wurde dessen neuer Geschäftsführer, ein »Mädchen für alles«. Rau schrieb Rechnungen und Texte, entwarf Werbeprospekte, betreute Zeitschriften, kümmerte sich um Manuskripte.

Schriften für evangelische höhere Schüler herauszugeben, und zwar in Zusammenarbeit mit der Evangelischen Jugend Deutschlands, betrachtete der Verlag als seine wichtigste Aufgabe. Für Rau ein folgenreicher Karrieresprung. Denn der Gründer und Leiter des Verlages hieß Dr. Hermann Ehlers: Bundestagsabgeordneter und Mitglied der CDU, juristischer Oberkirchenrat in Oldenburg und Präsident des Deutschen Bundestages.

Weil Rau seine Mutter nach dem Tod des Vaters nicht allein lassen wollte, entschied Ehlers gemeinsam mit Oberkirchenrat Johannes Schlingensiepen, der lange Zeit in Barmen als Pfarrer gearbeitet hatte, den Jugenddienst-Verlag von Oldenburg nach Wuppertal zu verlegen. Am 16. Januar 1955 – Rau feierte seinen dreiundzwanzigsten Geburtstag – wurde die elterliche Wohnung in der Riescheider Straße 14 Sitz des Verlages. Zwei Räume, die Vater Rau benutzt hatte, mietete der neue Arbeitgeber seines Sohnes an. Für Helene Rau ein Geschenk des Himmels! Der jähe Tod ihres Mannes hatte sie mittellos hinterlassen. Johannes Rau verschaffte ihr damit ein regelmäßiges Einkommen.

Hermann Ehlers leitete den Verlag, eng beraten von Oberkirchenrat Johannes Schlingensiepen. Raus verlegerisches Können, vor allem aber sein christlicher Hintergrund hatten es den beiden Kirchenmännern angetan. Das ausgeprägte Engagement des jungen Wuppertalers für kirchlich-religiöse Themen, seine öffnende Kreativität, seine Kontaktfähigkeit – er galt als »geschickter Strippenzieher« – und seine differenzierten Kenntnisse protestantischen Lebens beeindruckten sie.

Der protestantische Bundestagspräsident führte den Verlag preußisch straff. Oft mußte Rau in aller Herrgottsfrühe – Morgenstund hat Gold im Mund – bei seinem Chef »antreten«, um über Vorhaben, Strategien und Abschlüsse zu berichten. Ehlers entschied über neue Projekte. Verantwortung ließ er sich nicht abnehmen.

Unermüdlich kümmerte er sich neben den politischen Tagesaufgaben um die evangelische Schülerarbeit, um verlegerische Ziele und ihre Umsetzung. Trotz dessen Strenge und Akribie schätzte Rau den liberalen Verlagschef außerordentlich. Wieder gewann Johannes Rau einen Förderer und Lehrer. Ehlers überzeugte er immer wieder durch seine Fähigkeit, ein positives, diskursives Klima zu schaffen. Ihr Verhältnis blieb bis zum überraschenden Tod des Dienstherrn und Verlagsgründers im Herbst 1954 eng und vertrauensvoll.

Impulse aus dem russischen Geistesleben

Gottes Wege sind unergründlich: Der ehemalige Superintendent des Kirchenkreises Barmen, Johannes Schlingensiepen, inzwischen Oberkirchenrat, übernahm den Verlag. Zwölf Jahre lang blieb er Raus Vorgesetzter. Eine ehrwürdige Persönlichkeit, großzügig und autoritär im besten Sinne des Wortes.

Rau schätzte und bewunderte die Frömmigkeit und Klugheit dieses Theologen. Stets bezog Schlingensiepen klare Position. Zu ihm entwickelte der junge Geschäftsführer tiefes Vertrauen. Schlingensiepen beriet und förderte ihn. Für den jungen Geschäftsführer wurde er ein väterlicher Prägestock. Manchmal barsch und hart, gelegentlich schlitzohrig. Immer aber dem Leben kritisch verbunden. Ein protestantischer Aufklärungssatellit.

1963 schrieb der ehemalige Unterbarmer Pastor Schlingensiepen: »Von Jugend auf hat mich die Frage nicht mehr losgelassen, wie es möglich war, daß unsere Gemeinde den jungen Friedrich Engels nicht auf dem guten Weg des Glaubens, den er gegangen war, hat halten können. Der Gedanke quält mich auch heute noch, daß die ganze Weltgeschichte vielleicht anders verlaufen wäre, wenn dieser Sohn unserer Gemeinde, der später die schärfsten Waffen für den dialektischen Materialismus und den atheistischen Kommunismus geschmiedet hat, bei der Gemeinde geblieben wäre. Was ihn aus ihr herausgetrieben hat, ist die unleugbare Tatsache, daß unsere frommen Väter, die – der damaligen Zeit weit voraus – in der Armenpflege und Betriebsfürsorge Hervorragendes geleistet haben, nicht anerkannten, daß der Arbeiter nicht Almosen, sondern des gerechten Lohnes bedarf. Die himmelschreiende Not der damaligen Industriearbeiterschaft in unserem Tal hat den reichen Fabrikantensohn aus seinem Elternhaus und aus unserer Gemeinde vertrieben.«

Solche Gedanken seines Förderers ließen Rau bis heute nicht los. Damals wollte er richtige Bücher machen. Zielgruppe waren junge Menschen, die für die Frohe Botschaft gewonnen werden sollten, für die evangelische Schülerarbeit. Anregungen erhielt Rau von Johannes Harder, einem christlich radikalen Professor an der Pädagogischen Hochschule in Wuppertal. Der Sozialdemokrat, Übersetzer und Schriftsteller interessierte ihn für russische Literatur. Sowohl der junge Geschäftsführer als auch das Verlagsprogramm gerieten in den Sog Harders. Texte aus dem russischen Geistesleben wurden veröffentlicht. In den Hochjahren des Antikommunismus ließen sich die Bücher zwar kaum verkaufen, doch Rau publizierte sie dennoch.

Bis zum Mauerbau besaß der Jugenddienst-Verlag auch für die evangelische Kirche in der DDR Bedeutung. Millionenfach wurden Zeitschriften und Hefte legal ins andere Deutschland geliefert, finanziert von der Bruderkirche in Westdeutschland. Hinzu kamen große Buchlieferungen, die für den Wuppertaler Verlag erhebliche Gewinne abwarfen.

Vier Jahre lang residierte der Jugenddienst-Verlag in der Riescheider Straße. Eine Versandbuchhandlung wurde aufgebaut. Bücher für die Bibelkreise wurden verschickt. Längst waren die beiden Räume zu eng geworden. Schlingensiepen sorgte dafür, daß kirchliche Gelder dem Verlag in ausreichendem Maße zuflossen. Außerdem erhielt der Verlag Finanzmittel aus dem Bundesjugendplan. 1958 fand Rau eine größere, geräumigere Unterkunft. Überraschend gewann er im gleichen Jahr ein Landtagsmandat.

Einige Jahre später wurde der Jugenddienst-Verlag in den neugegründeten Peter-Hammer-Verlag überführt. Bis 1967 blieb Rau Geschäftsführer.

Zwischenbilanz: Wie sein Ehrgeiz entstand

Rau, das zeigte sich schon früh, war ein auf Konsens bedachter Mann. Einer, der umsichtig zu Werke ging. So selbstsicher, wie er die Berufsarena betrat, war er nicht. Manches empfand er als bedrohlich. Auch die Tatsache, daß andere besser ausgebildet waren, als Theologen und Publizisten Fachkompetenz besaßen, sozusagen aus einer anderen Welt kamen. Er reagierte auf seine Weise: leistete mehr, arbeitete länger, imponierte anderen durch seine Talente. Anforderungen an sich schraubte er höher und höher. Er wetteiferte durch Verbindlichkeit, Humor, Freundlichkeit und Geduld, schaffte sich Respekt durch Stehvermögen. Seine Verletzbarkeit versteckte er hinter überdrehten, lockeren Auftritten. Zu oft hatte er gespürt, daß andere etwas besaßen, das er nicht vorzeigen konnte: Abitur und Hochschulwissen. Manchmal grämte er sich darüber, wollte beides nachholen. Doch zunächst kompensierte er dieses Manko. Er tat es auf seine Weise: Drängender Ehrgeiz schob ihn nach vorn, förderte sein Rollenverständnis, bestimmte sein Leben.

Der Schulabgang hatte tiefe Spuren hinterlassen. Zum erstenmal erlebte Rau die Bedrohung seines Selbstseins. »Man mußte ackern, das habe ich getan. Es galt, sich einzulesen und einzuarbeiten in das selbstverständliche Rüstzeug, dessen man bedurfte. Ohne fundierte Kenntnisse eben nicht nur der Literaturgeschichte, sondern der Literatur selber wäre man gescheitert, und man hätte auf den speziellen Feldern der Verlagsarbeit versagen müssen.« Der Lehrling registrierte, daß andere besser qualifiziert waren. Das Erschrecken darüber veränderte seinen Antrieb. Er wollte weiter, höher hinaus, genoß das Umfeld bekannter Namen. Rau suchte nach Mitteln und Wegen, sich einer gefahrdrohenden Lebenslage zu entziehen: Er aktivierte Kräfte, trainierte seinen Willen, fixierte seine Zielvorstellungen. Er wollte aus der Sackgasse raus; versammelte gestaute Energien; zeigte erhöhte Bereitschaft, ein anderer zu werden. Er schaufelte Wissen in sich hinein; baute seine Fähigkeiten aus, auch seine Gefühle, seine Wahrnehmungen; er lernte vor allem, ihnen zu vertrauen.

»Ich habe unheimlich viel gelesen, notiert und mit Bleistift gelesen, damit ich dem Gespräch mit den Autoren gewachsen war …«

Natürlich blieb auch er nicht frei von Neid. Er lernte das nagende Gefühl beim Anblick dessen kennen, was andere an Werten des Besitzes und geistigen Vermögens haben. Er spürte das Habenwollen, entschärfte es zunächst durch puritanische Innerlichkeit, durch Leistung: »Ich habe ein calvinistisches Verständnis von der Arbeit. Ich arbeite so gern, daß es manchmal gefährlich ist, weil es überlastet. Ich kann nicht oder nur ganz schwer abschalten.«

Je mehr er eigene Talente und Eigenschaften aktivierte, seine rhetorische Begabung und die Anschaulichkeit des Denkens gehören dazu, um so deutlicher erlebte er Befriedigung. Er fühlte sich geschmeichelt, daß er von anderen umworben wurde, daß er »an Boden gewann«. Rau wuchs über sich hinaus, auch wenn ein unbestimmbares Minderwertigkeitsgefühl haften blieb. Es quälte ihn, das eigene Wertbild im Spiegel seiner Umwelt wahrzunehmen, wenn hinter seinem Rücken getuschelt wurde. Gefühle des Verletztseins kennzeichnen ihn noch heute. Das alles prägte sein Eigenwertstreben, doch auch die Gesten und Gebärden des Sichverhüllens. Immer wieder sagen engste Mitarbeiter von Rau, daß es bei aller Öffnung etwas gebe, das sich dem Blick entziehe, wo er sich verschließe.

Fragile Ruhelosigkeit und rätselhafte Umtriebigkeit bestimmen ihn. Sein Wesen enthält etwas, das auf Verletzung, Nadelstiche, auf Verborgenes hinweist. Auf Emotionen dicht unter der Oberfläche. Rau sucht den Erfolg, weil Mißerfolg als Ausdruck persönlicher Minderwertigkeit gelten könnte. Dabei beachtet er korrekt die Spielregeln, die Hierarchie, vermeidet Knalleffekte.

Rau verstand es, sich einbinden zu lassen, sich zur Verfügung zu halten, anderen Menschen zu dienen, Kontakte zu stiften. Er nutzte den Dunstkreis geistlicher Schrittmacher. Mit seinen Förderern tauchte der aufstrebende, einfühlsame Wuppertaler in Welten ein, die ihn bereicherten. Eigenwillige Christen und ihre Erwartungen an Rau formten den jungen Pietisten, sprengten seine religiösen Grenzen. Die Freundschaft mit evangelischen Theologen und deren Lebenserfahrungen vermittelten ihm Sicherheit und Geborgenheit. Vor allem aber das Gefühl dazuzugehören. Diese Schrittmacher wurden für ihn Motivationsfaktor, Orientierungshilfe und Rollenmodell.

Er konnte Leute ausquetschen, aktiv zuhören, strahlte etwas Angenehmes aus. War immer sympathisch und amüsant, dachte kreativ, verstand es, andere zu unterhalten, verhielt sich ausgleichend. Sein Hang zum Anekdotischen machte ihn beliebt. Vor allem besaß er Wissensdurst und unaufdringliche Neugier. Er pickte sich Rosinen aus dem Kuchen seiner Heimat; verstand es, Balance zu halten und Respekt zu bewahren. Aufruhr war ihm wesensfremd. Wirklichkeits- und Möglichkeitssinn bildeten für ihn eine Einheit.

Immer wieder fand er Vorbilder, die ihm realistische Perspektiven für das Leben boten. Sie halfen ihm, seine Persönlichkeit zu entwickeln. Fast alle, die er schätzte, verkörperten für ihn das Machbare. Die Erfahrungen der Älteren, ihre Erinnerungen, Hoffnungen und Perspektiven dienten ihm als Gebrauchsanweisung für das eigene Leben.

Mit überlegtem Sprachverhalten, Toleranz und unauffälligen Taten überbrückte er Gräben. Rau hielt Gegensätze aus. Durch seine leutselige, aber auch listige Art konnte er versöhnen, ausgleichen, überbrücken. Er gab sich Mühe, andere zu verstehen; bewies sich als mitfühlender, zuversichtlicher Christ, der dem Leben inmitten disparater Erscheinungsformen furchtlos zu begegnen suchte. Seine Kollegen und Arbeitgeber, aber auch seine Freunde und Beobachter hielten ihn für glaubwürdig. Seine Menschlichkeit und seine Mitmenschlichkeit schienen ein tragfähiges Fundament zu sein.

»Schon damals lernten wir seine Fähigkeit kennen«, urteilt ein ehemaliger Schriftleiter der *Jungenwacht*, »Streitfragen nicht in Verbalradikalismus hochzustilisieren, sondern sie auf den Punkt zu bringen, eindeutig zu formulieren und damit auf ihre Lösbarkeit zu prüfen.«

Gesinnungsgenossen

Im Juni 1950 hatte der Bundestag den Beitritt der Bundesrepublik Deutschland zum Europarat beschlossen. Dieser Rat von zehn europäischen Staaten besaß die Aufgabe, »einen engen Zusammenschluß unter seinen Mitgliedern zu verwirklichen, um die Ideale und Grundsätze, die ihr gemeinsames Erbe sind, zu schützen und zu fördern«.

Die Außenpolitik Adenauers war deutlich geworden. Sie folgte dem Motto: Nach Westen! Für den ersten Bundeskanzler der Bundesrepublik schien es nur die Alternative zwischen zwei Wegen zu geben, die in der deutschen Öffentlichkeit heftig umstritten waren: entweder eine dauerhafte Teilung Deutschlands mit fester Bindung der Teilstaaten an die jeweiligen Machtblöcke USA und UdSSR oder eine dauerhafte Neutralisierung Gesamtdeutschlands mit unwägbarem Sicherheitsrisiko.

Die Westmächte entschieden sich, die Teilung hinzunehmen. Der sowjetische Block verfolgte eher den zweiten Weg, nämlich Deutschland zu neutralisieren. Zwischen diesen Fronten wurde auch in der Bundesrepublik leidenschaftlich gestritten. Für viele Westdeutsche bedeutete die eine Richtung Wohlstand und Sicherheit, aber Preisgabe der »Ostzone«. Die andere Möglichkeit verhieß Wiedervereinigung.

Im Zerrspiegel der politischen Propaganda galten die Russen immer noch als unberechenbare Kommunisten. Der Kalte Krieg strebte seinem Höhepunkt zu. Als die Streitkräfte des kommunistischen Nordkorea am 25. Juni 1950 den 38. Breitengrad überschritten, war der Kalte Krieg brandheiß geworden. Den Koreakrieg begriff der Westen als unerhörte Herausforderung. Als Gefahr für den Weltfrieden. Auch Korea war ein geteiltes Land zwischen Ost und West.

Beängstigende Ähnlichkeiten mit der deutschen Situation entstanden. Zwei Monate nach dem Ausbruch des Krieges forderte Winston S. Churchill eine Armee westeuropäischer Truppen mit deutscher Beteiligung.

Anfang der fünfziger Jahre hatte Johannes Rau in einem Barmer Kino einen Vortrag gegen die Wiederbewaffnung der Bundesrepublik gehört. Der politisch engagierte Sozialwissenschaftler Johannes Harder wetterte gegen Adenauers Überlegungen, einen westdeutschen Verteidigungsbeitrag zu leisten. Rau sprach nach der Protestveranstaltung Harder an, der zur SPD gehörte und sich als überzeugter Pazifist in der Anti-Atombewegung der damaligen Jahre engagierte.

Harder lud den Neunzehnjährigen ein, der beharrlich nach Sinn, Leitideen und Verstehen fragte, ihn zu Hause zu besuchen. Der ersten Begegnung folgten weitere. Freunde erinnern sich, Rau sei bei der Familie ein- und ausgegangen. Ein intensives, weitreichendes Verhältnis entstand.

Neben seinem politischen Mentor Harder engagierte sich Rau bei Friedensaktionen. Dabei agierte er im Windschatten des streitbaren sozialdemokratischen Wuppertaler Stadtrates, der die Wiederbewaffnung strikt ablehnte. In ersten Reden setzte sich Rau für Frieden ein. Gewalt lehnte er in jeder Form ab.

Durch Harder lernte er Gesinnungsgenossen kennen. Beispielsweise den ersten sozialdemokratischen Pfarrer in Wuppertal, den radikalen Theologen Johann Christoph Blumhardt. Ein Mann entschiedener sozialer Gerechtigkeit. In vielen Gesprächen erörterten sie, wie sich pietistisches Denken zu einem größeren christlichen Realismus entwickeln lasse. Ohne Autoritätsgläubigkeit. Ohne frömmelnden Bodensatz. Ohne falsche Innerlichkeit.

Beide lehrten Rau, daß Frömmigkeit nur so viel wert sei, wie sie dem Menschen und seiner Umwelt nützt. Rau wurde in des Wortes wahrer Bedeutung »aufgeschlossen«. Harder half ihm, Sozialismus, Bolschewismus und Kommunismus zu unterscheiden. Er forderte ihn auf, sich stärker politischen Gegenwartsfragen zuzuwenden.

Noch trat Rau nicht in die SPD ein. Noch hielt er diese Partei für zu antikirchlich, zu sozialistisch.

Zu den politisch bewußten Christen, die Rau in Wuppertal kennenlernte, gehörte auch Helmut Gollwitzer.

Der streitbare, charismatische Theologe war 1945 aus Rußland nach Wuppertal-Elberfeld gekommen. Dort arbeitete er als Pfarrer, nahm aber angesichts vieler Defizite des kirchlichen Lebens kein Blatt vor den Mund. Durch ihn und Harder entwickelte sich Rau zum engagierten Anhänger der damaligen Friedensbewegung. Parteipolitischen Entscheidungen verschloß er sich noch immer.

Später schrieb er über seinen Weg zwischen verschiedenen theologischen Auffassungen in einem Artikel für das *Deutsche Allgemeine Sonntagsblatt*: »Wie Grenzgänger sind wir von Diskussion zu Diskussion gegangen, Gerstenmaier und Ehlers, Barth und Brunner, Künneth und Gollwitzer, Niemöller und Dibelius, Thielicke und Lilje. Unser Thema wurde politische Ethik und Ethik des Politischen. Das brachte Kreise und Gemeinden in Streit und in Verwirrung, aber eben dann auch zu klaren Entscheidungen. Ich habe erst später gelernt, daß ich da in keinem Falle bei einer Premierenfeier gewesen war, wenn ich den einen oder den anderen gehört oder gelesen hatte, daß es die Geschichte des Streits in der Kirche als einen Streit um die Wahrheit und um das richtige Tun gab, seit Menschen von ihrem Glauben Rechenschaft ablegen.«

Mal was Politisches!

Am 2. Dezember 1952 war der grippekranke freie Mitarbeiter Rau vom Lokalchef der *Westdeutschen Rundschau* gebeten worden, für ihn einen Termin wahrzunehmen. »Mal was Politisches«, brummte er ins Telefon. dpa hatte die Gründung der Gesamtdeutschen Volkspartei in

Frankfurt gemeldet. Zu den Gründungsmitgliedern gehörte der Wuppertaler Industrieberater Adolf Scheu, der als Nazigegner und Mitglied der Bekennenden Kirche während des Zweiten Weltkrieges mehrwöchige Haftstrafen abgesessen hatte. Ihn sollte Rau interviewen.

Rau raffte sich auf und fuhr zu Scheu in dessen Privatwohnung. Dieser war ein begeisternder, faszinierender Mann, der nicht nur Sachverhalte schildern, sondern auch andere für sich einnehmen konnte. Lang und breit, doch mit »großer Überzeugungskraft« erläuterte das Gründungsmitglied der GVP dem freien Zeitungsmitarbeiter Aufgaben und Ziele der neuen Partei.

»Nach zwei Stunden hatte ich nicht nur mein Interview, sondern ich war auch ganz gewonnen, und zwar auf einer Linie, die meinen Gedanken und Überlegungen entsprach«, erinnert sich Rau. Am Ende des Gespräches fragte Scheu unvermittelt Rau, ob er nicht Mitglied werden wolle: »Heute abend fahren wir zu Heinemann, da können Sie mitfahren, da gründen wir einen Landesverband.« Spontan entschied sich der friedensbewegte Rau für den Eintritt in die Gesamtdeutsche Volkspartei.

Er flitzte in die Redaktion, schrieb seinen Artikel und begleitete Adolf Scheu ins Ruhrgebiet. Bei Heinemann, dem späteren Bundespräsidenten, lernte Rau die gesamte Spitze der neuen Partei kennen. Auch Diether Posser, seinen Freund und späteren Konkurrenten. Der Landesverband wurde aus der Taufe gehoben. »Von da ab war ich in der Politik!« Rau übernahm den Orts- und Kreisvorsitz der GVP Wuppertal. So schnell wie er eingetreten war, so schnell erhielt er Funktion und Amt.

Am nächsten Tag konnten die Leser der *Westdeutschen Rundschau* in dem Beitrag von Johannes Rau lesen, daß eine große Zahl politisch Heimatloser und Unzufriedener auf die Frankfurter Gründung der GVP geradezu gewartet habe. Die Gegensätze zwischen Rechts und Links seien überholt. Es gelte, eine Politik zu betreiben, in der der Mensch im Mittelpunkt stehe. Die GVP strebe dahin, »bis zur letzten Möglichkeit das Gespräch mit der Welt hinter dem Eisernen Vorhang zu suchen ...«

Rau hatte sein politisches Taufbekenntnis geschrieben. Vierzehn Tage später wurde er Mitbegründer des Kreisverbandes seiner Partei. Und Kreisvorsitzender.

Gustav Heinemann galt als entschiedener politischer Protestant, der die Bergpredigt mit dem Grundgesetz und die Menschenrechte mit den Gesetzen des Alten Testaments zu verbinden suchte. Das Kriegstrauma beeinflußte sein Leben: Nie wieder Hitler. Der Bürger sollte seine Obrigkeit kontrollieren; Christen sollten sich ins Tagesgeschäft der Politik einmischen, um Demokratie zu praktizieren, um neue Hitlers zu verhindern.

»Gerechtigkeit, Menschlichkeit und Vernunft sind keine abstrakten Postulate«, hatte Heinemann gesagt, »sondern machbare und deshalb zu machende Konkretionen biblischer Botschaft.« Solche Sätze faszinierten den jungen Rau. So versuchte er Politik anzugehen und zu verstehen. »Wir wollten eine andere Sicherheitspolitik, eine andere Außenpolitik, Gesamtdeutsches«, erinnert er sich. Oft wurden die Anhänger der GVP diffamiert. Bei einer Pressekonferenz in Düsseldorf fanden sie auf einer Speisekarte den Aufkleber: »Von Moskau bezahlt«. Rau grient: »Die hatte irgendwer von der CDU hingestellt.«

Wieder einer, der ihn bewegte

Gegen eine deutsche Wiederbewaffnung und für eine Wiedervereinigung der beiden deutschen »Teilstaaten«! Diese Forderungen gehörten seit langem zu Gustav Heinemanns Credo. Bereits 1950 erlebte Rau auf der Reichstagung der Schülerbibelkreise in Marburg den Mann, der in der evangelischen Kirche ähnlich umstritten war wie der Theologe Niemöller. Unter Adenauer Bundesinnenminister und Präses der Synode der EKD, sprach Heinemann in Marburg. Er redete den Protestanten der Nachkriegszeit ins Gewissen, bemühte sich, sie politisch zu aktivieren, sie für eine Mitarbeit in der jungen Demokratie zu gewinnen.

Rau »loderte« 1950 in Marburg noch nicht. Noch dachte er wie viele Christen, die nach dem Zweiten Weltkrieg die Politik mieden und sich ins Private zurückzogen. Parteipolitisches Engagement stand nach den mit Hitler gemachten schlechten und verwirrenden Erfahrungen nicht allzu hoch im Kurs.

Heinemann, Niemöller und Gollwitzer warfen Adenauer zornig vor, Gott habe dem deutschen Volk zweimal die Waffen aus der Hand geschlagen; die Deutschen dürften sie nicht ein drittes Mal aufnehmen.

Als Heinemann dem Kabinett Adenauers im Herbst 1950 den Rücken kehrte, war das ein Fanal gewesen. Sein spektakulärer politischer Schritt lieferte Zündstoff. Seine Entschiedenheit und sein Mut bewegten viele evangelische Christen. Rau sammelte jetzt mit Freunden Unterschriften, um die »Notgemeinschaft für den Frieden Europas« zu gründen. Sie galt als Vorstufe zur Gesamtdeutschen Volkspartei. Die öffentliche Meinung sollte mobilisiert werden.

Heinemann, noch CDU-Mitglied, wirkte auf andere politische Kräfte ein. Besonders hoffte er auf protestantische CDU-Kreise. In einem Aufruf forderte man »das deutsche Volk auf, unseren Weg mitzugehen: gegen eine unzeitgemäße Aufrüstung«.

Der Kampf gegen die Wiederbewaffnung bestimmte die politische Praxis der Partei. »Wir hatten als GVP keine Chance, das war uns ziemlich gut bekannt. Obwohl wir unsere Partei selbst nicht so gering eingeschätzt haben«, urteilt Rau heute über ihre damalige Stoßkraft. Schon früh wurde deutlich, daß ihre politische Wirkung verpuffte. Zu den Versammlungen kamen zwar engagierte Protestanten, Pazifisten und Studenten. Doch die Mehrheit der Bevölkerung interessierte sich nicht für Heinemanns Vorstellungen. Die deutsche Presse schwieg oder kritisierte seinen Kurs. Die Regierungsparteien denunzierten ihn als »Tragikomiker«.

»Manchmal wurde an seinem Verhalten deutlich, daß er aus dem Kreis um Gustav Heinemann zur SPD gekommen war«, charakterisierte später der Sozialdemokrat Dieter Lattmann den Wuppertaler Rau, »als einer von denen, die in den Anfangsjahren der Bundesrepublik für die Wiedervereinigung und ebenso leidenschaftlich gegen die Wiederaufrüstung eintraten.«

An Raus zweiundzwanzigstem Geburtstag startete die GVP in Wuppertal eine Großveranstaltung. Der Sohn des Predigers hielt seine Jungfernrede. Auch Parteichef Heinemann versuchte auf der gleichen Veranstaltung bergischen Dickschädeln klarzumachen, wie wichtig die neue Partei sei. Doch die meisten vertrauten Adenauer, der glaubte, Freiheit und Frieden könnten in Europa nur durch das westliche Bündnis und die deutsche Wiederbewaffnung erhalten werden.

Am 6. September 1953 blieb die Gesamtdeutsche Volkspartei bei der Bundestagswahl mit 1,2 Prozent der Zweitstimmen weit hinter den Erwartungen ihrer Anhänger zurück. Der Schock saß tief. Auch bei Rau. Doch Heinemann verfolgte seine politischen Ansichten unbeirrbar weiter. Er wetterte gegen den »Westabmarsch« der Bundesrepublik. Mit seinen Vorstellungen bot er eine unzeitgemäße Alternative zu Adenauers Westpolitik. Er stemmte sich gegen den Willen des ersten deutschen Kanzlers, dem westlichen Militärbündnis deutsche Soldaten einzugliedern.

Rau wäre damals nie auf die Idee gekommen, Soldat zu werden. Er begriff sich in der Tradition der Bekennenden Kirche, fühlte sich ins Stuttgarter Schuldbekenntnis seiner Kirche eingebunden.

Die SPD, die zunächst die politischen Aktivitäten der GVP Heinemanns wohlwollend begleitete, distanzierte sich nach und nach von ihr. Auch die Mehrheit der deutschen Protestanten neigte eher anderen Männern in der Union zu. Beispielsweise Hermann Ehlers, dem Gründer des Evangelischen Arbeitskreises, oder Eugen Gerstenmaier, dem späteren Bundestagspräsidenten.

Durch die Ostberliner Ereignisse des 17. Juni 1953 kippte die Stimmung in der westdeutschen Bevölkerung um. Die Politik des Friedens und der Wiedervereinigung, die Gustav Heinemann und seine Getreuen befürworteten, erhielt einen entscheidenden Dämpfer. Die GVP mahnte, trotz enttäuschender Resonanz, mit allen ihr zur Verfügung stehenden Kräften unnachgiebig weiter.

Heinemann und einige seiner politischen Freunde suchten die Nähe zur SPD. Sie glaubten, daß die Sozialdemokraten mit ihrem 1954 formulierten Bekenntnis zur

Marktwirtschaft liberalen christlichen Bürgern eine politische Heimat bieten könnten. Erwartet wurde, daß die SPD sich öffnete. Heinemann und seine Mitstreiter hofften, als gleichberechtigte Partner gemeinsame Aktionen durchführen zu können oder vielleicht sogar Wahlabsprachen zu treffen.

Doch die SPD wollte die GVP nicht als Juniorpartner akzeptieren. Auch deshalb wurde auf dem dritten Bundesparteitag der GVP im Mai 1957 beschlossen, die Partei aufzulösen. Den Mitgliedern empfahl man, zur SPD überzutreten. Die meisten folgten diesem Wunsch. Gustav Heinemann und Helene Wessel, eine der »Mütter« des Grundgesetzes und langjährige Vorsitzende der Deutschen Zentrumspartei, erhielten bei der Bundestagswahl 1957 sichere Plätze auf der Landesliste der SPD.

Rau dachte wie Heinemann

Von der Idee eines »bedingten Neutralismus« war Rau überzeugt. Er wollte, wie Heinemann, die Wiedervereinigung der beiden deutschen »Teilstaaten« erreichen, gleichzeitig aber den Frieden in Deutschland und Europa erhalten. Die geplante deutsche Wiederbewaffnung und Wiederaufrüstung hielt er für falsch. Die Ost und West angebotene Neutralisierung eines wiedervereinigten Deutschlands – mit oder ohne nationale Armee – sollte das Mittel sein.

Blinden Antikommunismus lehnte Rau ab. Deutschland hat nur eine Zukunft, wenn es bereit ist, außerhalb politischer und militärischer Blockbildungen einen Ausgleich nach allen Seiten anzustreben, schrieb sein späterer

Freund und enger Weggefährte Diether Posser: »Nicht gegen Amerika, aber auch nicht gegen Rußland, sondern Ost und West gleichermaßen friedlich verbunden.«

In erster Linie bestimmten außen- und deutschlandpolitische Vorstellungen sowohl Raus Denken als auch die Programmarbeit der GVP. Erst auf das Drängen einiger Parteimitglieder folgte man taktischen Überlegungen und gab sich ein Wirtschafts- und Sozialprogramm. Allerdings spielte es in der politischen Praxis der Partei keine nennenswerte Rolle. Den Wählern konnte nicht glaubhaft gemacht werden, daß die GVP gehaltvolle innenpolitische Zielvorstellungen besaß.

»Mein Vater mochte Johannes Rau«, schrieb Peter J. Heinemann über das Verhältnis Gustav Heinemanns zu Rau. »Wie er ihn begrüßte, mit ihm sprach, ja überhaupt auf ihn reagierte, das zeigte freundschaftliche, fast väterliche Gefühle ... Im Grunde waren sie gänzlich unterschiedliche Naturen. Mein Vater war bei aller politischen Leidenschaft von einer grenzenlosen, durch keine auf die eigene Person bezogenen Hoffnungen oder Ängste getrübten Nüchternheit und trotz seines Humors streng und unbeugsam.

Herausragendes Wesensmerkmal von Johannes Rau aber ist sein angeborenes Urvertrauen, seine Freude am Leben, auch an sich selbst, und die daraus fließende Menschenfreundlichkeit ... Ich glaube, daß Rau durch meinen Vater eine Prägung als Mensch, als Politiker und als Christ erfahren hat. Er hat bei ihm oder besser von ihm gelernt, daß politischer Realismus und Moral einander nicht ausschließen, sondern im Gegenteil zueinandergehören. Denn dauerhaft wird nur geregelt, was gerecht geregelt wird ... Letztlich wurzelte ihre Übereinstimmung in einem unerschütterlichen christlichen Glauben. Dieser Glaube erlaubt keinen Verzicht auf tätige Verantwortung. Denn wer nicht handelt, der läßt sich behandeln und ist anderen kein Nächster.«

Seit die Pariser Verträge 1955 in Kraft getreten waren, schien das Grundmuster der politischen Macht in Europa festgelegt zu sein. Die Verteilung Deutschlands auf zwei gegensätzliche Machtblöcke entschied die deutsche Frage.

3.

Quo vadis, Johannes?

Auf die Frage, ob er damals auch der CDU beigetreten wäre, antwortete Rau: »Wir wollten Friedens- und Entspannungspolitik. Unser Anstoß, die Gesamtdeutsche Volkspartei zu gründen, war verbunden mit dem Ausscheiden Heinemanns aus der Regierung Konrad Adenauer. Außerdem war die CDU doch im eigentlichen Sinne keine politische Partei, sondern ein Verband unterschiedlicher, teils widersprüchlicher Interessen. Nein, damit hatte ich nichts im Sinn!«

Rau überlegte nach dem Übertritt Heinemanns zur SPD einige Monate lang hin und her. Vorbehalte gegen die SPD bestanden nach wie vor. Er glaubte, die Sozialdemokraten seien noch weitgehend gegenüber christlichen Fragestellungen verschlossen. Adolf Scheu, der Rau für die GVP geködert hatte, verhandelte bereits mit der FDP in Baden-Württemberg.

Schriftlich verabredete Heinemann bei seinem Übertritt zur SPD, niemals werde er einer atomaren Bewaffnung der Bundeswehr zustimmen. Zu seinen Vereinbarungen gehörte auch, daß die Mitglieder der GVP ihre Vorstellungen ins neue Godesberger Programm einbringen könnten. Tatsächlich wirkte 1959 auch Johannes Rau am Abschnitt »SPD und Kirchen« mit.

Inzwischen war der Wuppertaler 1957 der SPD beigetreten. »Der Wechel ist uns schwergefallen, und zwar sowohl aus politischen als auch stilistischen Gründen«, meinte Rau. »Wir waren Bürgerliche im Lebensgefühl. Und die SPD war nicht die Partei von heute. Sie stand zwei Jahre vor Godesberg.«

Der Sechsundzwanzigjährige wurde bei den neuen Wuppertaler Genossen, trotz einer gehörigen Portion Skepsis gegenüber dem Überläufer, schnell zur bewunderten Zugnummer. Seine ansteckende Unbekümmertheit, aber auch seine erkennbare Lust, anekdotische und psychologische Details mit treffsicherer Pointe auszufeilen, machten ihn beliebt. Zwar besaß er keinen Stallgeruch und das vertrauliche Du der Genossen ging ihm zunächst schwer über die Lippen, aber er galt als »feiner, gewiefter Kerl«.

»Übrigens stürzte er sich mit Feuereifer in die Arbeit, und wir packten ihm dankbar soviel auf wie eben möglich und zu verantworten«, schrieb eine junge Genossin, »kurz gesagt, er hatte uns gerade noch gefehlt.«

Seine Mitstreiter erkannten in Rau den idealen Genossen: bienenfleißig, effektiv und integrativ. Mit seinem kompletten Kommunikationsrepertoire besaß er die besten Voraussetzungen, Projekte zu leiten, wichtige Funktionen zu übernehmen, sogar Macht zu gewinnen. Rau konzentrierte sich darauf, Spitzenleistungen zu bringen, beliebt zu sein, eigene Schwächen abzubauen Seine Fähigkeit, ein konstruktives Klima zu schaffen, Sympathiebeziehungen zwischen sich und anderen wachsen zu lassen, war grandios.

Intuitiv erfaßte der kommunikationstüchtige Verlagsexperte die Basis seiner neuen Partei, die als Arbeiterpartei noch stark gewerkschaftlich organisiert und ausgerichtet war. »Ich wußte kaum, was Gewerkschaften waren«, lächelt er. »Ich kannte sie zu wenig. Doch Vorbehalte hatte ich nicht. Gewerkschafter zu sein, hätte ich damals nicht als meine Sache empfunden. Ich bin erst sechs Jahre später in die Gewerkschaft Erziehung und Wissenschaft eingetreten – und immer noch Mitglied.«

Auch heute noch betrachtet er SPD und Gewerkschaften als »zwei Stämme einer Wurzel«, die beide vom Grundmotiv der Solidarität leben.

Den Klassen- als alltäglichen Lebenskampf in der Gesellschaft hatte Rau nicht am eigenen Leibe erlebt. Weder die Lebensverhältnisse noch die rauhe Lebenswirklichkeit der Arbeiter. Zwar kannte er ihre Alltagskultur, wußte um die gebeutelte Stadtlandschaft Wuppertals, die durch sie geprägt worden war. Doch die Fabrik mit ihrer spezifischen Welt der abhängig Arbeitenden betrachtete er von außen, durch die Brille eines Verlagsgeschäftsführers, der Mitarbeiter motivieren mußte. Angestellte wußten wenig von den Problemen der Fabrikarbeiter, von ihren Arbeitsabläufen und Arbeitsbedingungen; von den anderen körperlichen und psychischen Anforderungen; von der Fabrik als eigener Welt mit inneren Hierarchien.

Eine Anekdote, die auf einer wahren Begebenheit beruht, erzählt Rau oft. An dieser Geschichte lassen sich wichtige individuelle Wesenszüge und Eigenschaften ablesen, die im Leben des Instinktpolitikers Rau, der früh Veränderungen witterte und kleinste Haarrisse wahrnahm, eine Rolle gespielt haben: seine Präsenz und Verfügbarkeit, sein außergewöhnliches Gedächtnis und sein intuitives Gespür für Situationen, aber auch für die eigene Wirkung.

»Kurz bevor mein Vater starb, ich war inzwischen schon in der Gesamtdeutschen Volkspartei, rief mich ein

Parteifreund an, ich müsse am nächsten Tag nach Mettmann und eine politische Rede halten. Ich sollte einen Redner vertreten, der krank geworden war. Anfang 1953 war das. Die Verkehrsverbindungen waren schlecht, und ich kam schon drei Stunden vor der Veranstaltung in Mettmann an. Ich setzte mich in den Wartesaal und las die ausliegende Zeitung. Von hinten nach vorne und von vorne nach hinten. Dann hatte ich immer noch eine Stunde Zeit. Und da habe ich, nur um zu überprüfen, wie gut mein Gedächtnis ist, die Notierungen des Schlachtviehmarktes auswendig gelernt, außerdem die Gemüsepreise und Preise landwirtschaftlicher Grundstücke. Immer einige Zeilen gelesen, dann zugehalten und memoriert.

Am Abend trug ich dann gewissenhaft bei der Veranstaltung unsere Thesen zum Weltfrieden und zur Auflösung der Blöcke vor. Alles in allem lief es gut. Einer meinte sogar, das könnte seine Partei werden. Doch ein anderer sagte: ›Ja, aber nur, wenn die sich auch um unsere Angelegenheiten als Bauern kümmern.‹ Da habe ich geantwortet: ›Das ist auch wahr, wenn man bedenkt, wie die Schweinepreise gesunken sind, und das bei dieser schlechten Getreideernte und bei der Preisentwicklung für bäuerliche Grundstücke‹, und alles mit Zahlen belegt. Denen blieb die Spucke weg. Es war ein riesiger Erfolg.«

Der Jungsozialist

Johannes Rau gefiel den neuen Genossen. Seine unkonventionelle, kameradschaftliche Art hinterließ auch bei den Wuppertaler Jungsozialisten Eindruck. Seine Bekanntschaften und Freundschaften mit renommierten

Politikern und Kirchenführern vermittelten das Bild eines belesenen, gebildeten, mit allen Wassern gewaschenen »Kopfarbeiters«. Seine Art, auf Menschen zuzugehen, die einen anderen sozialen Hintergrund besaßen, kam an. Seine Rhetorik wirkte nicht überdreht. Er konnte einfach und überzeugend reden.

»Der jüngere politische Weggefährte Gustav Heinemanns war in der Wuppertaler SPD schnell heimisch geworden«, schrieb Knulp Goeke, ein Augenzeuge jener Zeit. »Ein wichtiger Anknüpfungspunkt war, daß in der SPD und inbesondere unter den Jungsozialisten das Friedensthema hoch im Kurs stand.«

Auf Meinungen und Strömungen in der neuen Partei einzugehen, mit anderen zu streiten, ohne zu verletzen, das verschaffte Rau Respekt und Vertrauen. Am 21. Januar 1958 wurde er zum Wuppertaler Juso-Vorsitzenden gewählt.

»Rau machte oft deutlich, daß es nicht nur auf gute Diskussionen ankomme, sondern daß die Verwirklichung des Gewollten hinzukommen müsse«, schrieb Knulp Goeke. »Wir machten dabei die Erfahrung, daß er bei Meinungsverschiedenheiten notfalls geduldig bis tief in die Nacht hinein bereit war, anstehende Fragen zu erörtern und damit zu einer Lösung zu kommen.«

Als Juso-Vorsitzender nahm Rau an den Sitzungen des Unterbezirksausschusses teil, zu denen auch die SPD-Ortsvorsitzenden gehörten. Bald war er auch in diesem Gremium bekannt wie ein bunter Hund, der hinreißend zu bellen verstand. Geduldige Kompromißbereitschaft, feinfühliges Gespür, unermüdlicher Einsatz und gute Laune blieben seine wichtigsten politischen Instrumente bis zum heutigen Tag.

»Wir lachten uns oft ›schibbelig‹, wie man in Wuppertal sagt, erlebten ein ganz neues Bibelgefühl. Johannes konnte so herrlich über sich selbst ›uzen‹, und fromm, nee, fromm gab er sich eigentlich nie. Er flirtete heftig mit den weiblichen Mitgliedern, und so konnten ihn die dazugehörigen Jungs erst mal nicht leiden. Johannes gehörte schnell voll zu uns, als sei er immer schon dabeigewesen«, berichtete Freia Engelhardt-Schwaferts über Raus damalige Mitarbeit. »Er hatte nur einen großen Fehler, er rauchte zuviel!«

Aufwärts, vorwärts!

Nach den für die SPD enttäuschenden Bundestagswahlen von 1957 – Adenauer gewann mit dem Slogan »Keine Experimente« die absolute Mehrheit – machte man sich in der Partei grundsätzliche Gedanken. Nicht länger wollten die Sozis ewiger Verlierer sein. Neue Wählerschichten mußten erschlossen werden, vor allem im bürgerlichen Lager. Die deutsche Sozialdemokratie sah sich mit einer politischen und wirtschaftlichen Entwicklung konfrontiert, die neue Überlegungen erforderte. Konkret hieß das: Bliebe es bei der bisherigen wehrpolitischen Haltung und außenpolitischen Formel »Wiedervereinigung durch Bündnisfreiheit«, würde man kaum neue Wähler gewinnen.

Nach langen hitzigen Diskussionen entwickelte die SPD neue wegweisende Vorstellungen. 1959 verabschiedete die Partei das Godesberger Programm. Darin bekannte sie sich zur Landesverteidigung; garantierte die freie Unternehmerinitiative und das Privateigentum an

Produktionsmitteln. Außerdem entschloß sie sich zur Toleranz gegenüber den Kirchen. Besonders an diesem inhaltlichen Schrittwechsel arbeitete Rau mit.

Am 2. April 1958 war er gefragt worden, ob er – der seit 302 Tagen Mitglied der SPD war – für den Düsseldorfer Landtag kandidieren wolle. Er sollte gegen den örtlichen DGB-Chef antreten. Rau sagte zu, obwohl er wenig Hoffnung besaß, gewählt zu werden. Doch er machte das Rennen. Die SPD verlor zwar in Wuppertal bei der Landtagswahl im Juli 1958 drei sichere Wahlkreise an die Union, aber Rau gewann mit 750 Stimmen Vorsprung als einziger SPD-Kandidat den vierten Wahlkreis.

Der Sohn des pietistischen Predigers hatte nicht nur seinen CDU-Konkurrenten geschlagen, sondern auch seinen Genossen gezeigt, daß sozialdemokratischer Stallgeruch und Ochsentour allein nicht seligmachend sind.

Als »Benjamin« zog er in den Düsseldorfer Landtag. Sein Stern ging auf. Der jüngste Landtagsabgeordnete weckte das Interesse der Presse und der elektronischen Medien. Sein Bekanntheitsgrad wuchs rasch.

In der GVP hatte sich Rau vor allem mit deutschlandpolitischen Fragen beschäftigt. Im nordrhein-westfälischen Landtag spielten außen- und sicherheitspolitische Probleme keine nennenswerte Rolle. Deshalb stürzte sich der Wuppertaler Genosse auf die Jugend- und Bildungspolitik. Diesen gesellschaftspolitischen Problembereich kannte er aus seiner Arbeit in der Evangelischen Jugend und aus seiner Tätigkeit im Jugenddienst-Verlag.

Im Laufe der Düsseldorfer Parlamentsjahre entwickelte er sich zum sachkundigen, streitbaren bildungspolitischen Sprecher seiner Fraktion. Er glänzte durch geschliffene Rhetorik; bestach durch kulturpolitisches

Detailwissen und Kompetenz; mauserte sich zum kenntnisreichen Medienpolitiker. Seine ausgeprägten Erfahrungen im Presse- und Verlagswesen kamen ihm dabei zugute.

Als Rau 1958 Abgeordneter des Landtages von Nordrhein-Westfalen geworden war, begann gerade die strukturelle Krise im Steinkohlenbergbau. Ende 1958 lagen 12,3 Millionen Tonnen Steinkohle auf Halde, die nicht verkauft werden konnten. Es kam zu ersten Entlassungen. Nicht nur im Bergbau an der Ruhr traf es die Menschen wie ein Schock.

Die Kohle, die in den ersten Nachkriegsjahren der jungen Bundesrepublik die Energie für den Wiederaufbau lieferte, stand unvermittelt in einem mörderischen Konkurrenzkampf zum billigen Erdöl. Die Krise an Rhein und Ruhr wurde zur nationalen Herausforderung.

Diese Strukturkrise begleitete den Abgeordneten Rau bis zum Ende seiner landespolitischen Führungstätigkeit. Ein gewaltiger gesellschaftlicher Anpassungsprozeß mußte eingeleitet werden: durch sozialpolitische Maßnahmen, durch die Ansiedlung neuer Betriebe im Ruhrpott, durch visionäre Überzeugungsarbeit. Daran beteiligte sich Rau in den folgenden Jahren maßgeblich. Die Rolle der Kohle im Rahmen der nationalen Energiepolitik neu zu bestimmen wurde eines seiner Lebensthemen.

Oft erklärte er: »Wir in Nordrhein-Westfalen, wir sitzen nicht nur auf der Kohle, wir setzen auch auf die Kohle.« Mehrere hunderttausend Arbeitsplätze gingen verloren. Sie mußten ersetzt oder sozial- und regionalverträglich bewältigt werden.

Inzwischen führte der neue bundespolitische Kurs der SPD auch zu personellen Konsequenzen. Erich Ollenhauer, einem untadeligen, doch biederen Politiker, war es nicht gelungen, Wahlen für die SPD zu gewinnen. Seine Ausstrahlung blieb gering. 1960 wählte der Parteirat den Regierenden Bürgermeister von Berlin, Willy Brandt, zum Kanzlerkandidaten der Sozialdemokraten für die Bundestagswahl 1961. Er schien alles zu besitzen, um volkstümlich zu werden. Brandt verkörperte Dynamik und Fortschritt. Er bot sich als geeigneter Gegenkandidat zu Adenauer an.

Einer aus Barmen im Zauberberg

»Keine Schau ohne Rau« reimte Ende der sechziger Jahre ein Kabarett im Barmer Haus der Jugend über den erfolgreichen, weiter aufstrebenden Politiker. Damals war er bereits Vorsitzender der SPD-Fraktion im nordrhein-westfälischen Landtag, Mitglied des Wuppertaler Stadtrates, stellvertretender Unterbezirksvorsitzender der Sozialdemokraten in Wuppertal und Mitglied der Synode der Evangelischen Kirche im Rheinland. Er schien einer zu sein, der Posten sammelt.

Helmut Böger, ein außergewöhnlich intimer und kompetenter journalistischer Kenner des Sozialdemokraten Rau, schrieb 1986: »Rau stammt aus dem gleichen geistig-religiösen Milieu wie Friedrich Engels, Weggefährte von Karl Marx, Mitbegründer des wissenschaftlichen Sozialismus. Freilich ist Raus soziales Herkommen kleinbürgerlich, Friedrich Engels stammte aus einer der wohlhabendsten Familien des Tals. Die Gemeinsamkeiten mit Engels, der sich bitter-ironisch über die Philister des ›Muckertals‹ amüsierte und gleichzeitig darunter litt, gehen tiefer, als sich Rau wohl eingestehen mag: Die Prädestinationslehre Calvins besagt, grob formuliert, daß ein gottgefälliges Leben sich auch im weltlichen Erfolg ausdrückt.

Dies setzt Menschen, die in diesem Sinne erzogen werden, unter Erfolgsdruck; auch wenn man für sich nicht mehr an die Prädestinationstheorie von Calvin glauben mag. Jahrhundertelange Überlieferungen prägen, sei es wie bei Engels, der sich radikal lossagte, sei es wie bei Rau, der sie wirkungsvoll sublimiert hat.

Der zweite wichtige Antrieb, den anderen und damit sich etwas beweisen zu wollen, liegt in der Zauberberg-Krankheit, die Rau in der Pubertät befallen hat. In den offiziellen Biographien wird sie verschwiegen, als sei sie etwas Unanständiges. Tatsächlich spricht man in der kleinbürgerlichen Welt über so etwas nicht. Doch diese Krankheit, einmal überwunden, kann Quelle von Kraft sein. Hans-Dietrich Genscher ist in der deutschen Politik ein anderes Beispiel dafür. Offenbar fördert die lange Zeit des Verzichts auf intensive körperliche Beschäftigung, den die Rekonvaleszenz nötig macht, das Streben nach geistigem Tun. (Johannes Rau, Econ Verlag, 1986)

Der spätere Lebenshunger von Johannes Rau, die oft hektisch erscheinenden Aktivitäten, die Jagd nach Posten und Anerkennung für Leistung haben auch darin ihre Ursache, aber auch das, was ein wohlmeinender Genosse als Privatleben bezeichnet, ›das nicht den üblichen Vorstellungen eines Predigersohnes entsprach‹. Man kann es auch klarer formulieren: Rau war, bis er, wie man so sagt, in feste Hände kam, ein Herzensbrecher. Was mit einer merkwürdigen, manchmal rührenden Schüchternheit und mit Scherzen überspielter Unbeholfenheit gegenüber Frauen einherging. ›Man kann auch im stillen Gutes tun‹, war schon die Standardantwort des Oberbürgermeisters Rau auf die Frage, ob er denn nicht heiraten werde.

Ein dritter Ansporn, es der Welt zu zeigen, ist die Tatsache, daß Rau kein Abitur hat. Inzwischen kokettiert der Dr. h.c., Begründer von fünf Gesamthochschulen in Nordrhein-Westfalen, mit seinem Mangel an formalen Bildungsabschlüssen. Doch zwischen all der Koketterie kommt durchaus ein Stück Bitterkeit durch … Auch hier wieder eine interessante Parallele zu dem anderen Barmer, Friedrich Engels, der nie ein akademisches Studium vollendet hat und doch eine der deutschen Geistesgrößen geworden ist. Mit diesem Barmer Bruder aus pietistischem Geist hat sich Rau immer wieder auseinandergesetzt …«

Johannes Dampf in allen Gassen

Von November 1969 bis September 1970 arbeitete Rau auch als Oberbürgermeister seiner Heimatstadt Wuppertal. Erster Bürger dieser Stadt zu werden stand nicht »im Rahmen meiner Lebensplanung«, sagte er damals. Doch jahrelang betonte er, dieses Amt sei sein schönstes gewesen. Mit Elan stürzte er sich auch in diese Aufgabe.

»Keine Schau ohne Rau« wurde im Tal der Wupper ein geflügeltes Wort. Bei Betriebsjubiläen, Stadtteilfesten, Eröffnungen, Chortreffen war Rau gegenwärtig. »Ich mag die Menschen, und das merken sie«, schmunzelte er jovial, wenn er nach dem Geheimnis seines politischen Erfolges gefragt wurde. Längst war die Politik seine Droge geworden. Er forderte mehr.

»Rau wird immer als ein Politiker beschrieben«, charakterisierte ihn Helmut Böger, »der niemals die von schweren Niederlagen herrührenden Narben auf der Seele verkraften mußte. Doch seine kommunalpolitische Karriere fing mit einer Niederlage an: Bei den 61er Kommunalwahlen wurde kurzfristig, als schon die Listen eingereicht waren, ein Wahlkreis frei, weil gegen einen SPD-Bewerber ein Strafverfahren eingeleitet worden war. Bedrängt von seinen Freunden, im Wahlkreis Barmen anzutreten, sagte Rau zu. Seit einem knappen Jahr war er Mitglied des Landtages. In dem konservativ strukturierten Wahlkreis war es für einen Sozialdemokraten nahezu unmöglich zu gewinnen, aber Rau kandidierte ohne Listensicherung. Prompt verlor er ...«

Fünf Jahre nach diesem vergeblichen Einstieg wurde Rau, der inzwischen im Landtag in den Fraktionsvorstand der SPD aufgestiegen war, Spitzenkandidat der Wuppertaler Genossen. Wer ihn damals fragte, warum er sich neben seiner Arbeit im Land auch in der Kommunalpolitik engagieren wolle, erhielt zur Antwort: »Das liegt an meiner Wuppertal-Krankheit!«

Das entspricht nur zum Teil der Wahrheit. Einerseits wollte er den Menschen im Tal der Wupper zeigen: Seht her, ich gehöre zu euch. Ich bin einer von euch! Andererseits hatte Rau im Düsseldorfer Landtag auch den Wert einer regionalen Hausmacht kennengelernt. Und sei sie noch so klein.

Wie kaum ein anderer verstand er es, Beziehungen zu pflegen, sich in Erinnerung zu bringen. Mal durch Briefe, mal durch Glückwünsche, meistens aber durch direkte Kontakte. Er galt als genialer, äußerst subtil agierender Selbstdarsteller, der die Eitelkeiten seiner Genossen geschickt nutzte. Allerdings auch als einer, der Freundschaften halten und festigen konnte. Rau suchte meistens den

Weg der guten Beziehung, der Harmonie, des Einverständnisses, nicht unbedingt die konfliktträchtige Auseinandersetzung.

1964 befand sich die SPD im Landtag noch in der Opposition. Ob sie je regieren würde, war offen. Rau suchte ein zweites politisches Standbein. Er hatte die Konditionen politischer Macht gespürt; kannte seine Wirkung, seine Reputation; schätzte die empfindsame Metaphorik des Herzens; erlebte tagtäglich die Relation zwischen Kompensation und Leistung, die Normalität politischer Irrtümer, Fehlschlüsse und Kurzschlußhandlungen. Er wußte um seine Aura und bediente sich ihrer. Ämter, Statussymbole und gesellschaftliches Ansehen waren der sichtbare Ausdruck für einen, der längst begriffen hatte, worauf es im Leben ankommt. Das alles wurde seine zweite Haut.

»Er hat sich damals nicht vorgedrängt, sondern war da«, meinte Böger, »und er war unumstritten da!« Rau wurde der erste Mann der Wuppertaler SPD-Ratsfraktion. Übte sanft Einfluß aus. Nie cholerisch, sondern harmonisch. Immer beherrscht, aufmerksam, eloquent.

Bislang war diese Aufgabe in der SPD eher nebenbei erledigt worden. Rau betrachtete sie als Management. Er forderte von der Stadtverwaltung, ein Arbeitszimmer im Rathaus zu erhalten. Im Keller wurde ihm ein Zimmer eingerichtet, sogar ein Telefon installiert. Allerdings nur für Ortsgespräche. Als 1969 wieder Kommunalwahlen anstanden, wurde Rau als Kandidat für das Amt des Oberbürgermeisters nominiert.

Durch seine Präsenz, durch sein entspanntes, nie affektiertes Auftreten, durch seine Volksnähe wurde er zur sozialdemokratischen Wahllokomotive. Die Rituale und

Kommunikationsmuster der Politik beherrschte er. Auch die Klaviatur der Macht. Seine Ausstrahlung beruhte auf der Macht des Predigers, der mit kundigem Blick auf tiefhängende Wolken sein Gebet um Regen fortsetzt.

Die eigene Attraktivität, Popularität und Kontaktfähigkeit entwickelte und verfeinerte der im November 1969 gewählte Oberbürgermeister zu wichtigen operativen Steuerungsinstrumenten. Er verschmolz dies alles zu einem authentischen Markenbild.

»Zukunft braucht Herkunft«, hat der Philosoph Odo Marquard einmal gesagt. Rau betonte sein Milieu, seine Geschichte, Tradition und Heimat. Immer wieder unterstrich er in den wechselnden »Szenen« seine Herkunft, seine Bindungsfähigkeit. Er wußte, wer informieren will, muß sich selbst inszenieren können. Rau gestaltete und pflegte wie kaum ein anderer sein manchmal etwas knautschiges, doch Gefühlswerte ansprechendes Erscheinungsbild öffentlichkeitswirksam: Seht her, ich gehöre zu euch! Intensiv konzentrierte er sich auf das Produkt Rau, bastelte an seinem Mehrwert. Er verbesserte und entwickelte es weiter. Sein Arsenal der Wählerpflege schien unerschöpflich zu sein. Er ließ weder Kongresse noch Konferenzen aus, um dort zu sprechen und sich vorzustellen. Manche seiner ehemaligen Weggefährten meinten, er habe jede Kneipe, jedes Kinderheim, jeden Kirchensaal gekannt. Nie habe er Würde und Integrität der anderen, auch nicht seiner politischen Gegner, öffentlich beschädigt. »Versöhnen statt spalten« sei früh sein Lebensmotto geworden.

Berührt von des Wortes Macht

Die Macht des freien Wortes hatte Johannes Rau nicht nur bei seinem Vater erlebt. Er spürte und sah ihre Auswirkung auch in den Gemeinden, bei Pfarrern und Theologen, mit denen er verbunden war. Er studierte sie bei seinen wortmächtigen protestantischen Dienstherrn. Beredsame Menschen faszinierten ihn. Und ausgerechnet dieses Talent war ihm in die Wiege gelegt worden: »Das gesprochene Wort kann Fragen bewußt machen, zu Antworten führen, Worte und Taten anderer herausfordern«, sagt er über sich.

Worte und Gesten waren ihm wichtiger, als sich in kommunalpolitischen Bauwerken und Großtaten zu verewigen. Wenn etwas für Rau zutrifft, dann die Feststellung, daß er gern fabuliert, redet, diskutiert. Und des Wortes mächtig ist! Noch heute vermag er durch lebendiges Erzählen sein Gegenüber zu faszinieren, in Bann zu schlagen.

Früh spürte er, welche Faszination das Wort bei anderen hervorruft. Wie es die eigene Persönlichkeit strukturiert. Wie sich Macht aus dem Wort beziehen läßt. Wie Menschen durch das Wort gefügig werden. Wie sich durch Sprache Kraft und Schwung, Originalität und Individualität vermitteln lassen.

Schon als Jugendlicher fuhr er seine Antennen aus. Rau schulte seine Sprache, hörte zu, nahm auf, redete mit. Früh begriff er, daß Sprache Terraingewinn bedeutet. Stetig verbesserte er seinen Wortschatz, seine Sprachgestaltung, seine Außenwirkung: probierte, deklamierte, rezitierte.

Er begriff, daß kein Medium den Politiker mehr bestimmt als die Sprache. Im jungen Rau wucherte diese Begabung üppig. Je älter er wurde, um so mehr verstand er sich darauf, anderen durch das Wort das Wasser abzugraben.

Kommunikation wurde sein Spannungs- und Arbeitsfeld. Charme, Humor und Witz waren seine angeborenen Waffen. Beharrlichkeit wurde ein tragender Resonanzboden für die im Leben gewonnenen Überzeugungen. Nicht überragende Führungsqualitäten ließen ihn aufsteigen, sondern wache rhetorische Intelligenz, intuitive Kombinationsfertigkeit, natürliche Anziehungskraft. Und ein überragendes Gedächtnis. Vor allem aber sein Gespür für tiefere Wahrheiten. Applaus wurde zum Gradmesser seiner Beliebtheit. Und er bekam oft Beifall – nicht nur in seiner Heimatstadt, sondern auch in der Landeshauptstadt. Durch bildhafte Wortgewalt und Schlagfertigkeit wuchs er über andere hinaus. Diese Fähigkeit verlieh ihm Rang und Wertschätzung.

Ein ehemaliger politischer Gegner aus dem Landtag, Wolfgang Brüggemann, bekannte vor Jahren: »Es fiel mir auf, daß Rau auch bei affektgeladenem ›Schlagabtausch‹ verbissene Rechthaberei ebenso vermied wie verletzende Attacken. Auch wenn ihm heftig zugesetzt wurde, blieb er rhetorisch – oft mit einem Anflug heiterer Distanz – in jener ›Spielsphäre des Parlaments‹ (Huizinga: *Homo ludens*), die ›Schmiegsamkeit der Verhältnisse‹ verbürgt, ›Spannungen zuläßt, wie sie anderswo unerträglich wären‹, und somit der Vorläufigkeit des Politischen sowie dem freien Wort und Widerwort im demokratischen Meinungsstreit höchst angemessen ist.«

Schon der junge Rau besaß Intuition und Imagination, Einfühlungs- und Vorstellungskraft. Darin wurde er anderen überlegen. Seine Sinnlichkeit und Kreativität wuchsen jenseits der Regeln, jenseits des Schulunterrichts, den er aufgegeben hatte, um erkennen zu lernen, daß es sich mit Büchern gut leben läßt. Sensibilität und Gespür für die Melodie der Zeit begleiteten ihn. Er besaß die Fähigkeit, diffuse Stimmungslagen zu orten und zu personifizieren.

Eine Zeitlang hatte er sich als Versager erlebt, der neue Fähigkeiten aufbauen mußte, neue Willensregungen. Dabei mobilisierte er Kräfte, neue Triebfedern, mit deren Hilfe er das Versäumte wettmachte. Oft behutsam, oft tastend, stets sich absichernd. Immer auf der Hut.

4.

Düsseldorfer Senkrechtstarter

Im Oktober 1966 war Rau im wichtigsten deutschen Bundesland Vorsitzender im Kulturausschuß des Landtages geworden. Er blieb es knapp zwei Jahre lang. In Düsseldorf fiel er durch seine »kesse Lippe« auf. Seine attraktive, nicht formelhafte Sprache ließ hinhorchen.

Sein Fleiß wurde gerühmt. Sein langer Arbeitsalltag. Er galt als intelligenter Newcomer, der zu vielen Problemen Vernünftiges beisteuerte und kräftig mitmischte. Widerstrebende Interessen geduldig zusammenzuführen gehörte zu seinem politischen Markenzeichen.

Im November 1966 hatte sich die SPD auf Bundesebene bereit erklärt, mit den Unionsparteien eine Koalition zu bilden. Willy Brandt schrieb an Günter Grass, der ihn vor einer Zusammenarbeit mit der Union warnte: »... Wenn sich die SPD, schwer genug, zur Großen Koalition durchringt, gibt es alles andere als die Selbstgefälligkeit, es geschafft zu haben ... Es wird kein Zudecken von Versäumnissen und Fehlern und keinen faden politischen Eintopf geben ... Niemand sollte den Stab brechen, solange wir nicht die Chance gehabt haben zu beweisen, was jetzt möglich ist. Für uns ist dies ein neuer Beginn. Wir werden in das neue Kapitel der deutschen Geschichte wesentlich neue Elemente einführen ...«

Am 1. Dezember 1966 wurde Kurt Georg Kiesinger vom Fünften Deutschen Bundestag mit 340 gegen 109

Stimmen bei 23 Enthaltungen und einer ungültigen Stimme zum Bundeskanzler gewählt. Willy Brandt wurde Vizekanzler und Außenminister.

Als die von der CDU geführte nordrhein-westfälische Landesregierung 1966 auseinanderbrach, stellte die SPD in Düsseldorf den Ministerpräsidenten. Heinz Kühn, ein energischer Politiker und exzellenter Rhetoriker, wurde im Dezember 1966 mit seinem sozialliberalen Kabinett vereidigt. Der ehemalige Widerstandskämpfer bat Rau, sich nicht noch intensiver kommunalpolitisch zu engagieren, sondern für landespolitische Aufgaben bereitzustehen.

Bei der Kabinettsbildung war Rau allerdings nicht berücksichtigt worden. Kühn hatte zwar angedeutet, Rau könne den Fraktionsvorsitz übernehmen, doch dann zeigte er seine Janusköpfigkeit. Überraschend schlug er bei der Vorwahl im Fraktionsvorstand nicht Rau, sondern den Oberstadtdirektor von Dortmund vor. Rau wirkte geknickt, verletzt, wollte resignieren. Auf »Liebesentzug« reagierte er unsicher, verzagt. Trotz Bemühungen seiner Freunde Friedel Neuber und Hans-Otto Bäumer, die sowohl auf Kühn einwirkten als auch versuchten, Rau aufzurichten und bei der Stange zu halten, blieb Kühn bei seinem Vorschlag.

Als die Fraktion am 9. Januar 1967 endgültig wählte, entfielen jedoch auf Rau 52 und auf seinen Gegenspieler, den Dortmunder Oberstadtdirektor, 41 Stimmen. Raus Freunde hatten in unermüdlicher Kleinarbeit das Terrain für ihn aufgemischt. Der Taktiker Kühn war ausgespielt worden.

Über seine Wahl zum SPD-Fraktionsvorsitzenden konnte Rau sich zunächst kaum freuen. Wegen einer Gallenblasenentzündung mußte er ins Krankenhaus. Nach seiner Genesung faßte der neue, bedächtig agierende Fraktionsvorsitzende schnell Fuß. Umsichtig beteiligte er seine Düsseldorfer Mitstreiter an Entscheidungen.

Mitverantwortung nahm Rau, den manche als »Seelchen« betrachteten, ernst. Er redete oft mit seinen Genossen, auch unter vier Augen. Im Gegensatz zu Kühn, der die SPD-Fraktion selbstherrlich geführt hatte, verbesserte Rau das Klima. Selten verhielt er sich querköpfig. Den Ministerpräsidenten unterstützte er konstruktiv, blieb ein fairer und loyaler Partner.

1970 bot Ministerpräsident Heinz Kühn seinem neununddreißigjährigen Fraktionsvorsitzenden das Amt eines Ministers für Wissenschaft und Forschung an. »Wenn ich dieses Amt übernehme, dann ist das so, als würde ich einen Starfighter ohne Schleudersitz fliegen«, zögerte Rau. Der künftige Minister war sich nicht sicher, ob er diese Aufgabe ohne akademische Ausbildung bewältigen würde. Außerdem hatte seit einigen Jahren die achtundsechziger Generation die Hörsäle der Universitäten und Hochschulen fest im Griff.

Unter den Talaren – der Muff von tausend Jahren

Während sich die Bundesrepublik zum westorientierten erfolgreichen Staat entwickelte, war eine neue Generation herangewachsen, die im Schulunterricht gelernt hatte, die sozialen Ursachen für Not und Elend, für Armut und Hunger zu erkennen.

In Vietnam führten die USA einen Krieg, über dessen

erbarmungslose Härte täglich in den Massenmedien berichtet wurde. Viele junge Menschen, vor allem in den Industriestaaten, verweigerten ihre Zustimmung. Sie lehnten sich auf. Zeigten ihre Gefühle. Suchten ein anderes Leben.

1968 schrieb Gisela Bonn über die neue Generation: »Sie brachen auf zu einem merkwürdigen Stern, in das Land der Wunschlosigkeit. Sie ließen alles zurück, was junge Menschen gewöhnlich erträumen: ein Leben im Wohlstand, gute Erziehung, elegante Wohnungen und rassige Sportwagen … Es gibt sie in allen hochindustrialisierten Ländern. Sie sind unter uns. Aufsässige Kinder gelangweilter Eltern. Angewidert von Materialismus, Gefühllosigkeit, Ruhelosigkeit, Gewinnsucht und Oberflächlichkeiten. Rebellen ohne revolutionäre Alternative, entschlossen nur in der Ablehnung der sich ständig steigernden, kaum noch erfüllbaren Forderungen der Leistungsgesellschaft, in der sie keine Zuflucht finden.«

Mitte der sechziger Jahre gab es nur noch wenige gesellschaftliche Bereiche und Gruppen in der Bundesrepublik, deren Traditionen, Vorstellungen und Selbstverständnis unangetastet blieben. Im Oktober 1963 war Ludwig Erhard als Bundeskanzler dem siebenundachtzigjährigen Adenauer gefolgt. Vor allem linke Studenten attackierten die ausbeutende Mentalität der Wirtschaft ebenso wie die Stagnation der deutschen Universitäten. Für eine moderne Bildungspolitik und längst überfällige Strukturreform im Schulwesen zogen sie auf die Straße. Die deutsche »Bildungskatastrophe« und ausgebliebene Reformen heizten die Stimmung vieler Studenten an. 1965 kam es zu ersten Diskussionen und Demonstrationen an der Freien Universität Berlin.

Die Behörden reagierten mit Verboten, Entlassungen und Disziplinarmaßnahmen. Eine Studentin meinte: »Wir wurden teilweise abgestempelt als linksradikale Clique und Frondeure oder mit sehr großem Mißtrauen beobachtet …«

Besonders radikal verhielt sich der Sozialistische Deutsche Studentenbund (SDS). Er forderte die Demokratisierung der Hochschule und organisierte Informationsveranstaltungen, Diskussionen und Demonstrationen: »Unter den Talaren – der Muff von tausend Jahren«.

Über Probleme des politischen Radikalismus sprach im Januar 1969 Heinz Kühn im Düsseldorfer Landtag. Besorgt fragte er nach den Dimensionen menschlichen Handelns in einer Zeit der Mondumkreisungen, Herzverpflanzungen und Möglichkeiten, »von einer Weltraumstation aus den ganzen Globus zu vernichten«.

»Die junge, bohrende Generation, die sich ja zurechtfinden will in der Zeit, die sie erlebt und die ihre Zukunft sein wird …, die sieht das alles. Sie sieht, daß das Jahr 1968 zum Jahr der Menschenrechte erklärt worden ist, ein fast makabrer Scherz, wenn man an Vietnam, Biafra, den Rassenhaß in den USA, die Sowjetinvasion in Prag, die Ermordung der Brüder Kennedy und Martin Luther Kings erlebt. Sind das nicht alles Ereignisse, die diese Jugend zutiefst aufrütteln müssen? … Die Jugend ist übervoll von kritischen Fragen an uns. Wir erleben es auf den Tagungen der Kirchen, auf den Kongressen der Parteien, in den Diskussionen an den Universitäten … Sie fragt nach überzeugenden Glaubwürdigkeiten und sittlichen Begründungen unserer Gesellschaftsordnung und unserer Politik – eine Unruhe, die wir zum Positiven wenden müssen …«

Ohne Schleudersitz

Das Ja des neuen nordrhein-westfälischen Ministers für Wissenschaft und Forschung, Johannes Rau, kann vor diesem explosiven gesellschaftlichen Hintergrund nicht hoch genug bewertet werden. Deshalb verglich er sein Amt mit einem »Starfighter ohne Schleudersitz«. Die Achtundsechziger waren auf Konfrontation zu allen Etablierten gegangen. Hoch angerechnet wurde Rau, daß er öffentlich mit Studentenführer Rudi Dutschke diskutierte, dem Symbol der Protestbewegung.

Pfarrer Heinrich Albertz, der 1967 zurückgetretene Regierende Bürgermeister von Berlin, hatte sich beispielsweise als Stadtoberhaupt zunächst vor seine Polizei gestellt und den aufbegehrenden Studenten den Kampf angesagt. 1970 meinte er selbstkritisch im Westdeutschen Rundfunk (WDR): »Ich hatte das zu oberflächlich eingeschätzt. Ich hatte nicht mitgekriegt, wie tief das sitzt und woher die Beweggründe kamen. Es war ja zunächst nur sichtbar, was an den Universitäten an Reformen verlangt wurde. Die ganze Verzweiflung über die Verlegenheits- und Verlogenheitszone unserer Politik und darüber, daß wir hier in der BRD wie in einer Gartenlaube leben und überhaupt nicht zur Kenntnis nehmen, was anderswo auf der Welt geschieht ...«

Im Oktober 1969 wählte der Bundestag Willy Brandt zum neuen Bundeskanzler. Hoffnung durchzog das Land. Bereits im März 1969 war der sozialdemokratische Justizminister Gustav Heinemann zum dritten Bundespräsidenten der Bundesrepublik Deutschland gewählt worden. Reformstimmung kam auf. Ein Machtwechsel zugunsten der SPD vollzog sich auf breiter Ebene.

Willy Brandt verriet später über die Bundespräsidentenwahl 1969, daß Johannes Rau ein wichtiges Mitglied »unserer Findungskommission war ... Wenige Monate nachdem Ende 1966 die Bundesregierung der Großen Koalition gebildet worden war, hatte ich angekündigt, daß die SPD bestrebt sein werde, bei der nächsten Wahl des Bundespräsidenten einen Kandidaten aus ihren Reihen zum Zuge kommen zu lassen. Von 1949 bis 1959 hatte der aus der FDP gekommene Theodor Heuss verdienstvoll amtiert. Ihm war der CDU-Minister Heinrich Lübke gefolgt, der sich auf seine Weise ehrlich bemühte; wir Sozialdemokraten hatten ihm bei der Wiederwahl 1964 – wie 1954 für Heussens zweite Amtsperiode – unsere Unterstützung zuteil werden lassen. Uns wollte scheinen, daß es angemessen sei, nach zwei Jahrzehnten einen von der Sozialdemokratie nominierten Kandidaten folgen zu lassen.«

Johannes Rau saß für NRW in der Findungskommission, die Justizminister Gustav Heinemann vorschlug. Er trug wesentlich dazu bei, »daß wir nicht lange zu beraten brauchten«, schrieb Willy Brandt. »Er kannte ja auch seinen väterlichen Freund besser als andere. Bei einigen von uns stieß er freilich auf offene Türen.«

Auch in Nordrhein-Westfalen bemühte sich der Bildungspolitiker Rau um reformerische Akzente: mehr Plätze für mehr Studenten, vor allem aber mehr Studierende aus Arbeiterfamilien! Er kümmerte sich um die Demokratisierung der Hochschulen, wollte ihre fachliche Leistungsfähigkeit steigern. Rege beteiligte er sich am öffentlichen Disput. Aufbruchstimmung hatte die Bundesrepublik erfaßt. Anfang der siebziger Jahre setzten sich die sozialliberalen Regierungsbündnisse in Bonn und Düsseldorf hochgespannte Ziele.

Skeptische Kritiker wurden überhört. Noch schien Geld genug vorhanden zu sein. Daß hehre bildungspolitische Ziele die öffentlichen Kassen strapazierten, kümmerte nur wenige Politiker. Rau, der schon Ende der sechziger Jahre als Nachfolger von Heinz Kühn gehandelt wurde, war da keine Ausnahme.

Für seine erste Amtsperiode kündigte er 1970 an: Das Land werde sich bemühen, »in diesem Zeitraum 60600 Studienplätze zu errichten, um bis 1975 wenn schon nicht optimale, so doch wenigstens vertretbare Studienbedingungen für die 182000 Studenten zu schaffen, mit denen man an Nordrhein-Westfalens Universitäten und Hochschulen rechnen muß«.

Im Land sollten fünf neue Gesamthochschulen gegründet werden: in Duisburg, Essen, Paderborn, Siegen und Wuppertal. Und zwar mit einem Kostenaufwand von 1,9 Milliarden DM. Sie sollten die bestehenden acht Universitäten und Hochschulen des Landes ergänzen. Bislang vernachlässigte Regionen versuchte er stärker zu berücksichtigen. Die Hochschulen, so hieß es, sollten zu den Studenten kommen, das Land sollte sich als »Dorado für Professoren und Studenten« darstellen. Rau hoffte, die Lebensqualität einer Region dadurch verbessern zu können. Studierwillige junge Leute sollten nicht »auswandern« müssen. Kommunalpolitiker aller Parteien unterstützten seine Pläne. Sie legten umfangreiche Gutachten und Standortanalysen vor, um auf ihre Region aufmerksam zu machen.

Es war eine gewaltige Kraftanstrengung, die sich der Wissenschaftsminister vorgenommen hatte. Sowohl organisatorisch als auch finanziell. Zusätzlich bemühte er sich, eine weitgespannte, differenzierte Hochschulreform durchzuführen. Er wurde nicht müde, auf Immobilität und Erstarrung der Universitäten hinzuweisen. Daß bereits 1961 die Landesregierung Franz Meyers (CDU) die Errichtung der Ruhr-Universität in Bochum beschlossen hatte, geriet dabei unter den Teppich. Auch die Tatsache, daß der Lehrbetrieb in Dortmund bereits 1966 aufgenommen worden war. Beide Universitäten gingen auf Initiativen des CDU-Ministers Paul Mikat zurück.

Bereits im Herbst 1972 ließen sich die Konturen der neuen, von Rau betriebenen Gesamthochschulen erkennen, die zum Teil aus vorhandenen Ingenieurfachschulen entwickelt wurden.

Innerhalb von zwei Jahren boxte Rau das neue Ausbildungs- und Forschungssystem gegen starke politische Widerstände durch. In keinem anderen Bundesland gab es eine ähnliche Breite und Differenzierung.

Mit der inhaltlichen Hochschulreform haperte es. Rau hatte – wie Brandt – mehr Demokratie versprochen. Doch die komplizierte, oft veränderte paritätische Mitbestimmung, die er gesetzlich betrieb, bescherte den Hochschulen fortwährende Konflikte. Jahrelang gab es ausufernden Streit.

Die Universitäten schienen nicht in der Lage zu sein, einige auch kaum gewillt, sich jene Verfassungen zu geben, die der Düsseldorfer Gesetzgeber vorschrieb. Satzungskonvente waren heillos zerstritten. In den Auseinandersetzungen erkannten Kritiker die hausgemachten bildungspolitischen Konflikte der SPD.

Die inhaltlichen Reformen, auf die Rau hoffte, gerieten in eine Sackgasse. Sie führten zu langwierigen Verfassungsstreitereien. Bis endlich die Karlsruher Richter die Auseinandersetzungen beendeten und die Novellierung der Gesetzgebung forderten. Doch im Mai 1974 fiel der Entwurf eines Gesetzes zur Änderung des Hochschulgesetzes den 1975 anstehenden Landtagswahlen zum Opfer.

Raus Hoffnungen auf mehr Studenten für mehr Hochschulen bestätigten sich. Immer mehr Abiturienten drängten auf die Universitäten. Er erlebte, daß komplizierte andauernde Konflikte in der Demokratie einen Gefühlsstau auslösen, wenn das öffentliche Interesse erlahmt. Die von ihm betriebene inhaltliche Hochschulreform versandete. Er selbst war daran nicht schuldlos. Zu oft zögerte und zauderte, lavierte und taktierte er. Die eigentliche Reformpolitik verebbte zwischen den Fronten. Unter dem Strich blieben fünf neue Gesamthochschulen in NRW.

Außerdem entstand im westfälischen Hagen eine Fernuniversität, für die er sich engagiert einsetzte. Geschickt verstand es der Wissenschaftsminister, die öffentliche Aufmerksamkeit auf die von ihm betriebene Neugründung der Fernuniversität zu lenken. Ein Studium per Post sollte entstehen, das Studierenden erlaubt, zu Hause zu bleiben und trotzdem von »fernen« Dozenten und Professoren zu lernen. Der Landtag billigte Raus Gesetzesvorstoß. Seither garantiert die Fernuniversität ihren Absolventen einen gleichwertigen Hochschulabschluß.

Daß Raus Bemühungen um inhaltliche Hochschulreformen gescheitert waren, wurde weitgehend verdrängt. Er durfte sich rühmen, in Nordrhein-Westfalen mehr Studienplätze geschaffen zu haben als je ein Amtsinhaber zuvor.

Gefragt, was Rau als Wissenschaftsminister in NRW hinterlassen hat, meinte er: »Im Vordergrund des Sichtbaren stehen die fünf Gesamthochschulen und die Fernuniversität. Da ging es nicht nur um Bauten und Personal, sondern auch um Studiengänge und Studieninhalte, um Forschungsschwerpunkte und Personalstrukturen.« Darüber hinaus hielt er die Musikhochschulen in ihrer gegenwärtigen Gestalt für erwähnenswert. Er betonte den Mut der früheren Tage, die »bis dahin existierenden Konservatorien aufzulösen«, die sich damals zum Teil in städtischer Trägerschaft befunden haben. »Ich hatte die erste Fachhochschulgesetzgebung zu verantworten. Da gab es vorher fast hundert teils staatliche, teils kommunale, teils private oder kirchliche Höhere Fachschulen für Sozialarbeit und Sozialpädagogik.«

Der WDR-Journalist Harald Brand, der Rau jahrelang beobachtete, urteilte: »Ausgerechnet der Mann, der aufgrund der Zeitläufe und seiner persönlichen Geschichte keine akademische Ausbildung absolvieren konnte, war der Gründungsvater einer akademischen Landschaft in NRW, wie sie umfassender und beispielhafter weder vorher noch nachher gestaltet wurde … Chancengleichheit für alle jungen Menschen in allen Regionen des Landes. Mit diesem Kraftakt sondergleichen verschaffte sich der Autodidakt Johannes Rau nicht nur Respekt in der unruhigen Studentenlandschaft dieser Jahre, sondern auch Anerkennung, ja, schon einen Hauch Bewunderung in der alten Arbeiterpartei SPD, die jahrzehntelang für die Gleichberechtigung auch in der Bildung gekämpft hatte.«

Als Rau 1978 das Ministerium aufgab, um Ministerpräsident zu werden, studierten in NRW fast 300000 junge Menschen. 1970 gab das Land für den Hochschulbereich knapp eine Milliarde DM aus. 1978 waren es fast fünfeinhalb Milliarden.

Hauen und Stechen

Wenn Johannes Rau ein neues Amt übernahm, fragten sich einige seiner Freunde, ob er sich nicht überheben werde. Der langjährige Ministerpräsident Heinz Kühn hatte 1970 eigentlich einen realistischen Kulturpolitiker in sein Kabinett holen wollen. Jemand, der nicht das Wünschbare für das Realisierbare hielt. Doch wohlwollende Weggefährten rieten dem Landeschef, einen jüngeren Politiker ins Wissenschaftsressort zu holen, der in schwierigen Zeiten besser mit den rebellierenden Studenten auskomme. Nicht zuletzt deshalb war Rau im Juli 1970 Minister geworden.

Vorbehalte gegen den »Dilettanten« Rau, die besonders aus der Opposition kamen, verstummten bald. Denn sein Staatssekretär Herbert Schnorr unterstützte den jungen Minister organisatorisch und administrativ in hervorragender Weise. In kurzer Zeit schaffte Rau den schwierigen Weg. In seinen Memoiren zitierte Heinz Kühn später Friedrich Sieburg, der meinte: Jeder »echte Politiker« müsse Dilettant sein, »als ein Geist, der vom Zentrum des allgemeinen Lebensgefühls aus denkt und Fachleute klug zu nutzen weiß«.

Bereits Anfang der siebziger Jahre fühlte Rau sich berufen, höhere Weihen anzustreben. Sowohl er selber als auch seine engsten Weggenossen hielten den Wissenschaftsminister für geeignet, die Nachfolge Heinz Kühns anzutreten. Daß er einmal Ministerpräsident werden würde, stand für Rau seit langem fest. Noch verheimlichte er seine wahren Absichten und Wünsche.

Nur Landesvater Kühn schien zu ahnen, welches Ziel Rau vorschwebte. Einige Male versuchte er den jüngeren

Konkurrenten kaltzustellen. Er griff in die politische Trickkiste und brachte Rau 1976 über Helfershelfer als Kölner Intendant des Westdeutschen Rundfunks ins Spiel. Die SPD im Verwaltungsrat des Senders hatte bereits zugestimmt. Auch die FDP war geneigt, den Wuppertaler zu wählen. Rau verbrachte einige schlaflose Nächte. Sollte er der Politik den Rücken kehren? Was würde geschehen, wenn er nein sagte?

Er hoffte auf ein Zeichen von Kühn, wartete auf das befreiende Wort seines Chefs. Nur der konnte erklären, daß Rau als Kabinettsmitglied unentbehrlich sei. Doch der gewiefte Taktiker Kühn schwieg. Er befand sich in Israel. Am Telefon redete er sogar mit Rau über einen möglichen Nachfolger. Dem Wissenschaftsminister verschlug es die Sprache. Magenkrämpfe schüttelten ihn. Er beschloß zu kämpfen, denn er wollte Politiker bleiben.

Unter vier Augen – auf dem Flug von Frankfurt nach Köln, wo er seinen Chef »abgefangen« hatte – teilte er dem Landesvater in dreitausend Meter Höhe mit, daß er für das Amt des Intendanten nicht zur Verfügung stehe. Der mit allen Wassern gewaschene Kühn zeigte sich erleichtert. Er begrüßte den Entschluß. Auch die SPD-Fraktion reagierte mit Beifall und Zustimmung. Freunde ahnten, daß Rau sich endgültig durchgerungen hatte, die Nachfolge Kühns anzustreben.

Ein entscheidender Schritt

Seit Mitte der siebziger Jahre war der amtierende Ministerpräsident gesundheitlich angeschlagen. Ab 1975 lebte er mit einem Herzschrittmacher. Ärzte empfahlen ihm, sich aus der aktiven Politik zurückzuziehen. Von Monat zu Monat schien er amtsmüder zu werden. Seine Ausstrahlung ließ nach.

Die Partei hätte den verdienstvollen Patriarchen gern aufs Altenteil geschickt. Rüde Attacken auf ihn häuften sich. Manche seiner Genossen behandelten ihn ohne nennenswerte Rücksicht. Die Ära Kühn ging ihrem Ende zu. Sein Stern verblaßte.

1977 gelang es Rau, sich im Kampf um den Landesvorsitz der SPD gegen den Minister für Arbeit, Gesundheit und Soziales, Friedhelm Farthmann, durchzusetzen. Beide saßen am gleichen Kabinettstisch. Vorausgegangen war ein mehrmonatiger Machtkampf. Gekämpft wurde mit Haken und Ösen. Es kam zu scharfen Auseinandersetzungen. Kühn sah zu, zensierte das Verhalten, redete öffentlich über die Qualitäten möglicher Nachfolger. Ein raffiniertes Spiel!

Farthmann war ein bodenständiger, intellektueller Gewerkschafter. Rasch und prägnant im Urteil. Eine Mischung aus Kumpel und Wissenschaftler. Über den Unterschied zu Rau schrieb er später: »... daß wir beide sowohl nach unserer eigenen parteipolitischen Herkunft als auch nach unserer Einschätzung durch die Mehrheit der Mitglieder durchaus unterschiedliche Strömungen in der SPD repräsentierten: Während ich weitgehend angesehen wurde als ein Vertreter der traditionellen, gewerkschaftlich orientierten Arbeitnehmerschaft, die ihren Schwerpunkt im Ruhrgebiet hat, verkörperte Johannes Rau eher die jüngeren, neu zur Partei gestoßenen Mitgliedergruppen, die überwiegend dem Bildungsbürgertum entstammen und regional stärker in den Dienstleistungszentren des Rheinlandes anzutreffen sind.«

Gegner diffamierten Rau als Bindemittel aus »sauertöpfischer evangelischer Weltfremdheit und utopischer Friedensliebe«. Kühn verbreitete, Rau könne keine Akten lesen. Allerdings hielt er ihn für den besseren Wahlkämpfer, um sozialdemokratische Politik zu verkaufen.

Vor dem entscheidenen Wahlgang um den Landesvorsitz überzeugte der trickreiche Rau in Duisburg durch eine offensive, programmatische Vorstellungsrede. Farthmann meinte später, vereinbart sei zwischen beiden gewesen, einen »Wettbewerb der schönen Versprechungen« zu meiden. Rau habe aber das Gegenteil getan: »Er hielt eine in der Form brillante Rede, in der er an das Godesberger Programm der SPD anknüpfte und dabei seine Grundposition zu einigen wichtigen politischen Fragen, wenn auch sehr allgemein, umschrieb. Er traf damit haargenau die psychologische Erwartungshaltung des Parteitages.«

Wieder einmal fand das Schlitzohr Rau – intuitiv eingestellt und taktisch gut vorbereitet – die richtigen Worte zur rechten Zeit. Gleich nach der Wahl erklärte er vor der Presse: »Die SPD in Nordrhein-Westfalen braucht nicht Johannes Rau oder Friedhelm Farthmann, sondern braucht Johannes Rau und Friedhelm Farthmann.« So gesehen, meinte später der geschlagene Arbeitsminister, »war es ein beglückendes Erlebnis, daß auch ein harter politischer Konkurrenzkampf das menschliche Miteinander nicht zu zerstören braucht, sondern sogar zu dessen Vertiefung beitragen kann«.

Keine Marschstiefel

In seinen *Weltgeschichtlichen Betrachtungen* schrieb der Historiker Jacob Burckhardt, daß erfolgreiche Politiker, »Leute von Talent und Frische«, auch die »von partieller und momentaner Größe«, nicht »nur das Programm und die Wut einer Partei« zum Ausdruck brächten, sondern immer einem allgemeinen Bedürfnis entsprächen und »Ausdruck des Gesamtlebens« seien.

Rau entsprach einer »Sehnsucht nach Synthese« (Ralf Dahrendorf). Schon bevor er Landesvater wurde, besaß er »die landesväterliche Attitüde im Tarnmantel der Überparteilichkeit, die geheimen Wünschen nach einer Instanz über den politischen Tageskämpfen nicht allein den Blick auf den Bundespräsidenten freigibt. Da ist der Redner, der Verbindendes und Unbestrittenes lieber und wirkungsvoller ausspricht als das, was trennt, der kein Salz in die Wunden seiner Gegner streut, sondern milde Essenzen bevorzugt, die Wunden zwar spüren, aber nicht schmerzen läßt.« Dies meinte vor einigen Jahren sein langjähriger Gegenspieler Wolfgang Brüggemann von der CDU.

Im Herbst 1978 wurde Rau Nachfolger von Heinz Kühn, der vorzeitig abgetreten war. Er setzte sich gegen seinen Kabinettskollegen Diether Posser durch, den Kühn sowohl verdeckt als auch offen favorisierte. »Posser war der Dienstälteste im Kabinett und der besondere Vertraute von Heinz Kühn. Er war ein Mann von hohem Ansehen und mein Freund dazu. Ich war Wissenschaftsminister und hatte den ganzen Numerus-clausus-Ärger. Es war eine schwierige Zeit in der Wissenschaftspolitik, da hatte ich es nicht leicht. Und ich habe ja auch nur mit einer Stimme Mehrheit gewonnen.«

Die sozialliberale Koalition wählte Johannes Rau am 20. September 1978 mit allen Stimmen zum Regierungschef in Düsseldorf.

Optimistisch versprach er in seiner ersten Regierungserklärung, die Arbeitsplätze zu sichern und die Umweltqualität zu verbessern. Außerdem sollten die Zukunftschancen der Jugend erhöht und den sozial Schwachen geholfen werden. Er betonte den Wert einer »solidarischen Gesellschaft«. Einen Gedanken, den er später immer wieder aufgriff und variierte.

Kühn gab Rau die beziehungsreiche Erkenntnis mit auf den Weg, daß das Leben eine harte Nuß sei: »Sie läßt sich zwischen zwei weißen Kissen nicht knacken!«

Rau galt bei seinen Gegnern als »Landesmeister im Wegtauchen«. Herablassend wurde er als »guter Mensch von Wuppertal« diffamiert. Daß er tatsächlich nur selten bereit war, schnell aus der Hüfte zu schießen oder umgehend eine eindeutige Position zu beziehen, kennzeichnete den neuen Ministerpräsidenten: »Ich gedenke, keine Marschstiefel anzuziehen«, sagte er.

Politische Turbulenzen

Gleich zu Beginn seiner Amtszeit mußte Rau 1978/79 etliche Schwierigkeiten aushalten und bereinigen. Beispielsweise wollte sein liberaler Innenminister Burkhard Hirsch nicht von der Anwendung des Radikalen-Erlasses abrücken, obwohl sowohl das Landeskabinett als auch die Koalitionsparteien die Regelanfrage abschaffen wollten. Rau verschaffte ihm Spielraum und ließ ihn gewähren.

»Autos können immer schneller fahren und Menschen

immer weniger atmen«, warnte Raus Landwirtschaftsminister Diether Deneke, der seit 1966 auch schon Kühn als Minister gedient hatte. Er resignierte im vergeblichen Kampf für eine bessere Umwelt. Aus Protest gegen die geplante Autobahn durch das Rothaargebirge trat er zurück. Ein Denkzettel für Rau!

Bis heute ist diese Autobahn nicht gebaut worden. Der Rücktritt des Landwirtschaftsministers brachte dem Ministerpräsidenten neue Turbulenzen. Eine Krise entstand nicht, weil Rau umgehend Hans-Otto Bäumer als Nachfolger berief, der ein starker, einflußreicher Genosse mit außerordentlichem Rückhalt in der SPD war. Denekes Kritik verhallte und Rau ging gestärkt seinen Weg weiter.

Nach Schwierigkeiten in der ersten Phase seiner Amtszeit als »Samariter mit dem Köfferchen und dem Heftpflaster« *(Neue Rhein-Zeitung)*, festigte sich Raus Ansehen. Zwar dauerten seine Kabinettssitzungen gelegentlich lange. Doch es waren, wie sich der ehemalige Ressortminister Hans Schwier vor Jahren erinnerte, »keine Verkündigungstermine des Ministerpräsidenten, sondern gruppendynamische Prozesse«. Jeder war als Diskussionspartner zu jedem Thema gefordert. »Die Diskussionen verlaufen scheinbar ungesteuert, aber ich spüre immer mehr, daß deren Ablauf vom Ministerpräsidenten – vor allem bei wichtigen Fragen – sehr gut überlegt und durch eine teilweise listige Moderation so gestaltet wird, als ergäbe er sich von selber; aber Gesprächsverlauf und mögliche Ergebnisse sind vorher geplant worden.«

Raus geschickte Auftritte und seine Fähigkeit, symbolträchtige Akzente wie die »Ruhrgebietskonferenz« zu setzen, auf der ein Sechs-Milliarden-Programm für den siechenden Kohlenpott verabschiedet wurde, unterstrichen seinen Ruf, ein den Menschen verbundener, weitsichtiger Landesvater zu sein. Seine Autorität nahm zu. In Diskussionen am Kabinettstisch äußerte »er sich kompetent, kenntnisreich und oft in Details versessen«, meinte Schwier damals, »trotzdem trennt er sich zu unserem Erstaunen manchmal während einer Beratung schwungvoll von den Vorlagen seiner Beamten«.

Kurt Biedenkopf, lange Zeit Raus Gegenspieler in Nordrhein-Westfalen, schrieb über ihn: »Johannes Rau war damals zwei Jahre im Amt. Viele maßen ihn noch immer an seinem Vorgänger Heinz Kühn. Viele waren, nicht nur in meiner Partei, der Meinung, ihm fehle die Sicherheit und die für das Amt notwendige Kraft und fachliche Autorität. So kam es, daß schon im damaligen Wahlkampf seine eigentliche Stärke unterschätzt wurde: dem Bedürfnis nach Harmonie und Konsens zu entsprechen, Politik als eine Sache erscheinen zu lassen, die wenig mit Macht zu tun haben sollte, aber viel mit Zwischenmenschlichkeit, Zuwendung, Mitleidenschaft … Er war in der Lage, all dies in glaubwürdiger, den Menschen – gerade im Revier – ansprechender Weise zu sagen und selbst davon überzeugt zu sein und sich gleichzeitig von einem Wahlkampf und Wahlkampfmethoden tragen zu lassen, die solchen Wertungen und Vorstellungen hohnsprachen. Als seine Partei ein Plakat mit zahlreichen Porträts von Frauen erscheinen ließ, die man in einem Altersheim fotografiert und zu dem Bekenntnis bewegt hatte, daß sie im Zweiten Weltkrieg ihren Mann, Bruder oder Sohn verloren hatten und nie wieder Krieg wollten – im Gegensatz, wie das Plakat glauben machen wollte, zu einer friedensgefährdenden Politik der CDU –, entzog sich Johannes Rau der Verantwortung für diesen ungeheuerlichen Vorgang mit einer persönlichen Entschuldigung und distanzierte sich von dem Plakat. Viele glaubten es ihm – und es ist tatsächlich schwer, sich Johannes Rau und der Wirkung seiner Persönlichkeit zu entziehen, wenn er sich entschuldigt oder eigene Schwächen und Fehler öffentlich eingesteht. Aber das Plakat, Höhepunkt der ›Krieg-oder-Frieden-Kampagne‹, mit der seine Partei die Landtagswahl stellvertretend für Bundeskanzler Schmidt und gegen Franz Josef Strauß bestritt, hatte seine Wirkung getan. Gräben waren aufgerissen worden. Der Angriff war in weiten Kreisen der Bevölkerung wirksam. Die Angst der Menschen war mobilisiert, zum Nutzen eines sozialdemokratischen Wahlsieges. Aber Johannes Rau versöhnte …«

Bundespolitischer Rückblick

Inzwischen hatte die sozialliberale Koalition in Bonn unter Willy Brandt ein »neues Blatt in der Geschichte« aufgeschlagen. Der Vertrag mit Warschau war im Dezember 1970 unterzeichnet worden; 1971 erhielt Bundeskanzler Brandt den Friedensnobelpreis. Um die Ostverträge aber wurde in der Bonner Arena heftig gestritten.

Seit den Wahlen von 1969 besaß die Regierungskoalition nur zwölf Stimmen mehr als die Opposition. Mehrheiten bröckelten. Die Ostpolitik des Kanzlers blieb heftig umkämpft. 1972 überlebte Willy Brandt nur knapp ein konstruktives Mißtrauensvotum. Im Mai 1972 beschloß der Bundestag, die Ostverträge anzunehmen. Die Opposition befand sich in tiefem Zwiespalt. Im November 1972 kam es zu vorgezogenen Neuwahlen. 91,1 Prozent der Bürger beteiligten sich. Die SPD gewann drei Millionen Wähler hinzu und wurde erstmals in der Geschichte der Bundesrepublik stärkste deutsche Partei (45,8 Prozent).

Die öffnende Ostpolitik der sozialliberalen Koalition beherrschte die Wahl. Auch die FDP profitierte. Sie erhielt 8,4 Prozent der Stimmen. Man wertete den Sieg als »Volksentscheid« über die Verträge. Willy Brandt war zur symbolträchtigen Figur seiner Partei geworden. Sein Mut, mit alten Tabus aufzuräumen, wurde auch im Ausland anerkannt.

Am 25. April 1974 gab die Bundesanwaltschaft bekannt, daß ein enger Mitarbeiter des deutschen Bundeskanzlers Willy Brandt, Günter Guillaume, unter dem Verdacht, für die DDR spioniert zu haben, festgenommen worden sei. Am 6. Mai 1974 übernahm Brandt die politische und persönliche Verantwortung und erklärte seinen Rücktritt. Helmut Schmidt wurde neuer Kanzler, der eine Konzentration auf das Mögliche für geboten hielt.

Turbulente Zeiten kamen auf den ehemaligen Wehrexperten zu: Energiekrise, Autorezession, wachsende Arbeitslosigkeit, Weltwirtschaftsflaute. Vor allem aber mußte sich die westdeutsche Gesellschaft innenpolitisch mit dem Terrorismus auseinandersetzen. Mit Entführungen, Morden, Hungerstreiks, Freilassungen von Terroristen, mit neuen Terrorwellen und ausgeklügelten Wahnsinnstaten.

»Wenn wir unsere eigenen Gefühle prüfen«, sagte Bundespräsident Walter Scheel 1977 bei der Trauerfeier für den ermordeten Arbeitgeberpräsidenten Hanns Martin Schleyer, »dann fallen uns Worte ein, die in den letzten Tagen schon sehr häufig ausgesprochen wurden.

Worte wie Zorn, Wut, Empörung, Abscheu ... Die Sprache ist ohnmächtig vor dem, was in diesen Tagen geschehen ist. Ich möchte ein Wort hinzufügen: die Scham. In unserer Gesellschaft geschehen Dinge von einer Schändlichkeit, daß man den Anblick kaum erträgt ... Was für eine furchtbare Grimasse der Freiheit schaut uns da an!«

Im Kampf gegen den Terrorismus waren sich Regierung und deutsche Gesellschaft einig. Die Öffentlichkeit forderte ein energisches Vorgehen. In rascher Folge beschloß der Deutsche Bundestag Gesetze und Verfassungsänderungen, die tief in das deutsche Rechtsgefüge eingriffen.

Auch die Energiekrise zwang die Politik zu folgenschweren Entscheidungen. Ende 1973 beschloß die Bundesregierung ihr viertes Atomprogramm. Bis 1985 sollten in der Bundesrepublik rund vierzig neue Kernkraftwerke entstehen. Damit konnten 40 Prozent der Energieversorgung sichergestellt werden. Immer größere Kernkraftwerke wurden geplant, genehmigt und gebaut.

Ölschock und Energiekrise, aber auch spektakuläre Umweltskandale wie die Giftgaskatastrophe von Seveso führten zu einem Bewußtseinswandel. Die Grenzen des Wachstums schienen erreicht zu sein. Begriffe wie Umweltschutz und Lebensqualität bürgerten sich ein. Bürgerinitiativen entstanden. Wohlstand und Wohlergehen kamen auf den Prüfstand.

Im November 1978 streikten die Stahlarbeiter an Rhein und Ruhr. Die Gewerkschaften forderten den Einstieg in die 35-Stunden-Woche. Sie erhofften sich davon einen Abbau der Arbeitslosigkeit. Die Ware »Arbeit« war zu teuer geworden. Sie schien immer weniger gebraucht zu werden. Besonders stark rumorte es in Nordrhein-

Westfalen. Zunehmend wurde Johannes Rau mit den Problemen der Arbeitnehmer konfrontiert, die sich um ihre Arbeitsplätze sorgten.

Im Juli 1976 war Raus väterlicher Freund Gustav Heinemann gestorben.

5.

Der Landesvater

Bei seiner ersten Landtagswahl im Mai 1980 genoß Rau die Rolle als Spitzenkandidat. Zum erstenmal gewannen die Sozialdemokraten die absolute Mehrheit im nordrhein-westfälischen Landtag. Und die hatte als Wahl »Helmut Schmidt contra Franz Josef Strauß« gegolten.

Ende der siebziger Jahre schien der »Macher« Schmidt schon über den Parteien zu stehen. »Freiheit statt Sozialismus« forderten die zerstrittenen Unionsparteien. Strauß wetterte, daß seine in Bayern so erfolgreiche Politik auch den »Nordlichtern« gut anstehen würde. In der Union war eine bittere, harte Auseinandersetzung um die Führung angebrochen. Ihr Spitzenmann Helmut Kohl hatte zwar bei Bundestagswahlen zugelegt, aber nicht gewonnen. Im Mai 1979 ließ sich Franz Josef Strauß von seiner Partei zum Kanzlerkandidaten wählen.

Am 23. Mai 1979 war Karl Carstens zum fünften Bundespräsidenten der Bundesrepublik Deutschland gewählt worden. Bei der Bundestagswahl im Oktober 1980 konnte die sozialliberale Koalition ihre Mehrheit ausbauen. Franz Josef Strauß verlor die Wahl. Für Kohl begann der endgültige Aufstieg.

Meistens verhielt sich Johannes Rau vorsichtig und abwägend. Sich voreilig festzulegen lag ihm nicht. Er galt nicht nur als nachdenklich, sondern verhielt sich auch so. Bei der Landtagswahl 1980 war die FDP aus dem Landtag geflogen. Rau überraschte viele seiner Weggefährten, als er einige liberale Staatssekretäre in ihren Ämtern beließ. In der SPD murrten Genossen, daß der überlegene Sieger Großmut zeige. Schließlich besaß seine Partei mit 48,4 Prozent der Stimmen die absolute Mehrheit im Parlament.

Schon nach seinem ersten großen Wahlsieg im bevölkerungsreichsten Bundesland galt Rau als möglicher Kanzlerkandidat. Doch er konzentrierte sich auf das größte Bundesland, den einzigen Flächenstaat mit absoluter SPD-Mehrheit. Wenn Rau gefragt wurde, ließ er mitteilen, Nordrhein-Westfalen brauche wegen seiner strukturellen Schwierigkeiten einen Topmann als Ministerpräsidenten.

Bis zum Ende seiner Spitzentätigkeit blieben ihm die strukturellen Schwierigkeiten an Rhein und Ruhr erhalten. Das Land stand vor enormen Finanz- und Haushaltsproblemen. Die Gesamtverschuldung wuchs. Doch Raus Beliebtheit kletterte auf der Skala der Sympathie.

Nach dem Bonner Regierungswechsel im Herbst 1982 fand er sich zunehmender Kritik ausgesetzt. Anlaß boten nicht nur die wachsenden wirtschaftlichen Probleme des von der Kohle- und Stahlkrise heftig gebeutelten Landes mit einer Arbeitslosenquote von über 10 Prozent, sondern auch personelle Querelen in der Landesregierung.

Als »Knaller« wirkte der Rücktritt seines Landwirtschaftsministers Hans-Otto Bäumer im Juni 1983, der ihm die Brocken vor die Füße warf und Rau Versäumnisse in der Umweltpolitik, Führungsschwäche und Orientierungslosigkeit vorhielt.

Bäumer erklärte, er habe im Kabinett Rau keine »Chance mehr gesehen«, seine Vorstellungen von Umweltschutzpolitik zu realisieren. »In Sachen Waldsterben« beispielsweise zucke Rau »vor dem Bergbau zurück«. Rau setze die Glaubwürdigkeit sozialdemokratischer Umweltpolitik aufs Spiel.

In einem Gespräch mit Hans Leyendecker vom Düsseldorfer Büro des *Spiegel* meinte Hans-Otto Bäumer über Raus schnellen Aufstieg: »Ich hätte es bei all seinen Veranlagungen, Talenten und Begabungen nicht für möglich gehalten, daß er auf seine nicht laue, aber doch leise Tour ganz nach oben kommen kann. Rau ist ein vorsichtiger, mitunter mißtrauischer Mensch. Er reagiert so empfindlich auf Gegner aus allen Lagern wie ein Seismograph und entwickelt daraus Gegenstrategien. Er beobachtet zum Beispiel genau, wo der Gegner riskant operiert, um ihn dann auf seine behutsame Tour langsam kaltstellen zu lassen. Und das nicht immer auf feine Art …«

Über Raus Kabinettsarbeit urteilte Bäumer: »Rau liebt es, ein Problem – und sei es noch so klein – sich selbst zu überlassen und immer wieder alle am Tisch zur Diskussion darüber aufzufordern. Keiner weiß so richtig, wo es langgehen soll. Die Kabinettssitzungen ähneln gruppendynamischen Prozessen. Keiner soll ausgegrenzt werden; wenn manche schon aufgegeben haben, weil sie müde sind, treibt er noch einmal zu einer Diskussionsrunde an, bis es der letzte leid ist.« (Bruder Johannes, Rowohlt, 1986)

Raus politischer Stil »Einzubinden statt auszugrenzen« wurde attackiert. Auch in den eigenen Reihen. Er höre zwar überallhin, hatte Bäumer gesagt, aber mit zunehmendem Erfolg am liebsten dorthin, wo die Tonfolge harmonisch und wohlklingend sei. »Er ist eine herausragende politische Begabung, deren Markenzeichen eine ungewöhnlich große Intuition ist.«

1985 wählten seine Wähler den »Schulden-Johannes«, wie ihn die Opposition hämisch abkanzelte, mit überwältigender Mehrheit wieder. Die SPD erhielt 52,1 Prozent der Stimmen. Er degradierte die CDU (36,5 Prozent) zur »Randgruppenpartei«, wie er höhnisch, doch erleichtert seinem Landesgeschäftsführer Bodo Hombach gestand, der heute als Kanzleramtsminister Gerhard Schröder den Rücken freizuhalten versucht. Ihm verdankt auch Rau viel, weil er einige seiner Wahlkämpfe erfolgreich führte. Nach wie vor gehört Hombach zu seinen engen Vertrauten.

Vor der Wahl hatte der Ministerpräsident ein Bündnis mit den Grünen abgelehnt. Tiefsitzende Vorurteile belasteten lange Zeit sein politisches Verhältnis zur aufstrebenden Partei, der er nicht »über den Weg traute«. Die Grünen hatten sich inzwischen zu einer Kraft gemausert, der vor allem junge Menschen einen Weg zum Besseren zutrauten. 1978 formierten sie sich zu Grünen Listen, die den Übergang von Bürgerinitiativen zur politischen Partei bildeten. 1980 hatten sie sich als Bundespartei organisiert.

Den hervorragenden Ruf des »guten Menschen aus Wuppertal« beschädigten weder die finanziellen Schieflagen noch die strukturellen Probleme seines Landes. Kritikern seiner oft zögerlichen Politik begegnete er vor der Landtagswahl mit einer »Landesinitiative Zukunftstechnologien«. Außerdem legte er ein umfassendes Umweltschutzprogramm vor.

Immer wieder gab es Kabinettskrisen in Düsseldorf. Minister wurden ausgetauscht oder erklärten ihren Rücktritt. Auf Betreiben der Opposition wurden Untersuchungsausschüsse eingesetzt, um Rau vorzuführen. Doch sein guter Stern strahlte ungebrochen. Niederlagen perlten an ihm ab. Nur Arbeitslosigkeit und Verschuldungen schienen ihn zu gefährden. Auf merkwürdige Weise blieben die Wähler geduldig.

Sogar der Finanzskandal des Aachener Klinikums, der 1984 in Nordrhein-Westfalen hohe Wellen schlug, schadete Rau nicht, der seit 1970 Mitverantwortung trug. Die Opposition versuchte, ihm die davongaloppierenden Kosten des Klinikums im Grenzland anzuhängen. 570 Millionen DM waren veranschlagt worden. Zweieinhalb Milliarden kostete das Klinikum. Rau, dem keine Versäumnisse nachgewiesen werden konnten, blieb ungeschoren. Seine Entschuldigung, »fidele Resignation« habe ihn angesichts fortlaufender Kosten überfallen, machte die Runde.

Mit Frauen tat er sich schwer

Rau galt als eingefleischter Junggeselle. Seine Freunde wetteten noch Anfang der achtziger Jahre, daß er nicht »mehr zu Potte« kommen werde. Einige wollten sogar ihr Hab und Gut verwetten, weil sie fest davon überzeugt waren, daß der fünfzigjährige Ministerpräsident unverheiratet bleibe. »Wahrscheinlich findest du eine Diakonisse aus Kaiserswerth, die dich noch heiratet«, spottete ein Freund.

Sein Verhältnis zu Frauen steckte voller Rätsel und Geheimnisse. Daß der umschwärmte Junggeselle, der oft unterwegs war, Enttäuschungen, Trennungen, Verletzungen erfahren hatte, wußten Eingeweihte aus Andeutungen und Erzählungen. Seine »Geschichten« enthielten Anspielungen. Er schien gute Gespräche mit Frauen mehr zu schätzen als feste Bindungen. Weshalb, fragten sich einige, fährt er immer wieder nach Schloß Elmau?

Sein Verhältnis zu emanzipierten, selbstbewußt auftretenden Frauen beschrieben Weggefährten als verklemmt. Wenn Frauenthemen anstanden, sei Rau zurückhaltend geblieben. Wahrscheinlich, so neckten Freunde, habe er zu lange in den von Männern dominierten Kirchenkreisen »rumgeturnt«.

Skeptisch sei er zunächst auch der Arbeitsgemeinschaft sozialdemokratischer Frauen begegnet. Aggressives feministisches Gehabe habe ihn irritiert, nachhaltig gestört, gelegentlich sogar verbittert. Er schätze gebildete, wertkonservative und erfolgreiche Frauen, wie er sie in evangelischen Pfarrhäusern erlebt habe. Daß sich Frauen in erster Linie um Kinder kümmern sollten, um Erziehungsfragen, habe in sein damaliges Weltbild gepaßt.

Einige rieben sich im August 1982 verwundert die Augen, als sie der Presse entnehmen mußten, daß Johannes Rau eine Enkelin Gustav Heinemanns heiratete, Christina Delius. Heimlich hatte sich das Paar in London trauen lassen.

Christina Rau, geborene Delius, war am 30. Oktober 1956 als viertes von fünf Kindern geboren worden. Ihre Mutter ist die zweite Tochter des dritten deutschen Bundespräsidenten (1969 bis 1974) Gustav Heinemann.

Mit vierzehn Jahren hatten die Eltern ihre Tochter Christina, die an einer anhaltenden Bronchitis litt, zunächst auf ein Schweizer Internat geschickt, wo die Krankheit ausheilte. Und später ins milde Klima der englischen Südküste. Dort ging sie auch zur Schule; machte ihr Abitur aber in Schottland.

In Wales studierte sie Internationale Politik, legte ihr

Staatsexamen ab und schrieb ihre Diplomarbeit über ein sicherheitspolitisches Problem (zivile Verteidigung). Elf Jahre hatte sie in England gelebt. In Bonn wollte sie ihre Dissertation über *Die deutsche Frage aus britischer Sicht* schreiben. Bei den Vorbereitungen lernte sie 1981 Johannes Rau kennen und lieben.

Christina Rau stammt aus einer konservativen Unternehmerfamilie. Ihr Vater, ein erfolgreicher Textilkaufmann, erzog mit seiner Frau die fünf Kinder vor allem zu Leistungsstärke und Sparsamkeit.

Durch seine späte Ehe veränderte sich der einundfünfzigjährige Ministerpräsident. Als Familienvater »tickte« und dachte er anders. Er lebte nicht mehr so ausschließlich für die Politik, hetzte nicht mehr hinter jedem Termin her.

Nach der Geburt seiner Kinder schaute er häufiger bei Sitzungen und Konferenzen auf die Uhr, telefonierte mit seiner Frau, versuchte öfter daheim zu sein. Seine drei Kinder veränderten den leutseligen, doch machtorientierten Politiker.

Oft ist er – auch mit seiner Familie – nach Elmau gefahren. Ins Elmauer Hochtal zwischen Zugspitzmassiv, Wetterstein- und Karwendelgebirge. Dort, in rund tausend Meter Höhe, umgeben von Naturschutzgebieten, existiert eine Oase der Unberührtheit und Stille, in der Rau bereits vor seiner Ehe »auftankte«.

»Leben ist mehr als Wert und Arbeit und das Sein wichtiger als das Tun«, schrieb Johannes Müller, der Schloß Elmau als Stätte der Erholung und Begegnung gründete und ausbaute. Der Theologe und Philosoph stammte wie Rau aus einer kinderreichen pietistischen Familie. »Wir brauchen eine neue Unmittelbarkeit«, schrieb Müller. Unmittelbarkeit wurde zur Triebkraft seines Lebens. In Elmau suchte er seine Vorstellungen umzusetzen:

»Unmittelbarkeit ist die Voraussetzung dafür, daß wir wesentlich werden, weil dann das, was man tut und sagt, aus dem Unbewußten, aus der Tiefe unseres Wesens, ganz von selbst hervorgeht. Ob wir es empfangen haben oder ob es aus uns entsprungen ist, bleibt gleichgültig.«

Sätze eines Mannes, dem Rau nahestand. »Ich fahre seit Ende der fünfziger Jahre nach Elmau«, sagte er nach den ersten Jahren seiner Ehe. Oft fuhr er zwei- oder dreimal jährlich hin. »Entscheidend ist, daß man sich dort zurückziehen, aber auch gesellig sein kann. Man hat dort viele Kontakte, viele Gesprächsmöglichkeiten, viel Unterhaltung, viele Freunde. Ich schreibe in Elmau gern, höre Musik. Jeden Abend gibt es Veranstaltungen, Konzerte, man begegnet Künstlern, redet mit denen.«

Wenn Rau aus Elmau zurückkehrte, war er voller Ideen, Hinweise und Empfehlungen. »Elmau heißt für mich«, beschrieb er einmal diesen Urlaubsort, »neue Impulse zu kriegen.« Eine »Tankstelle für Lebensessenz« nannten Freunde Schloß Elmau. Tanz gehört dort zu den wichtigsten Erholungsfaktoren für Leib und Seele. Und Rau tanzte gern. Auch auf vielen Hochzeiten.

Der Kanzlerkandidat

Fast unbemerkt begann Rau in den achtziger Jahren internationale Kontakte zu knüpfen. Er reiste in die wichtigsten Hauptstädte der Welt, besuchte unter anderem Athen, London, Paris, Washington, Moskau, Peking, hinterließ politische Spuren und tiefenwirksame Eindrücke. Fernsehbilder für Wahlkämpfe entstanden. Rau »blieb kleben«. Im Ausland bemühte er sich, das Land Nordrhein-Westfalen mit seiner imponierenden Wirtschaftskraft darzustellen.

Faszinierend muß bei manchen Begegnungen gewesen sein, wie Rau gerade bei Tischreden versuchte, seine Zuhörer für sich zu gewinnen. Hier kamen »ihm seine Belesenheit, sein computerhaftes Gedächtnis und seine Fähigkeit, wortspielerisch und druckreif zu formulieren, sehr zustatten«, erinnerte sich Rolf Krumsiek, ein langjähriger Weggefährte.

Im September 1985 erklärte sich der »Provinzfürst« endlich auf Drängen seiner Partei bereit, im Bundestagswahlkampf 1987 Kanzlerkandidat der SPD zu werden. Nach einem Zusammentreffen mit Willy Brandt und Hans-Jochen Vogel meinte Rau: »Der Kanzler aller Bürger der Bundesrepublik Deutschland würde ich wohl werden!« Er sollte gegen Helmut Kohl antreten, der inzwischen Helmut Schmidt als Kanzler abgelöst hatte.

Im Oktober 1982 war Schmidt über ein konstruktives Mißtrauensvotum gestürzt, das die CDU/CSU eingebracht hatte. Helmut Kohl wurde zum Kanzler gewählt.

Zwei Fehler wären dem Ministerpräsidenten, der sich inzwischen mit der Idee angefreundet hatte, Bundeskanzler zu werden, beinahe zum Verhängnis geworden. In einem Interview mit der Kölner Boulevardzeitung *Express* kündigte er vollmundig an, er werde alle Gesetze rückgängig machen, mit denen die Regierung Kohl das soziale Netz beschädigt habe. Im Fernsehen mußte Rau schon zwei Tage später einem staunenden Publikum eingestehen, daß diese Zusage nicht einzuhalten sei.

Den »größten Stinker der Republik« schmähte sein sozialdemokratischer Parteigenosse Bäumer das neue Kraftwerk im westfälischen Ibbenbüren, ein Gemeinschaftsunternehmen von Preussag und RWE. Mutmaßungen kamen auf, es jage mehr Stickoxide in die Luft als jedes andere auf der Welt. Mit 17000 Tonnen jährlich rechnete die Landesregierung in Düsseldorf. Unabhängige Experten meinten, es seien sogar mehr als 25000 Tonnen.

Ibbenbüren stilisierte die Opposition zum Synonym für Raus Unglaubwürdigkeit in der Umweltpolitik. Zumal er das Kraftwerk Ende 1985 gegen den erbitterten Widerstand der Umweltschützer und Grünen einweihte.

Rau berichtete später, viele Freunde hätten ihm abgeraten, nach Ibbenbüren zu gehen, und zwar aus Rücksicht auf das bundespolitische Meinungsbild. Doch weil für ihn allein Verläßlichkeit die Grundlage zur Versöhnung von Arbeit und Umwelt sein könne, sei er den Opportunitätsüberlegungen nicht gefolgt. Hans Werner Meyer, damaliger Vorsitzender der IG Bergbau und Energie, schrieb: »Er hat keinen Zweifel daran gelassen, daß sich auch in der Umweltpolitik die Bergleute und der Bergbau auf ihn verlassen können: ›Wer zur Kohlevorrangpolitik ja sagt, der muß auch ja zu Ibbenbüren sagen.‹«

Rau stellte damals klar, daß das Kraftwerk Ibbenbüren alle im Rahmen des Emissionsminderungsplanes von Nordrhein-Westfalen vorgesehenen Fristen einhalten werde: »Wer praktische Fortschritte im Umweltschutz will, kann auch ja zu Ibbenbüren sagen!«

Rau sei sich selbst in vieler Hinsicht treu, urteilte einer seiner Freunde in dieser Phase. »Er würde nie hinter bestimmte Maximen, die er öffentlich gesetzt hat, zurücktreten. Er würde beispielsweise nie, wenn er das einmal gesagt hat, mit den Grünen eine Koalition eingehen. Er würde es sich nicht erlauben.«

Heute lassen sich verbreitete Meinungsbilder besser beurteilen. Man sagt viel, wenn der Tag lang ist, heißt es im Bergischen Land. Not macht erfinderisch. Dieser Satz gilt auch für Rau. Wer als Politiker »nie« sagt, gräbt sich seine Grube selber. Lange Zeit, das stimmt, hatte er innere Widerstände gegen die Grünen aufgebaut, nicht nur aus programmatischen und taktischen Gründen. Grüne blieben ihm fremd.

Damals verband die Mehrheit der SPD mit Rau politische Hoffnung. Er schien die sozialdemokratische Stimmungskonjunktur in der Bundesrepublik anzukurbeln. Durch Moral und Glaubwürdigkeit versuchte er, jene Wähler in Deutschland zurückzugewinnen, denen die Lust an der SPD abhanden gekommen war, weil sich die ehemalige Regierungspartei im kleinlichen politischen Alltagsgeschäft verbraucht hatte.

Rau »kumpelte«. Sein politischer Gegner Kurt Biedenkopf urteilte über den Kanzlerkandidaten: »Sein Ziel ist es eben nicht, mit den Mitteln staatlicher Macht politisch zu gestalten, Entwürfe zu entwickeln und umzusetzen. Er will zwar das Amt und weiß, daß es nicht ohne Mehrheiten zu haben ist. Aber er will aller Bürgerinnen und Bürger Kanzler sein – oder Ministerpräsident …«

Heute läßt sich hinzufügen: oder Bundespräsident! »Eigentlich geht es ihm nicht um Politik«, meinte Biedenkopf damals, »sondern um ›Versöhnung‹. Zwar weiß Johannes Rau, daß politische Mehrheiten ohne Auseinandersetzung und Kampf nicht gewonnen werden können. Aber im Grunde ist ihm dieser Kampf zuwider. Kampf sei für ihn ›nicht das einzige Kriterium des Politischen‹. Und dann folgt – in der Ahlener Rede – unmittelbar der Satz: ›Der überkommenen Vorstellung, der Krieg sei der Vater aller Dinge, setze ich die Einsicht entgegen, daß die Menschen verkommen, wenn sie die Freundschaft, die Brüderlichkeit, die Geschwisterlichkeit vergessen.‹ So verbindet Johannes Rau den Wunsch der Menschen nach Harmonie und ihre Abneigung gegen politischen Streit und Auseinandersetzung mit dem scheinbar unpolitischen Angebot, die Menschen zu versöhnen statt zu spalten.«

Rau blieb umstritten. Auch in der eigenen Partei. Vor allem der linke Flügel traute ihm nicht. Unterstützte ihn nur zaghaft. Im August 1985 hatte Helmut Schmidt einen privaten Brief an Rau geschrieben. Der Altkanzler forderte ihn auf, als Kanzlerkandidat auch das Amt des Parteivorsitzenden anzustreben. Von Brandt könne Rau keine Hilfe erwarten. Außerdem müsse er hart arbeiten, wenn er Erfolg haben wolle. Der Brief machte Rau klar, wie es in der SPD um ihn bestellt war. Er fühlte sich von der Führungsspitze allein gelassen.

Der Hoffnungsträger

Mit Rau verbanden große Teile der SPD die Erwartung – und das war sein Kapital –, daß die öffentliche Moral erneuert und eine aufgeklärte Rechtspolitik wieder aufgenommen und weitergeführt werden könnte. Unwahrhaftigkeit und Starre, das schrieb er auf seine Fahnen, sollten aus der öffentlichen Form deutscher Politik verschwinden.

Im Mai 1985 erreichte Rau bei Umfragen Spitzenwerte. Er war beliebter als jeder andere führende Politiker.

Die Forschungsgruppe Wahlen bestätigte ihm Sympathiewerte von plus 2,1. Kohl rangierte bei plus 0,1.

Durch die Dynamik technologischer Vorgänge und die sozialen Folgen des rasanten Fortschritts waren viele Bürger verunsichert worden. Mit Rau hoffte die SPD, zu den Maßstäben vernunftorientierten sozialen und ökonomischen Verhaltens zurückzufinden. Letztlich kämpfte der Kanzlerkandidat um die mit dem Godesberger Programm mühsam errungene Offenheit sozialdemokratischer Tradition. Im westfälischen Ahlen inszenierten die Sozialdemokraten seinen ersten großen Auftritt.

Daß ihr neuer Hoffnungsträger Anziehungskraft besaß, auch wenn sich erste Korrosionsstellen zeigten, hoffte die Partei. Erwartet wurde, daß er politische Entwürfe durchsetzte: von weitreichenden umweltpolitischen Vorstellungen bis zur mutigen Erweiterung der Ostpolitik.

Am 16. Dezember 1985 sprach der frischgebackene Kandidat im westfälischen Ahlen, wo in der Nachkriegszeit die CDU ihr progressives Parteiprogramm vorgestellt hatte, von dem sie längst abgerückt war.

Rau erlebte vorher eine schwere Zeit. Quälende Tage voller Skepsis und belastender Nachrichten. Der vergrätzte ehemalige sozialdemokratische Bundeskanzler Helmut Schmidt hatte hanseatisch knapp abgesagt. Wegen Terminschwierigkeiten. Als neuer Verleger der *Zeit* wolle er sich nicht in den Wahlkampf ziehen lassen. Verräterisch meinte Rau in seiner Ahlener Rede, er ziehe ohne »irgendeinen Anflug von Resignation« in den Wahlkampf.

Er verlangte, ohne es auszusprechen, nach einer Rückkehr zur Quelle westlicher Traditionen und Werte. Aus Raus erster programmatischer Rede als Bundespolitiker einige Kernsätze. Heinemann, den er heute als seinen wichtigsten väterlichen Freund bezeichnet, hätte ähnlich formuliert:

»Vierzig Jahre nach dem Zweiten Weltkrieg gibt es für uns Deutsche eine Verpflichtung, die alles andere überragt: Von deutschem Boden darf nie wieder Krieg ausgehen. Mehr noch: Von deutschem Boden muß Friede ausgehen …

Ich will die Politisierung, und zwar sowohl gegen einen Pazifismus des Gefühls als auch gegen die Technokratie des Raketen-Schachs. Ich will die zweite Phase der Entspannungspolitik …

Die Idee gemeinsamer Sicherheit ist die Grundlage sozialdemokratischer Außenpolitik und der zweiten Phase einer im Westen abgesicherten, umfassenden Entspannungspolitik …

Wir sind uns einig: Wir gehören zum westlichen Bündnis. Wir können und wollen uns nicht aus unserem Bündnis lösen. Sonst wären wir schnell isoliert, ohne Einfluß auf die Weltmächte und in einer Situation, in der unsere Freiheit ungesicherter wäre als heute. Niemand brauchte mehr auf unsere deutschen Interessen Rücksicht zu nehmen …

Gemeinsam mit vielen, ganz unterschiedlichen Kräften in Europa fordern wir, daß ein weiterer Rüstungswettlauf, auch und gerade im Weltall, verhindert wird. Ich sage auch meinen amerikanischen Freunden: Das wollen wir nicht. Wir haben auf unserer Erde genügend Probleme zu lösen, für die sich hohe Aufwendungen für Forschung und Entwicklung lohnen …

Die zweite Phase der Entspannungspolitik muß drei konkrete Elemente umfassen: Erstens: Abrüstung eurostrategischer Waffensysteme, zweitens: Intensivierung der Wirtschaftsbeziehungen zwischen Westeuropa und Osteuropa, und zwar einschließlich des Technologie-Transfers, und drittens: Verstärkung des Kulturaustauschs in Ost und West mit dem Ziel der Wahrung der kulturellen Identität Europas. Europa muß endlich als fester Pfeiler einer atlantischen Brücke sein außen- und sicherheitspolitisches Gewicht in das westliche Bündnis und in die Bündnispolitik einbringen …

Beim Rüstungsexport bin ich für äußerste Zurückhaltung …

Die Menschenrechte will die CDU, wie man hört, zum Gegenstand einer Kampagne machen. Ich finde, die Menschenrechte sind zu wertvoll, als daß sie zum Schlaginstrument im parteipolitischen Kampf verkommen dürften. Die Vorstellung, daß Politiker im sicheren Westen das Schicksal der Verfolgten als ein Objekt propagandistischer Ausbeutung betrachten, ist mir einfach widerwärtig …

Solidarität, daß alle Menschen zu essen haben, gehört auch zu den Menschenrechten. Das nimmt uns alle in die Pflicht, den Staat als Ganzes und jeden einzelnen von uns. Wir brauchen die Hinwendung

des Stärkeren zum Schwachen,
des Glücklichen zum Unglücklichen,
des Erfolgreichen zum Notleidenden.

Die Bereitschaft zum Helfen, zum Helfen ohne Anweisungen von oben. Auch Hilfe aus eigener Initiative, eigenem Antrieb …

Der technologische Fortschritt muß sozial beherrscht und ökologisch gesteuert werden. Wer mehr technische Innovation will (wir wollen sie, vor allem dort, wo Produktionen ersetzt werden, die Menschen und Umwelt belasten), der muß auch mehr Mitbestimmung der Arbeitnehmer und ihrer Gewerkschaften wollen …

Ich stehe dafür, daß Arbeit und Umwelt nicht gegeneinander ausgespielt werden dürfen … Niemand darf sich aber täuschen, die ökologische Erneuerung unserer Industriegesellschaft ist keine Sache von heute auf morgen, ist keine Sache eines ruckartigen Umbaus. Die Wahrheit ist: Es wird Jahre dauern …«

In den Wochen vor Ahlen hatte Rau wiederholt mit dem Gedanken gespielt, den Karren, vor den man ihn gespannt hatte, stehen zu lassen. Doch in Ahlen strahlte er Zuversicht aus, gab sich kämpferisch, verzichtete auf illusionäre politische Vorstellungen und Ziele. Er demonstrierte Hoffnung, bewies – wie so oft – sein glänzendes rhetorisches Temperament.

Rau bleibt Rau

Oft wurde damals gefragt, ob Rau überhaupt helfen könne, die wiederkehrenden Reflexe des Leidens an der SPD zu überwinden. Ob er Schwächezustände seiner Partei vergessen lasse. Ob er in seiner Person glaubhaft werden lasse, was die SPD als Partei des sozialen Fortschritts im Inneren ausmacht und zusammenhält.

Wer seinen Lebenslauf betrachtet, seine Persönlichkeit bewertet, stellt fest, daß Rau eher die SPD als Partei der kleinen Gewissensbisse verkörpert als die einer immerfort kämpfenden, sich erneuernden Organisation.

Rau zeigt oft eine Variante puritanischer Innerlichkeit. Er neigt zur unentwegten Selbstbeobachtung und Selbstkontrolle; prüft innere Regungen auf ihre Echtheit. Seine natürliche Autorität besteht nicht aus pathetischen Bildern juristisch-politischer Manifestationen. Jedem vermittelt er das Gefühl, gut mit ihm umgehen zu können. In diesem Wesenszug liegt eine von anderen Politikern fast unerreichbare Wirkung.

Seine Autorität als Politiker bezieht er aus einem aufgeklärten Erscheinungsbild. Demonstrativ tritt er nicht autoritär auf, sondern locker, ungezwungen, selbstsicher. Äußerst selten ruft er, sogar bei Gegnern, das Gefühl der Beschämung hervor. Das charakterisiert Raus jovialen Charme. Er vermittelt das Gefühl, daß jeder seines Glükkes Schmied ist.

Seine beruhigende, einigende, zuversichtliche Ausstrahlung wußte die SPD immer wieder zu nutzen. Auch deshalb drängte 1985 die Partei den Vertrauen ausstrahlenden Siegertyp, Kanzlerkandidat zu werden. Er galt als populärer, aber in der Außenpolitik noch unerfahrener Mann, der innenpolitisch ohne scharfe programmatische Kontur geblieben war. Sein Vorteil schien zu sein, daß er alle Probleme, die im nationalen Maßstab anstanden, aus seiner nordrhein-westfälischen Erfahrung kannte.

»Ein Mann findet seine Zeit, und die Zeiten finden ihren Mann«, sagte Helmut Schmidt bitter. »In den Demokratien haben die Wähler die Möglichkeit, ihrer Zeit zu dem richtigen Mann zu verhelfen.«

»Ich begrüße, daß Johannes Rau seine Bereitschaft erklärt hat«, rief im September 1985 Hans-Jochen Vogel. »Sein politisches Profil ist – auch auf Bundesebene – klar, seine Erfahrungen sind umfassend. Wie attraktiv er für Wählerinnen und Wähler ist, hat er in zwei Landtagswahlen eindrucksvoll unter Beweis gestellt ...«

Eine Tatsache wurde erneut deutlich: Je mehr sich Raus Gegner über ihn streiten, über Person, politische Leistung, aber auch über seine Perspektiven – mal ärgerlich entflammt, mal geifernd und diffamierend –, um so leuchtender zeigt sich sein eigentliches Naturell.

Auf Grund seiner christlichen Herkunft weiß er, daß die Furcht, die Besorgnis, die Skepsis auch Ausdrucksformen der Vernunft sind und daß Vernunft der ständigen Erneuerung bedarf. Deshalb gilt auch heute noch für den damaligen Hoffnungsträger seiner Partei, daß die Tugend der Mäßigung und Selbstbeschränkung sichtbarer Beweis für das von ihm propagierte Prinzip der Verantwortung ist.

Rau weiß, daß sich fundamentale gesellschaftliche und wirtschaftliche Probleme nicht einfach durch technologische oder staatliche Organisationsformen bewältigen lassen. Fragen wie der Hunger in der Welt oder das Verhältnis der reichen Industrieländer zu den armen Ländern prägten schon den jungen Rau. Immer wieder mußte er erkennen, daß Friedenssicherung, Umweltschutz, Globalisierung der Wirtschaft und eine gerechtere Verteilung der menschlichen Arbeit solche Dimensionen erreicht haben, daß eine neue Qualität im Verantwortungsbewußtsein der politisch Handelnden verlangt und erreicht werden muß.

Was ihn bewegt, ist der ethische Ansatz in der Politik. »Seine Grunderfahrung ist«, schrieb Peter Glotz, als Rau sich anschickte, Kanzler der Bundesrepublik zu werden, »daß politischer Stoff auch aus der Tatsache von Freundschaft entsteht. Das Geheimnis von Johannes Rau ist, daß er keine Feinde braucht, um die eigene Identität zu finden, zu bestätigen und anderen verständlich zu machen. Er hat die Auseinandersetzung um die Führung in der deutschen Politik mit dem Credo ›Versöhnen statt spalten‹ begonnen. Ein Teil der Linken wird sagen: Bruder Johannes, wir vermissen den Klassenkampf. Aber nach einer Zeit werden sie merken, daß er keineswegs konfliktfeindlich ist. Der Mann ist ein streitbarer Protestant; und schon heute kann jeder, der es wissen will, aus seiner Morgenzeitung entnehmen, daß Johannes Rau gegen eine Veränderung des Streikparagraphen 116 des Arbeitsförderungsgesetzes und für systematische Arbeitsbeschaffungsmaßnahmen ist; daß er die Pershings in der Bundesrepublik für gefährlich und die Zahl der Arbeiterkinder auf deutschen Universitäten für allzu gering hält. Er sagt dies allerdings in einer merkwürdig pazifistischen Sprache; die Zuhörer seiner Reden müssen – auf der vergeblichen Suche nach den bekannten Reizworten – geduldig das Satzende abwarten, bis sie wissen, was gemeint ist; sie müssen Differenzierungen über sich ergehen lassen und wundersame Höflichkeiten entziffern. Das wundert sie; das ärgert sie aber auch. Kurz, Johannes Rau ist das Gegenbild eines Polarisierers. Kein Wunder, daß er deshalb auch im eigenen Laden seine Gegner hat.«

Obwohl manche in der Partei knurrten und murrten, war Rau im August 1986 auf dem SPD-Parteitag in Nürnberg fast einstimmig zum Kanzlerkandidaten gewählt worden. Über seinen »bürgernahen Kurs« stritten die Genossen mehr oder weniger offen. Der linke Flügel der Sozialdemokraten spekulierte – vom Parteivorsitzenden Willy Brandt toleriert – über eine rot-grüne Koalition, die Rau entschieden ablehnte.

Die Niederlage

Lange hatte Rau gezögert, bevor er sich entschloß, den Weg ins Kanzleramt zu suchen. Er spürte das eigene Mißtrauen gegenüber dieser Aufgabe, erlebte das offenkundige Mißtrauen mancher Genossen, die ihm die Kanzlerschaft nicht zutrauten und ihn »rumziehen« ließen. Mitte März 1986 kritisierte er vor der Landtagsfraktion scharf seine Partei. Er habe »keine Lust«, als Spitzenkandidat allein in der Arena herumzuturnen, »und die Partei sitzt auf den Rängen und guckt sich das mal so an«. Entweder finde die SPD endlich zum Mannschaftsspiel, wetterte Rau, »oder wir lassen das Ganze«.

Kohl wollte früh Kanzler werden. Und sein Nachfolger Schröder rüttelte bereits in jungen Jahren ans Bonner Tor: »Ich will hier rein!« Doch Rau zögerte.

Seit Jahren mischte er im Präsidium seiner Partei mit. Vor der Bundestagswahl 1987 verlangte er mehr Disziplin von der SPD. Der Wahlkampf sei für ihn und diejenigen, die ihn unterstützten, »überhaupt nur zumutbar, wenn es kein Kampf gegen die eigene Partei ist«.

Raus Bonner Ambitionen waren von unleidlichen Tönen begleitet. Mal kamen sie von Herbert Wehner, mal vom Bundesvorsitzenden der Jungsozialisten, der den Spitzenkandidaten aufforderte, endlich dahin zu gehen, wo die »Konflikte sind«.

Rau kannte die Vorbehalte gegen seine Person. Meistens war er kleine, selten spektakuläre Schritte gegangen. Ein schriller, den Gegner diffamierender Wahlkämpfer wollte er nicht sein. Bis zur Bewegungsunfähigkeit zögerte er einige Male, zeigte sich kompromißbereit bis zur Gesichtslosigkeit. Nichts überstürzen, war seine Devise. Politische Handstreiche blieben ihm zuwider.

Noch hatte sich die SPD nach dem Regierungswechsel nicht wirklich verändert und geöffnet. Beispielsweise für die »Neue Mitte«. Raus Schwäche bestand darin, daß niemand so recht an der SPD ausmachen konnte, was von ihr zu erwarten sei.

Außergewöhnliches nahm sich Rau vor. Er wollte Kanzler mit absoluter Mehrheit werden. Ohne Koalitionspartner. Ganz nach damaligem Düsseldorfer Muster. Ohne die Grünen. Ohne die Liberalen. Eine »Mehrheit aus eigener Kraft«. Kohl wollte er aus dem Sattel werfen und Kanzler einer breiten Mitte werden. In einer »Koalition der Bürger«.

Er nahm sich vor, auf dem Teppich zu bleiben. »Sprechblasen« zu produzieren, lehnte er ab. Gegen die »klappernde Bonner Polemik« versuchte er seine Sprache zu setzen. Gegen den »ständigen Gebrauch großer, böser Worte« wollte er bürgernahe Glaubwürdigkeit verkörpern. Sich nicht deformieren zu lassen, propagierte er guten Mutes. Der »politische Kreisverkehr zwischen Experten, der an den Bürgern total vorbeigeht«, sollte unterbunden werden. Anstand zu wahren, predigte er.

Es »menschelte« in seinen Reden, Gesprächen und Konferenzen. Er galt als Moderator, nicht als Kämpfer auf Biegen und Brechen. Auch daran scheiterte er. Der Machtmensch Kohl besaß ein anderes Temperament, andere Instinkte, andere Machtinstrumente. Parteiinterne Widersacher kippte er einfach ins Vergessen.

Am 25. Januar 1987 erhielten die SPD 37 Prozent der Stimmen, die CDU 34,5 Prozent, die CSU 9,8 Prozent.

Gewinner der Wahl waren die FDP mit 9,1 Prozent und die Grünen mit 8,3 Prozent der Stimmen.

Das Motto, unter das Rau seinen Wahlkampf gestellt hatte: Versöhnen statt spalten, zündete nicht. »Es scheint oft so, als rufe Politik mit starken Worten in einen dunklen Wald, aus dem kein Echo zurückkommt. Die Worte versickern in der Stille«, hatte er ein Jahr zuvor in einer Rede gesagt. Nun war Stille über ihn gekommen.

Wenige Tage nach der Wahlniederlage erklärte Rau, für die Nachfolge von Willy Brandt im Amt des Parteivorsitzenden nicht zur Verfügung zu stehen. Doch er blieb Stellvertretender Parteivorsitzender; arbeitete zusammen mit Hans-Jochen Vogel und Oskar Lafontaine in der Programmkommission der SPD.

Kohl, der lange Brandts und Schmidts Ostpolitik erbittert bekämpfte, konnte sie nicht scheitern lassen. Er mußte den eingeschlagenen Weg weitergehen.

Blüm contra Rau

Im Mai 1987 wurde Bundesarbeitsminister Norbert Blüm zum Landesvorsitzenden der CDU in Nordrhein-Westfalen gewählt. Er war von Kohl in die Pflicht genommen worden und hatte gegen eigene Bedenken die Nachfolge Kurt Biedenkopfs angetreten, der in NRW nach schweren Wahlniederlagen gescheitert war.

Mit dem populären Blüm schien Rau ein ernsthafter Gegner zu erwachsen, der einen erneuten Wahlsieg im Mai 1990 in Frage stellte. Inzwischen gab es viele Bürger, die sich kaum noch erinnerten, daß jemals CDU-Politiker die Landesregierung in Düsseldorf geführt hatten. Man fragte sich, wie der fatale Abwärtstrend der Christdemokraten zum Stillstand gebracht werden könne. Seit 1966 war die CDU aus dem Düsseldorfer Regierungsgeschäft verbannt.

Nordrhein-Westfalen, das Land zwischen Rhein, Ruhr und Weser, galt als Kernland der Bundesrepublik Deutschland. Knapp 17 Millionen Menschen lebten hier, ebenso viele Bürger wie in der DDR. Das starke Industrie- und Wirtschaftspotential sicherte dem »Bindestrichland« eine ausschlaggebende Position.

Die CDU, die hier eine Serie von Wahlen verlor, suchte nach Wegen, die langjährige Vorherrschaft der SPD in diesem Land zu brechen. Sie verbreitete den Eindruck, unter Rau sei das bevölkerungsreichste Land zum Armenhaus der Republik verkommen. Was nicht stimmte.

Der »Menschenfischer« Rau beschwor das Zusammengehörigkeitsgefühl der 16,7 Millionen Landeskinder. Er appellierte an das Selbstwertgefühl der Menschen und wies auf den relativen Fortschritt einzelner Regionen in NRW hin. Rau intonierte den erfolgreichen Grundakkord: »Wir in Nordrhein-Westfalen«. Kritik an ihm prallte ab, zumal die CDU das Land in pechschwarzen Farben darstellte.

In über 450000 Unternehmen würden jährlich, warb Rau, 500 Milliarden DM gemacht. 300 Milliarden DM gäben die Verbraucher in NRW für Güter und Dienstleistungen aus. Seine Botschaft blieb eindeutig: Arbeiten und leben in einem Land, das seiner Wirtschaft vorzügliche Rahmenbedingungen und vielfältige Zukunftsbedingungen biete.

Tatsächlich vollzog sich der so bitter notwendige Strukturwandel an Rhein und Ruhr äußerst langsam. Die

Malaise von Kohle und Stahl prägte das Revier. Industrielle Neuansiedlungen kamen nur langsam voran.

Rau zog freundlich und verbindlich durch das Land. Ein jovialer Menschenfischer. So kannten ihn die Bürger. Und er unternahm in der Öffentlichkeit kaum etwas, um sein Image zu ramponieren.

Blüms bundespolitisches Ansehen erhielt durch anhaltende Diskussionen um die Reform des Gesundheitswesens und seine Rentenreform starke Schrammen. Seinem Konto lastete man die Einschränkungen staatlicher Sozialhilfe in Arbeitskämpfen (Streikparagraph 116) an. Er galt als streitbarer, sympathischer Politiker, aber auch als Paradiesvogel, der durch seine politischen Aktionen für zahlreiche Schlagzeilen sorgte. Viele – wie sein Eintreten für die Menschenrechte in Chile – waren von persönlichem Mut begleitet. 1987 machte er mit seinen politischen Aktionen zahlreiche Schlagzeilen.

Die Bundesregierung unter Helmut Kohl konnte, dank einer guten Weltkonjunktur, stabile politische und wirtschaftliche Verhältnisse vorweisen. Trotz hoher Arbeitslosenzahlen gab es nach über sieben Jahren beachtliche Erfolge der bürgerlichen Koalition. Warum sollte es nicht gelingen, die Vormacht der SPD im wichtigsten Bundesland zu brechen?

Doch die CDU mußte am 1. Oktober 1989 bei der Kommunalwahl, erstmals unter dem neuen Landesvorsitzenden Norbert Blüm, herbe Verluste einstecken. Sie erhielt, bei fast gleicher Wahlbeteiligung wie fünf Jahre zuvor, rund eine Drittelmillion weniger Stimmen. Im Landesdurchschnitt rutschte sie weiter ab. Blüm schaffte es nicht, Rau bei diesem Probelauf für die Landtagswahl 1990 zu gefährden.

Blüm störe mehr, als daß er dem Land helfe, verbreitete die SPD in Nordrhein-Westfalen. Er betreibe seine Arbeit im Land nur mit halber Kraft; er bringe neue bundespolitische Verunsicherungen in die Stahl- und Kohleprobleme des Landes. Raus Wahlstrategen schossen aus allen Rohren gegen ihn.

Dabei konnte Blüm einiges vorweisen. Die Ruhrgebietskonferenz, zu der sich Kohl im Frühjahr 1988 in Bonn gezwungen sah, war sein Werk. Tatsächlich blieb er unter Kohl der einzige einflußreiche Fürsprecher des Landes in Bonn. Doch seine Landespartei ließ ihn allein turnen. Sie schaute ihrem wedelnden Star verdutzt und amüsiert zu, behielt aber Platz. Deshalb raunzte Blüm Ende 1988, er bezweifele, ob in dieser CDU wirklich jeder für jeden einzustehen und zu kämpfen bereit sei. »Es geht nicht an, daß einer allein in die Arena steigt, während die Partei auf den Rängen sitzen bleibt.«

Blüm weigerte sich 1990, seine Bereitschaft für das Amt des Ministerpräsidenten zu erklären. Er begriff sich als Bundespolitiker, wollte an der Seite Kohls bleiben. Auch um den deutschen Einigungsprozeß zu begleiten. Der Landesverband war zerstritten.

Biedenkopf kennzeichnete die Lage der CDU an Rhein und Ruhr als »hoffnungslos«. In der öffentlichen Zustimmung habe die Partei einen noch nie dagewesenen Tiefpunkt erreicht. Dafür machte er den Oppositionsführer im Landtag, Worms, verantwortlich. Aber auch Blüm, weil dieser nicht gegen Rau antreten wolle.

Als Landesvorsitzender bemühte sich der Bundesarbeitsminister, dem Ministerpräsidenten Paroli zu bieten. Er rackerte sich ab und wollte wenigstens die schlechten

Wahlergebnisse seiner Partei vergessen machen. Es gelang nicht.

Rau profitierte von seinen politischen Gegnern im Land. »Kumpel Nobbi« und seine Recken wurden bei der Landtagswahl im Mai 1990 geschlagen. Der Landesvater erreichte mit 50,0 Prozent erneut die absolute Mehrheit. Die Grünen zogen mit 5,0 Prozent gerade noch in den Landtag ein.

Als die Mauer fiel

Niemand hatte damit gerechnet, daß am 9. November 1989 die Mauer geöffnet würde. Auch Rau nicht. Er war überrascht und glücklich, daß sich ein frühes politisches Ziel realisierte. Mit dem Verschwinden der DDR setzte er sich – anders als Lafontaine und Schröder – als erster Ministerpräsident der alten Bundesländer für den deutschen Einheitsvertrag ein. Daß der Vereinigungsprozeß schwierig werde, verschwieg er nicht. Vaterländische Prosa verkniff er sich.

Wie andere auch wußte Rau schon vor der Wende, daß die DDR moralisch und wirtschaftlich am Ende war; auch er sah verwundert, wie reibungslos die Vereinigung als Adoptionsgeschäft verlief; daß Fehler zu spät festgestellt wurden. Viele im Westen glaubten, mit dem Verfahren der deutschen Einigung gäben die Menschen in den neuen Bundesländern auch ihr Wesen, ihre Eigenart auf. Sozusagen im Vereinigungsprozeß. Diesem Irrtum begegnete er auf seine Weise. NRW engagierte sich in den neuen Bundesländern, vor allem in Brandenburg.

Daß Lebenswege oft bitter nachklingen und sich verhärten, wußte er aus eigener schmerzlicher Erfahrung. Am eigenen Leibe hatte er gespürt, wie widersprüchlich Menschen sein können.

Die Wahlen in der ehemaligen DDR entsprachen Kohls Prognosen. Eindrucksvoll bestätigte die Bundestagswahl 1990 das Regierungsbündnis aus Unionsparteien und Liberalen. Herausragende Persönlichkeiten aus den neuen Bundesländern sollten eingebunden werden. Doch gelang dies nur unzureichend. Manche Bürger galten als belastet, waren verstrickt, entpuppten sich als informelle Zuträger des ehemaligen Machtapparates der SED. Auch Führungsfiguren.

Für die Nachfolge Richard von Weizsäckers im Amt des Bundespräsidenten wollte Kohl ein deutliches Zeichen setzen. Seit der Wende beabsichtigte er, einen Bürger aus der ehemaligen DDR an die Spitze des größer gewordenen Deutschlands zu bringen. Nach langem Suchen und einigen Verirrungen geriet er unter Zeitdruck, als die SPD vorpreschte und noch vor der Sommerpause 1993 Johannes Rau zu ihrem Kandidaten ausrief.

Kohl wollte Rau nicht akzeptieren, obwohl Rau und Wischnewski übereinstimmend behaupten, er habe nach der Wende versprochen, sich für eine Rau-Kandidatur einzusetzen. Kohl dementierte. Aussage stand gegen Aussage. Der Kanzler suchte unbedingt einen Kandidaten aus dem Osten.

Namen wie Stolpe, Schröder, Seite kamen ins Spiel. Doch wurden sie aus guten Gründen und nach reiflichen Überlegungen verworfen. 1992 vertiefte Kohl seine Kontakte zu einem weiteren Ostdeutschen, Steffen Heitmann. Er gab dem Dresdner nach mehreren Gesprächen zu verstehen, daß die Union unter allen Umständen einen ostdeutschen Kandidaten für die Weizsäcker-Nachfolge vorschlagen wolle.

Nach zahlreichen Diskussionen, Fehleinschätzungen und peinlichen Auftritten ließ Kohl den sächsischen Justizminister, der am 17. Juni 1994 im Bundestag die Festansprache halten sollte, fallen. Seine mißverständlichen Äußerungen über Nazivergangenheit und Ausländerhaß stießen auch in der Union auf Unverständnis. Im November 1993 gab Heitmann auf.

Falsch schätzte Kohl auch die Haltung von Johannes Rau ein. Daß dieser ohne abgesicherte Mehrheit antreten werde, glaubte er nicht. Sozusagen als sozialdemokratischer Zählkandidat.

Schwächen gleich Stärken

Motivationen bestimmen menschliches Handeln. Sie beeinflussen alle Bereiche, entspringen aber auch dem Wunsch, Konflikte zu lösen und zu überwinden: eigene und solche, die man mit anderen hat. Natürlich leidet auch Rau an sich. Wie jeder andere. Er kennt Unsicherheit und Sicherheit, schwankt zwischen übersteigertem Selbstbewußtsein und zögerndem Mißtrauen, zwischen bewahrender und freisetzender Lebenseinstellung. Er weiß um den Staub, den er aufwirbelte und berührte. Auch deshalb nennt er Zuversicht als sein wichtigstes Lebensprinzip.

Rau ist ein Mann des Ausgleichs, der Mitte; er galt lange als sozialdemokratischer Beleg für den Sog zur Mitte. Auch wenn sich darüber rätseln läßt, was – politisch gesehen – tatsächlich Mitte ist. Vielleicht der Durchschnitt aller Wünsche und Meinungen? Entspricht Rau eher den Vorstellungen der sogenannten Mittelschicht? Und wozu gehört er? Bildet sich die »Neue Mitte« zwischen der Angst vor Experimenten und dem angestrengten Bemühen, den Abstieg zu vermeiden? Oder wächst sie zwischen der Sehnsucht nach Aufstieg und dem Bestreben nach Anerkennung? Entwickelt sie sich gar aus der Sorge, sich voreilig festzulegen? Beginnt Mitte dort, wo einer geschickt seine Eitelkeiten versteckt und viele Meinungen auf sich zukommen läßt, um nicht voreilig entscheiden zu müssen?

Nicht zufällig ist Rau, seit er professionell Politik betreibt, für latente Mehrheitsbedürfnisse empfänglich gewesen. »Der Mann weiß, was los ist«, sagt ein Redenschreiber. »Der riecht, fühlt, schnuppert sich durchs Land!« Er frißt Akten, liest Vorlagen, füttert sich mit Papier, speichert Infos und Redevorlagen. Seine Fähigkeit, in kürzester Zeit Informationen aufzunehmen, wird von Mitarbeitern als phänomenal geschildert. Er verschlingt jeden Morgen die an ihn gerichteten Briefe, studiert Bürgerwünsche und -sorgen, registriert seismographisch, worüber sich Leute ärgern, was ihnen mißfällt. Er besitzt eine Spürnase für das, was Menschen möchten.

Rebellisch-anarchische Ungebundenheit stieß ihn bereits in jungen Jahren ab. Die wilde und unorthodoxe Widerstandskultur der sechziger Jahre wirkte auf Rau, der zu korrekter Handschrift und Pflichterfüllung erzogen wurde, zunächst wie eine unglaubliche soziale Provokation. Verweigerung, Befreiung, Sofortgenuß, Selbstbestimmung paßten nicht zu seinem frühen Barmer Lebensgefühl. Der humane Realist mit bürgerlichem Geist besaß ein anderes Energiepotential, andere Manieren und

Lebenslust, ein anderes Pflichtenkorsett und Rechtsgefühl.

Die milden Linien der bergischen Höhen und Täler entsprechen seinem Wesen; die mittelgroßen Wälder: »Ich darf nicht mehr abholzen, als ich verbrauchen kann.«

Geschickt und geschmeidig blieb er bis heute. Nicht willfährig, nicht hochfahrend. Ohne Schlagstöcke und messerscharfe Instrumente. Ein sensibler, vernünftiger, sich erinnernder und hoffender Politiker, der Erfahrungen aufnimmt wie ein Schwamm, um sie wieder auszudrükken. Empfindsam, aber nicht ohne Kraft. Er vertraut seinen Augen und sieht genug, um sich selber zu mißtrauen. Einer, der Toleranz als Grund- und Notform des Zusammenlebens betrachtet. Ein Suchender, der seine Irrtümer nicht um jeden Preis unterschlägt.

Starken Ehrgeiz und ausgeprägtes Machtstreben haben alle Politiker. Sie streben danach, etwas zu bewirken, bekannt und beachtet zu werden. Auch wenn sie es öffentlich abstreiten. »In die Geschichte eingehen zu wollen« spielt eine nicht zu unterschätzende Rolle. Selbstlose Politiker sind selten. Ob sie schwarz oder rot, grün oder gelb sind; ob sie als ideenlose Parteifunktionäre oder sich selbst überschätzende Führungskräfte auffallen, der Gestus wiederholt sich.

Auch Rau gebraucht Sprache so, daß unter ihr die Wirklichkeit verschwindet. Auch er verdunkelt die Hirne seiner Zuhörer mit Geschichten, Bildern und Zahlen, die lediglich eine Annäherung an die Realität schaffen. Auch er gerät in eine unermüdliche Ausdruckslaune, sobald er öffentlich auftritt.

Schon in frühen Tagen entdeckte er den Clown in sich. Brachte Eingefrorenes zum Auftauen. Heiterkeit, das spürte er, führt zu Beifall und Streßreduktion. Resonanz ist gut fürs Ego; Humor fördert Teamgeist und Kreativität.

Seine pastoralen Gefühlslagen sind bekannt. Eine seiner Schwächen ist die unverbindliche, allumfassende Geste. Stets scheint er ausdrücken zu wollen: Seht her, ich bin einer von euch!

Rau ist wirklich harmoniesüchtig. Sein Bedürfnis auszugleichen, zusammenzuführen, zusammenzuhalten und zu integrieren, gilt als beispiellos. »Er fühlt sich nur wohl«, kritisierte ein enger Mitarbeiter Raus Arbeitsstil, »wenn er weiß: Da bricht niemand aus, da kippen keine wichtigen Teile weg. Darin kann man ihn nicht mehr ändern, nicht einen Millimeter!« Selten ficht er eine Sache vehement durch. Er kann warten, zurückstellen, überlegen, neu bedenken, vertagen.

Zu seiner Grundhaltung gehört es, sich keine Feinde zu schaffen. Er hofft, wartet ab, befriedet. Folgt den Gesetzen von Beziehungen und Empfehlungen. In Herrschaftsallüren und Gesten der Macht bleibt Rau sparsam und zurückhaltend. Individuelle Stimuli weiß er gekonnt einzusetzen.

Sein bergisch-calvinistischer Leistungswille bleibt Treibsatz seines Lebens. Zu seinen Grundüberzeugungen gehört jede Absage an politischen Radikalismus. Er steht in der Mitte, auch bei den Konflikten unserer Gesellschaft. Versöhnen und Aussöhnen sind nicht nur oberflächliche, propagandistische Schlagworte.

Daß er am liebsten die Rolle des Moderators spielt, kennzeichnet ihn seit seiner Jugend. Rau kennt die subtilen Formen der Macht. Autorität und Stärke demonstriert er über Geborgenheitsangebote. Seine schnelle

Auffassungsgabe, sein Elefantengedächtnis und seine intuitive Kraft helfen ihm dabei. Machtkalküle verpackt er mit menschlicher Zuwendung und Anteilnahme, verbindet sie mit Wärme, mit tatsächlicher und gespielter.

Er kann zehn Umwege gehen, zehnmal neu ansetzen, weiß aber meistens genau, was er will. Daß alle lieb zueinander sind, hätte er gern. Durch »persönliche Anteilnahme und nette Anständigkeit«, gestand ein enger Mitarbeiter, der ihn durchschaute, »verpflichtet er sich andere«.

Oft arbeitete er im Landeskabinett mit einer Mischung aus akribischem Schulmeister und Seelenfreund mit weitem Herzen, der bemüht war, alles im Griff zu haben. Immer wollte er beteiligt sein, gab sich verstört und betroffen, wenn er nicht rechtzeitig informiert wurde. Seine Überempfindlichkeit war Schwäche und Stärke zugleich. Manchmal fühlte er sich »verdammt allein gelassen«.

Stachel im eigenen Fleisch

Ein Genosse, der seinen Landeschef trieb und anstachelte, aufforderte und zur Jagd trug, war der langjährige SPD-Fraktionsvorsitzende im Landtag, Friedhelm Farthmann. Schon 1991 kritisierte er die mangelhafte Abschiebepraxis in NRW gegenüber abgelehnten Asylbewerbern. Niemand habe sich beispielsweise getraut, Menschen, auch wenn sie nicht politisch verfolgt worden seien, wieder in den Ostblock abzuschieben, weil ihnen allein die Tatsache der Ausreise aus der Heimat Nachteile gebracht hätte.

Wie abwägend und abwartend sich Rau in solchen Fragen verhielt, erklärt sich aus seinem Lebensweg, seiner

Herkunft. Er zögerte. Farthmann drängte seinen Ministerpräsidenten beispielsweise zu einem Generationswechsel im Landeskabinett. Er lieferte die dazugehörende Liste möglicher Pensionäre gleich mit; war davon überzeugt, die notwendige Verjüngung und Stärkung der Landesregierung über die Öffentlichkeit erzwingen zu müssen. Farthmann forderte eine »Grundsanierung« des affärengeschüttelten Landeskabinetts.

Auch zur Kandidatur seines Regierungschefs für das Amt des Bundespräsidenten ab 1994 äußerte sich der prominente Landespolitiker recht früh. Wenn es wirklich so käme, was gegenwärtig noch spekulativ sei, meinte er damals, wäre das eine große Ehre für Nordrhein-Westfalen. Für die SPD im Lande sei das zwar ein großer Verlust, aber der Ministerpräsident stehe in einem Alter, in dem man an Nachfolger denke. Mit der Frage einer möglichen Rau-Nachfolge werde die SPD schon fertig.

Anfang 1993 schlug Farthmann erneut zu. In einem Papier, das untertreibend als »parteipolitisches Standardreferat« angekündigt wurde, hieß es: Bei den zentralen Streitfragen der letzten beiden Jahre habe die SPD »leider immer genau daneben« gelegen. Farthmann nannte »die Bejahung der deutschen Einheit; die Rechtfertigung des Golfkrieges; die Asyldebatte und den Bundeswehreinsatz bei internationalen Friedensaktionen«.

Er forderte die SPD auf, ihre Grundpositionen neu zu formulieren. Die Partei müsse die Fähigkeit wiedergewinnen, auf die Fragen der Bürger »klare, einfache und überzeugende Antworten zu geben«. Die Argumentationsmuster von früher paßten kaum noch.

»In den letzten zehn Jahren haben wir zwar ein Programm nach dem anderen geschrieben; sie alle waren jedoch nichts als Formelkompromisse, mit denen die Bürger und auch die Mitglieder der Partei wenig anfangen konnten.« Farthmann kritisierte damit sowohl die Programmarbeit der SPD als auch Rau.

Am 10. Februar 1993 schrieb Friedhelm Farthmann in der *Welt*: »Neben den aktuellen innenpolitischen Krisen wird von vielen Bürgern übersehen, daß auch die Welt der politischen Ideen ins Wanken geraten ist. Der Marxismus wurde mit Schimpf und Schande zu Grabe getragen, der Kommunismus hat so gründlich Bankrott gemacht, daß die Menschen davon für absehbare Zeit kuriert sind. Davon ist auch der sogenannte freiheitliche Sozialismus nicht unberührt geblieben. Schließlich hat die Marktwirtschaft in geradezu beängstigender Weise den Sieg davongetragen, was zu einer erheblichen Verstärkung konservativen Denkens führte.

Das alles hat in der Sozialdemokratie eine tiefe Verunsicherung ausgelöst: Mitglieder und Wähler waren in letzter Zeit gelegentlich irritiert über Meinungsverschiedenheiten selbst in der Spitze der SPD. Bei den großen politischen Streitfragen der letzten zwei Jahre lag die SPD leider immer genau daneben.«

Farthmann forderte, die Staatsfinanzen zu sanieren. Die Bürger müßten »jetzt wissen, daß es auf viele Jahre keine Wohlstandsvermehrung mehr geben wird. Im Westen Deutschlands sind auf lange Jahre keine realen Einkommenssteigerungen mehr zu erwarten. Wir alle werden mehr Steuern zahlen müssen, um die Kosten der Einheit aufzubringen.«

Sein Beitrag wurde als Affront gegen Rau verstanden. Von ihm unterschied sich das »Kind des Ruhrgebietes«, wie Farthmann genannt wurde, erheblich. Auch wenn beide sich in den politischen Grundpositionen einig waren. »Was uns völlig unterscheidet, ist die Art des Umgangs mit Menschen, der Stil der Verkündung«, formulierte Farthmann im Juni 1995 in einem Gespräch mit der *Woche*: »Ich habe nie diesen *human touch* akzeptieren können, das war mir immer ein Stück Heuchelei. Ich will nicht sagen, daß Johannes Rau heuchelt, sicherlich meint er es durchaus ernst. Ich könnte es jedenfalls nur, wenn ich heuchelte.«

Was der Professor aus dem Kohlenpott im gleichen Interview zu den Grünen sagte, deckte sich mit Raus damaliger Einstellung: »Was mich vor allem ärgert an den Grünen, ist ihr Konformismus und der damit verbundene Gruppendruck. Wer sich nicht den lila Tornister aufschnallt, ist schon mal nichts. Mich stört auch die in der 68-Bewegung geborene hedonistische Einstellung: Alles ist erlaubt, was Spaß macht. Das ist zutiefst unmoralisch. Menschliches Leben ist der dauernde Kampf gegen diese Versuchung.«

6.

Vaterfigur seiner Partei

Von einer tiefen Krise der Sozialdemokratie an Rhein und Ruhr sprachen Journalisten, als Friedhelm Farthmann zum erstenmal Rau die Leviten las. Die Opposition griff seine Kritik auf, begleitete die Arbeit der Landesregierung mit massiven Attacken. FDP und Grüne stießen ins gleiche Horn. Hart ging man mit Rau ins Gericht, als 1991 der NRW-Haushalt verabschiedet wurde. 1992 kritisierte die Opposition lautstark die Neuverschuldung von 5.4 Milliarden DM bei einer Gesamtverschuldung von 112 Milliarden DM.

Im Juli 1992 mußte Rau ins Krankenhaus. Wegen eines bösartigen Tumors wurde ihm die linke Niere entfernt. Erst im November 1992 nahm er die Amtsgeschäfte wieder auf.

Auf dem SPD-Landesparteitag im Dezember 1991 räumte er eine »Schwächephase« seiner Regierung ein. In jener Zeit hielt sich Rau während der langen, heiß geführten Debatten seiner Partei um das Asyl- und Einwanderungsrecht, um die wirtschaftliche Situation in den neuen Bundesländern nach der Vereinigung mit prononcierten öffentlichen Aussagen zurück. Auch als die Beteiligung deutscher Soldaten an den Blauhelm-Missionen der UNO diskutiert wurde, beteiligte er sich kaum öffentlich.

Allerdings wirkte er vehement auf Björn Engholm ein, daß dieser im Mai 1991 den Parteivorsitz und die Kanzlerkandidatur für 1994 annahm. Im Hintergrund begleitete er moderierend die Petersberger Beschlüsse seiner Partei, unter anderem das Ja der SPD zur Grundgesetzänderung beim Asylrecht.

Damals begründete er seinen späteren Ruf als Vaterfigur seiner Partei: als einer, der geduldig festgefahrene Karren mit aus dem Dreck ziehen hilft. Rau bewährte sich auch 1993 als Krisenmoderator in der schwierigen Phase nach dem Rücktritt des SPD-Kanzlerkandidaten und Parteivorsitzenden Engholm. Auf ausdrücklichen Wunsch des Parteivorstandes übernahm er vorübergehend den Vorsitz der SPD. Seine Autorität und sein Ansehen stiegen.

Rau erhielt in den zahlreichen Führungskrisen seiner Partei – von Engholm zu Scharping, von Scharping zu Lafontaine – eine präsidiale Aura. Er galt als ausgleichender Stabilisator im oft wankelmütigen, schleudernden Kurs der deutschen Sozialdemokraten. Dabei verstand er es geschickt, nicht zum Federball zwischen den Fronten zu werden. Er moderierte, entkrampfte, glich aus, verlor jedoch selten die eigenen Interessen aus dem Blickfeld. Das charakterisiert ihn seit eh und je.

Angriffsflächen

Oft hat er die eigene Unvollkommenheit betont. Auch öffentlich. Die einen werteten es als Sündenbekenntnis, die anderen als Stärke. Tatsache ist, daß ihm das Sowohl-Als-auch mehr liegt als das Entweder-Oder; die Anekdote mehr als der lakonisch-sachliche Bericht. Zitate verstolpert er selten. Seine Sprache ist durchsetzt mit regionalen Zeichen und beziehungsreichen Redewendungen. Gelegentlich ausufernd, meistens pointiert. Prüfend durchstreift er den Raum, die Halle, den Saal, bevor er redet. Sein Vokabular bleibt an die Zuhörer gebunden, angepaßt. Er signalisiert Verbundenheit, Nähe, Vertrautheit, wissende Anteilnahme. Kommt daher als origineller Sprüchemacher, der Menschen auf das bergische Sofakissen mit Raus Initialen bettet. Eine bilderreiche Volksausgabe. Schrittweise Verbesserungen zu bewirken gehört zu seinem Credo. Ungemach bereitet er selten.

Wann immer er Zeit hat, schreibt Rau Briefe. Früher während mancher Plenarsitzungen, heute zwischen den Außenterminen. Sorgfältig achtet er darauf, daß niemand vergessen wird. Sein Sekretariat verwendet viel Mühe darauf, das ausgefeilte, umfangreiche Verzeichnis von knapp dreitausend Freunden und Bekannten auf dem neuesten Stand zu halten. Wer ihm etwas bedeutet, erhält Glückwünsche zum Geburtstag, manche mit der Hand geschrieben, manche mit dem Computer.

Sein Arbeitsstil wird durch sein phänomenales Gedächtnis geprägt. Er speichert Daten, Namen, Ereignisse und Zahlen fotografisch genau. Das hilft ihm aus mancher Klemme. Spielerisch vermag er mit Worten aus dem Stegreif Situationen zu überbrücken. Nicht verquast, nicht verdrießlich, nicht klappernd. Schwere und Umständlichkeit gehen seiner Sprache ab. Ein heiterer Grundton schwingt meistens mit. Und immer Verbindlichkeit. Sein Pointengebäude ist hin und wieder klamottig, meistens aber gekonnt auf den Effekt abgestellt. Boshafte Faszination vermittelt er nicht. Selten zeigt er sich als Spielverderber. Leiernde Verdrießlichkeit ist dem Skatspieler Rau fremd. Welttheatralische Klimmzüge sind von ihm nicht zu erwarten. Er beherrscht, wenn er auftritt, die lang und endlos sich ausbreitende Szene. Auch wenn man gelegentlich den Eindruck hat, daß sich sein Repertoire erschöpft.

Hans-Otto Bäumer, der ihn attackierte, verließ und ihm in Haßliebe verbunden war, sagte einmal: »Rau ist glücklich, wenn Tante Hedwig und Onkel Karl beim Ausrufen seines Namens einen verklärten Blick bekommen.«

Rau gehört nicht zu denen, die das Dunkel ihrer Seele ins scharfe Licht der Selbstverachtung holen. Als Christ kennt er die Irrtümer der Vernunft, die Rückseite ihrer Beglückungsversprechungen. Er wurde nie ein pessimistischer, nur um das eigene Seelenheil bemühter Pietist, der Gesellschaft als Krieg aller gegen alle begreift. Er wollte leben, etwas in Gang bringen. Schritt für Schritt. Deshalb machte er sich selten düster oder sinnierend über das Leben her, lebt auch heute noch im stillen Einverständnis mit vielen Menschen.

Seine personale Struktur läßt erkennen, daß Gefühle ihn »getönt« und »imprägniert« haben. Sie hinterließen ihren Stempel. Sein Einfühlungsvermögen ist so etwas wie ein sechster Sinn geworden. In erster Linie informieren ihn Gefühle – neben rationaler Analyse – in seinem Verhältnis zur Außenwelt. Sie haben für ihn eine differenzierte, umfassende Signalfunktion. Er »wittert, schnuppert« besser als andere. Im Laufe seines Lebens eignete er sich Gefühlsregeln an, die ihm unentbehrlich geworden sind. Überall, wo etwas unklar bleibt, stellt sich »ein Gefühl davon« ein. Wer denkendes Erfassen weniger trainiert – beispielsweise in der Schule –, wird stärker seinen Gefühlserlebnissen und Wahrnehmungen vertrauen. Und diese untermauern als selbständige Erfahrungen das seelische Leben. Später auch durch erfahrbares Wissen. Gefühle verfestigen sich langsam im Grad ihrer Tiefe. Sie erhalten eine seismographische Qualität; bestimmen Fragen und Suchen. Für Rau gilt das in hohem Maße.

»Wer Raus Umgang mit Menschen erlebt hat, wer sieht, wie er in Veranstaltungen auf seine Zuhörer eingeht, der gewinnt zwar keinen Stoff für Schlagzeilen, aber er erfährt«, hat Bodo Hombach als Wahlkampfmanager des ehemaligen Kanzlerkandidaten Rau gesagt, »daß hier ein Mann ist, der durch Zuhören und Sprechen einen Prozeß einer Neuorientierung in Gang setzen kann, ohne gleich alles einzureißen. Johannes Rau mißt der Gerechtigkeit in jedem Einzelfall große Bedeutung bei. Diese Haltung macht es ihm und denjenigen, die mit ihm umgehen, schwer, ihn zu einem schnellen Schlag zu verleiten oder ihn zu einer griffigen Kampfansage vor den Fernsehkameras zu bewegen. Rau ist sein eigener Moderator. Er präsentiert sich den Bürgern in seiner eigenen Sprache, bietet möglicherweise Angriffsflächen. Doch immer mehr Menschen erkennen darin eher eine Stärke denn eine Schwäche.«

Daß Rau politischen Biß hat, behauptet niemand. Hart kann er sein, auch trickreich und nachhaltend, doch mangelt es ihm an politischer Rücksichtslosigkeit und Schlagkraft. Feindschaften müssen nicht sein, glaubt er. Beinahe aus jedem Menschen vermag er, urteilte ein ehemaliger Förderer, wenn nicht einen Freund, »dann aber doch einen Neutralisten zu machen. Irgendwie befriedet er sogar seine Gegner, indem ihnen nicht mit gleicher Münze heimgezahlt wird.«

So schnell entläßt Rau keinen aus seiner umarmenden Sympathie. Es menschelt immer in seiner Nähe. Auch das gehört zum Erfolgsrezept dieses Politikers.

In seinen Wahlreden imponierte er den Leuten, weil er weder fluchte noch verleumdete. Äußerst selten ließ er sich gehen oder wurde er aggressiv. Stets demonstrierte er seinen Mangel an Feindschaft. Oft sprach er »aus tiefstem Herzen«, nicht aber seinen Zuhörern bedingungslos nach dem Mund. Bestätigung suchte er immer: Widerhall, Resonanz, Applaus.

Er vermag einzustecken, bleibt aber verletzbar, sehr verletzlich, wenn es an die Substanz geht. Seine Dünnhäutigkeit, sein schwaches Nervenkostüm verdeckt er nur mühsam. Ihm fehlt die Fähigkeit, etwas gleichmütig, ja gleichgültig hinzunehmen. Widersacher können ihn schnell irritieren. Wer seine Integrität bezweifelt, trifft ihn. Er hingegen versucht, sich zu zügeln. Das lernte er bereits im Elternhaus, in der Gemeinde, im Umgang mit seinen Förderern.

Seine emphatischen Sentenzen, sein christliches Verhalten als Heuchelei oder Masche abzutun, seinen Versuch, »den Menschen nahe zu sein«, als Schaueffekt hinzustellen verletzt ihn bis ins Mark. Wer ihm Glaubwürdigkeit abspricht, überschreitet Raus Schmerzgrenze.

Illoyalität kränkt ihn außerordentlich. Intellektuelle Überheblichkeit ist ihm zuwider. »Er hat Probleme mit Menschen«, grinste ein vertrauter Mitarbeiter, »die geistige Überflieger sind und andere das auch noch spüren lassen. Dann macht Rau einen Bogen um Personen, geht Fragen aus dem Weg. Aber er kann neugierig sein wie ein altes Waschweib.«

Alles interessiere ihn bis in die kleinsten Nebensächlichkeiten und Verästelungen, wenn es um Persönliches, um Privates geht. Er kenne die Familienverhältnisse seiner Mitarbeiter, Freunde und Vertrauten; kenne ihre Beziehungskisten und Verhältnisse, ihre Irrungen und Wirrungen. Dies beweise nicht unbedingt seine Nächstenliebe, sei eine taktische Frage seiner Sammelleidenschaft, seiner Neugier. Er trage auf diese Weise auch Herrschaftswissen zusammen.

Selten gerät Rau in Situationen, denen er nicht gewachsen ist oder die er nicht kontrollieren kann. Dank eines überragenden Gedächtnisses, das er schon während der Bibelarbeit trainierte, speichert er gewaltige Mengen. Verblüfft damit andere. Das System Rau verfügt über eine enorme Datenmenge zum persönlichen Gebrauch: auch um andere Menschen einschätzen, um sie sanft steuern zu können. Gut abgestimmt dosiert er, wem er etwas wann und wie sagt. Das gehört seit seinen ersten politischen Schritten zum taktischen Zeichensystem seines Führungsverhaltens.

Nichts scheint langweiliger zu sein als eine Lichtgestalt ohne Schattenseiten, als ein Politiker ohne Webfehler, als ein Achilles ohne Ferse.

Oft wurde dem Parteitaktiker Rau vorgeworfen, sich nicht genügend in den Alltag der SPD eingemischt, »eingebracht« zu haben. Vor allem auf Bundesebene. Er verzichte als stellvertretender Parteichef auf Einflußnahmen, versäume es, die Richtung der deutschen Sozialdemokratie maßgeblich mitzubestimmen. Er habe sich zu oft auf Repräsentationsaufgaben abdrängen lassen. Keiner seiner Genossen erwarte von ihm, daß er die SPD reformiere. Aber sein programmatisches Verlangen halte sich meistens in Grenzen. Daß Solidarität nötig sei, soziale Gerechtigkeit und Toleranz unabdingbar, damit komme Rau über die Runden. Das gehöre zu ihm. Das schätzten seine Wähler an ihm. Er versuche, mit seiner liebenswürdigen Art weiter Menschen zu fischen, das genüge ihm.

»Ich denke, die Sozialdemokraten wissen, daß sie in mir keinen haben, der mit dem schweren Säbel kämpft«, beschrieb sich Rau. Er war keiner, der sich nach oben kämpfte. Vieles kam unter mehr oder minder günstigen Umständen auf den gesprächsbereiten, sympathischen jungen Mann zu. Er wurde, um biblisch zu sprechen, auch »erwählt« und viele halfen mit. »Wenn laut geschossen wurde, hat er leise gesungen«, sagte einer, der ihn seit seiner Jugend kennt: »Rau kann ein Erbsenzähler sein, pingelig bis zur Unerträglichkeit. Wenn er streitet, möchte er recht behalten.«

Erste Kandidatur für das höchste Amt

Auf dem Dreikönigstreffen der FDP in Stuttgart 1994 präsentierten die Liberalen Hildegard Hamm-Brücher als ihre Kandidatin für das höchste Amt. Für die Unionsparteien stand fest, daß Roman Herzog die Nachfolge des allseits geschätzten Richard von Weizsäcker antreten werde. Von einem Frankfurter Kreis deutscher Intellektueller war der ostdeutsche Mediziner, Molekularbiologe und Mitbegründer des Neuen Forums, Jens Reich, als nahezu chancenloser Kandidat vorgeschlagen worden.

Im Januar 1994 appellierte der SPD-Kandidat Johannes Rau an die CDU/CSU und FDP, die Gewissensfreiheit ihrer Abgeordneten in der Bundesversammlung bei der Wahl ihres neuen Staatsoberhauptes zu respektieren. Er hoffe, daß der Nachfolger Richard von Weizsäckers nicht in erster Linie unter Koalitionsgesichtspunkten gewählt werde. Ihm liege sehr daran, daß danach entschieden werde: »Wer wäre jetzt der Richtige oder die Richtige für dieses Amt?« Rau erinnerte daran, daß die SPD 1984 und 1989 Weizsäcker mitgewählt habe: »Das war nicht die Ankündigung einer Großen Koalition, sondern die Entscheidung für den richtigen Mann.« Seit Sommer 1993 stand endgültig fest, daß er für die Sozialdemokraten ins Rennen geschickt würde.

Erstmals seit Bestehen der Bundesrepublik gab es im Februar 1994 mehr als vier Millionen Arbeitslose in Deutschland. In der Öffentlichkeit wurde gefragt, ob Bonn Weimar sei. Im Dezember 1930 hatte die Arbeitslosigkeit in der Weimarer Republik ebenfalls die Vier-Millionen-Grenze überschritten und war bis kurz vor Hitlers »Machtergreifung« auf sechs Millionen geklettert.

Hamm-Brücher warnte im gleichen Monat, der Bundespräsident solle kein Ersatzkaiser sein. Er müsse sich als eine Art Frühwarnsystem verstehen. Bonn sei nicht Weimar. Aber es seien zur Zeit gefährliche Tendenzen zu erkennen, die die freiheitliche Demokratie gefährden könnten. Sie beobachte mit Sorge die Selbstzerfleischung in der politischen Mitte. Das habe schon einmal ins Unglück geführt. Man dürfe nicht nur die Wirtschaft auffordern, verkrustete Strukturen aufzubrechen. Es sei die Aufgabe eines Bundespräsidenten, alle zu ermutigen, die verkrustete Strukturen auch in der Politik überwinden wollten.

Im polemischen, von der CDU entfachten Streit um SED-Kontakte von Sozialdemokraten stellte sich Hildegard Hamm-Brücher demonstrativ vor Johannes Rau. Sie warf Kohl vor, »Wahlkampf mit dem Knüppel der nationalen Unzuverlässigkeit zu betreiben«.

Für den Fall, daß die infamen Angriffe gegen Rau fortgesetzt würden, kündigte sie im Februar 1994 einen gemeinsamen Appell der vier Präsidentschaftskandidaten an. Hart kritisierte sie den scheinheiligen Vorwurf Kohls, Rau habe Verrat an der deutschen Einheit begangen.

Bei der Woche der Brüderlichkeit 1994 mahnte Rau: »Ohne Brüderlichkeit wird der Haß regieren, herrschen Feindschaft und Angst.«

In der FDP rumorte es im Frühjahr 1994. Etliche Delegierte wollten Rau zum Bundespräsidenten wählen. Sowohl Jürgen W. Möllemann als auch der innenpolitische Sprecher der Bundestagsfraktion, Burkhard Hirsch, sprachen sich für den Sozialdemokraten aus. »Ich werbe für Johannes Rau, weil er der bessere Mann ist«, sagte Hirsch in der *Berliner Zeitung*. Im Präsidialamt werde in den nächsten fünf Jahren eine Persönlichkeit gebraucht, die nicht nur hohes öffentliches Ansehen genieße, sondern auch Ost und West zusammenführen könne. Wir sollten realistisch genug sein und einsehen, mahnte er, daß Hildegard Hamm-Brücher im dritten Wahlgang keine Mehrheit finden werde.

Politischer Extremismus vergiftete die bundesdeutsche Atmosphäre. Vertreter der Parteien und Kirchen riefen am Karfreitag 1994 zum Kampf gegen Radikale auf. Nach dem verbrecherischen Anschlag auf die Synagoge in Lübeck und einer Welle fremdenfeindlicher Gewalt forderten Politiker eine Allianz aller Parteien gegen die rechtsradikalen Republikaner. Johannes Rau bezeichnete aufkeimenden Fremdenhaß, Antisemitismus und Gewalt als »teuflische Kette«.

Wer Rau kritisch begleitet, stößt immer wieder auf die spezifische Ausdrucksdimension seiner Identität. Auf Maximen, Losungen, Handlungsgrundsätze, auf Empfindsamkeit und Einfühlungsvermögen. Um Standards des moralisch zuverlässigen Handelns und Verhaltens bemüht er sich. Auch um die Begründung dieser Standards.

Zwar schien das Rennen um die Nachfolge Weizsäkkers noch offen, doch Rau fragte sich, welche Schritte er gehen müsse, »wenn ich nicht gewählt werde«. Weggefährten beobachteten seinen angestrengten persönlichen Kampf. Im Mai 1994 befürwortete er eine baldige Amnestie für die in der DDR begangenen Straftaten »mit untergeordneter Bedeutung«. Damals meinte er: »Ich bin nicht sicher, ob die Zeit dazu schon reif ist, aber richtig finde ich es. Denn die Art, wie wir als Deutsche unsere Zeitgeschichte bewältigen, ist mir in vielem zu bürokratisch, zu sehr auf die Akten gerichtet, bei denen manche Schnitzeljagd entsteht.«

Die Wahl am 23. Mai 1994 verlief spannend. Roman Herzog war zwar Kandidat der Mehrheitsfraktion, aber Johannes Rau hatte Boden gutgemacht. Außerdem besaß er Sympathien in der Bevölkerung. Wieder einmal waren die Liberalen das Zünglein an der Waage. Sie spielten die ausschlaggebende Rolle. Spekulationen, viele ostdeutsche Unionsabgeordnete würden sich gegen Herzog entscheiden, gingen nicht auf. Die Wahlmänner und Wahlfrauen dachten bereits an die Bundestagswahl im Oktober. Und hinter den Kulissen zogen die Parteichefs die Fäden.

FDP-Chef Kinkel fürchtete, daß eine Unterstützung Raus durch seine Partei als Wunsch nach einem Koalitionswechsel gedeutet werden könnte. Seine Partei sollte nicht wankelmütig erscheinen. Sein ganzes Prestige warf er in die Auseinandersetzung, die an diesem Tag in der FDP tobte. Hildegard Hamm-Brücher wurde gedrängt, im dritten Wahlgang nicht mehr anzutreten. Verbittert folgte sie dem Wunsch. Auch weil sie glaubte, daß Teile ihrer Partei, vor allem aber deren Spitze, ihre Kandidatur nur halbherzig unterstützten. Viele Liberale, die gern Johannes Rau gewählt hätten, folgten der Parteidisziplin.

Neuer Bundespräsident wurde Roman Herzog. Im dritten Wahlgang setzte sich der Unionskandidat mit Unterstützung der FDP klar gegen Johannes Rau durch. Auf Herzog entfielen 696, auf Rau 605 Stimmen. Sichtlich betroffen gratulierte Rau als erster dem Gewinner.

Pakt mit den Grünen

»Der bekam schon Pickel, wenn er nur einen grünen Apfel sah«, urteilte eine mit Johannes Rau befreundete Publizistin über sein Verhältnis zu den Grünen.

Mit der deutschen Vereinigung veränderte sich das politische Koordinatensystem in der Bundesrepublik. Themen wie Arbeitslosigkeit, Wirtschaftsentwicklung oder die Kosten der sozialen Sicherung rückten in den Vordergrund gesellschaftlicher Überlegungen. Umweltthemen wurden zurückgedrängt. Kaum noch gefragt war die ausgelebte Verweigerung mancher Umweltschützer. Gesucht wurden ins Alltagsleben integrierte realistische Lösungen, nicht emotionaler, mobilisierender Widerstand.

Von ihrem Anspruch »ganz anders zu sein« rückten die Grünen nach und nach ab. Die alarmierenden Warnungen über die Endlichkeit der natürlichen Ressourcen verdämmerten. Die »heiße Szene« der Bürgerinitiativen köchelte im größer gewordenen Topf von »Bündnis 90/Die Grünen«. Schrittweise sah sich auch die SPD gezwungen, der kleinen, den Nerv der Zeit treffenden Partei näherzurücken. Umweltprobleme produzierten nur noch selten fundamentale Widerstände. Es wuchs die Einsicht, daß ökologische Probleme und Krisen pragmatisch durchgearbeitet werden müssen.

Im Mai 1995 verlor die SPD in Nordrhein-Westfalen nach fünfzehn Jahren Alleinregierung die absolute Mehrheit bei der Landtagswahl. Nur 64 Prozent der Wähler gingen zur Urne. Die Grünen waren nach der CDU zur dritten Kraft geworden. Nach eigenen Angaben zählten sie unter den rund achtzehn Millionen Landeskindern knapp zehntausend Mitglieder. Die Liberalen saßen im Keller.

Am 6. Juli wählte eine rot-grüne Koalition Johannes Rau zum Ministerpräsidenten. Die Stimmung war nicht überschwenglich, zumal das Ergebnis einen Schönheitsfehler besaß: Drei Koalitionsabgeordnete hatten ihn nicht gewählt. Sogar sein Gegenspieler, der Fraktionsvorsitzende der CDU, Helmut Linssen, erhielt eine Stimme mehr, als es CDU-Abgeordnete gab. Für Rau ein bitterer Tag.

Die Koalition mit den Grünen veränderte die SPD, wie selbst Skeptiker es nicht für möglich gehalten hatten. Lange Zeit war es dem größten sozialdemokratischen Landesverband gelungen, gegenüber der Bundespartei seine Eigenart zu bewahren. Volltönend empfahl man sich als Hort sozialer Stabilität und sozialdemokratischer Tradition. Sie seien »eine besondere Sorte Mäuse«, kolportierten Genossen an Rhein und Ruhr über sich. In Bonn hatte die SPD seit langem an Einfluß verloren. Nun schien auch in Düsseldorf die Strahlkraft der roten Mehrheit – vor allem aber die ihres Landesherrn – zu verblassen.

In einem Kommentar des Westdeutschen Rundfunks urteilte die kenntnisreiche Christa Cloppenburg im Juli 1995 über Rau, der fünfundzwanzig Jahre zuvor zum erstenmal ins Landeskabinett berufen worden war: »Hinter dem verbindlichen Auftreten, der menschenfreundlichen Rede verbirgt sich ein eher empfindlicher Charakter. Rau kann hinter den Kulissen hart sein, und er hat ein langes Gedächtnis. Wer ihm einmal richtig quer gekommen ist, muß damit rechnen, daß Raus Harmoniebedürfnis nicht endlos ist. Diese Erfahrung hat zum Beispiel Niedersachsens Ministerpräsident Gerhard Schröder machen müssen, als er SPD-Bundesvorsitzender werden wollte und unter anderem auch an der nordrhein-westfälischen SPD, sprich an Johannes Rau scheiterte. Dessen politische Laufbahn in Nordrhein-Westfalen ist bisher überwiegend eine Erfolgsstory gewesen. Seine Ausflüge in die Bundespolitik scheiterten: 1987 der Versuch, Bundeskanzler zu werden, und 1994 ging die große Hoffnung, die Karriere als Bundespräsident zu beenden, nicht in Erfüllung. An dieser Niederlage hat er schwer getragen. Er hatte, obwohl alle Zahlen gegen ihn sprachen, fest darauf gerechnet, daß seine bundesweite Popularität ihm zum Sieg verhelfen müsse. Selten hat ihn sein politischer Instinkt so im Stich gelassen.

Im Land haben diese Niederlagen ihm nicht geschadet. Rau hatte längst erreicht, daß er in der öffentlichen Meinung fast unangreifbar war.

Kritik am Landesvater fiel auf die Kritiker zurück, hatte den Ruf von Majestätsbeleidigung. Spötter verkündeten, Nordrhein-Westfalen sei die einzige Monarchie auf deutschem Boden. Das schadete ihm genauso wenig wie die Serie von ›Pleiten, Pech und Pannen‹ der letzten

Jahre, Turbulenzen, Untersuchungsausschüsse. Er selber blieb unangefochten – glaubte man, glaubte er wohl auch. Denn das, was da am 14. Mai diesen Jahres passiert ist und ganz zweifellos das Ende der ›Ära Rau‹, nicht nur aus Altersgründen, eingeläutet hat, kam wie der bekannte Blitz aus dem bekannt heiteren Himmel. Der sieggewohnte und angeblich unbesiegbare Johannes Rau verlor die absolute Mehrheit, und nicht nur das. Er büßte auch an Image und Reputation ein, als er sich auf die Koalition mit den Grünen einließ gegen seine innerste Überzeugung. Zum erstenmal hat Rau das Prinzip aufgegeben, das ihn über die Masse der Politiker herausgehoben und bundesweit beliebt gemacht hat – die Deckungsgleichheit von Überzeugung und politischem Handeln. Seine Unterschrift unter die rot-grüne Koalitionsvereinbarung ist für viele der Beweis, daß sich auch Rau nach der machtpolitischen Decke streckt wie jeder andere. Und als ein Politiker, wie jeden anderen will man gerade ihn nicht sehen.«

Rau stand vor einer zermürbenden letzten Phase seiner Regierungstätigkeit. Geduld und Ausdauer waren gefragt. Die Koalitionsverhandlungen hatten ihm das klargemacht. Bei aller Anpassungsfähigkeit erwiesen sich die Grünen als schwieriger, viel zu emotional reagierender Partner. Stärker als die SPD fühlten sie sich ihrer Basis verpflichtet. Und diese Basis schien kaum bereit zu sein, noch mehr zu schlucken, als sie es bei der Zustimmung zum Koalitionspapier getan hatte.

Ramponiert war das Verhältnis der SPD zu Teilen der Gewerkschaft. Nicht zuletzt durch Garzweiler II, einem gigantischen Projekt der rheinischen Braunkohlenindustrie. Die Bergleute fürchteten um ihre Arbeitsplätze. Die

Grünen kämpften erbittert um die ökologische Zukunft der Landschaft.

Zunächst versuchte die SPD in der ungewohnten Rolle des Regierungspartners, ihre traditionelle Aufgabe zu bewältigen. Sie bemühte sich, wirtschaftliche und soziale Schwierigkeiten zu lösen, während der kleine grüne Partner den Part der zukunftsorientierten ökologischen Kraft übernahm. Durch diese politische Aufteilung geriet aber das Kabinett Rau an die Schmerzgrenze. Ein Schock jagte den anderen. Lange, zermürbende Diskussionen mußten ausgehalten werden. Der umstrittene Braunkohletagebau sollte Rau bis zu seinem Abschied von der Landesbühne begleiten.

Endlich in der Regierung, hatten die Grünen das Projekt mit seinen unabsehbaren Folgen für Landschaft und Menschen verhindern wollen. Hart stritten sie für gegebene Wahlversprechen.

Rau, der nur widerwillig das Bündnis mit den Grünen eingegangen war, bemühte sich im kunstvollen Wechselspiel zwischen leisen, moderierenden Tönen und aggressiven Attacken, die meistens von den beiden Landespolitikern Clement und Matthiesen vorgetragen wurden, die rot-grüne Zusammenarbeit zu disziplinieren. Grotesk war, daß ausgerechnet Rau, der lange Zeit dem bunten Haufen der Grünen mißtraute – ihrem Geist der Rebellion, ihrem Lebensstil, ihrem moralischen Grimm –, jetzt alles daran setzen mußte, die Koalition über die Runden zu bringen.

Zusätzliche Pikanterie erhielten Vorgehen und Zusammenspiel, weil sowohl Fraktionschef Klaus Matthiesen als auch Wirtschafts- und Verkehrsminister Wolfgang Clement um die Nachfolge Raus kämpften.

Gelegentlich betonte der Landesvater die faire Zusammenarbeit mit den Grünen, die sich allerdings nicht einstellen wollte. Es war keine Liebesheirat, sondern ein spannungsreiches Zweckbündnis, eine Muß-Ehe. Mal kam es zwischen den Koalitionären zu heftigen, langgestreckten Auseinandersetzungen über den Kunststoff PVC, mal über die ICE-Anbindung, mal über das Nachtflugverbot oder den Ausbau des Dortmunder Flughafens. Die Krisen gerieten einige Male zum Flächenbrand, weil die Grünen sich nicht auf eine Strategie einigen konnten, wie sie mit der SPD bei Konflikten umgehen sollten.

Monatelang verfolgte beispielsweise die staunende Öffentlichkeit das Tauziehen zwischen dem Verkehrsminister und den Grünen um ein zwei Kilometer langes Teilstück der Autobahn 44 in Bochum. Der in die Rolle des Kronprinzen drängende, entscheidungswillige, oft barsch zuschlagende Wirtschafts- und Verkehrsminister Clement wurde für die Grünen der sozialdemokratische Buhmann.

Die Düsseldorfer Koalition verhedderte sich in Grabenkämpfen bei der Energie- und Verkehrspolitik. Clements Credo lautete: Arbeit schaffen, Umwelt retten. Und zwar in dieser Reihenfolge. Das brachte die Grünen immer wieder zur Weißglut.

Die SPD, langjährige Machtmonopolistin an Rhein und Ruhr, benötigte ein gutes Jahr, um den Schock der Wahl zu verdauen. »Zwei Kulturen«, meinte Rau, seien in seinem Kabinett aufeinandergeprallt. Auch im bewährten Zusammenspiel sozialdemokratischer Pfründepolitik entstanden Risse. Ängstlich verfolgten Genossen die Umfragen, zumal die alte Tante SPD – ähnlich wie in

Bonn – ihre Enkel verlor: die Jungwähler und Bildungsbürger.

»Wir haben bei unserer Klientel die Grenze des Zumutbaren erreicht«, warnte 1996 Raus Sprachrohr, der wirtschaftspolitische Sprecher der Landtagsfraktion, Bodo Hombach.

Rau, wie so mancher in der SPD, vermutete zu Beginn der rot-grünen Zusammenarbeit, man sei in die Falle getappt. In der Öffentlichkeit entstehe mehr und mehr der Eindruck, die Sozialdemokraten kümmerten sich nur unzureichend um ökologische Fragen. Die Grünen verhielten sich so, als müßten sie der Partei, die bereits Anfang der sechziger Jahre für einen blauen Himmel über Rhein und Ruhr kämpfte, das kleine Einmaleins der mühsam zu bewahrenden Schöpfung erklären.

Alltägliche Bettgeschichten dieser Muß-Ehe belasteten das Regierungsbündnis. Delikate Details aus stundenlangen quälenden Verhandlungen kamen ans Tageslicht. So sei den fundamentalistisch geprägten Grünen die Formulierung »Wirtschaftsstandort Nordrhein-Westfalen« einfach nicht abzuringen gewesen. Man habe sich schließlich auf die kleinste Formel vom »Land Nordrhein-Westfalen« geeinigt.

»Wir rackern uns ab, und andere ernten die Früchte – so haben wir nicht gewettet«, donnerte der Fraktionschef der SPD im Düsseldorfer Landtag, Klaus Matthiesen, im Oktober 1996 in Duisburg. Er zürnte den Grünen und beschrieb Grundhaltungen des Koalitionspartners: Erstens seien NRW-Grüne von einer Verteilungsmentalität geprägt, die außer acht lasse, »daß erst produziert werden muß, was dann zu verteilen ist«. Zweitens sei die Haltung der Grünen durch ein Staatsverständnis geprägt, nach dem Hilfs- und Beratungsmodelle »am Staat vorbei« flächendeckend über das Land zu verstreuen seien – »finanziert durch Staatsknete«.

Oft sah es aus, als werde die rot-grüne Koalition in Düsseldorf platzen. Die Zukunft der Regierung Rau stand mehrfach auf der Kippe. »Wer glaubt«, lästerte Jürgen W. Möllemann, »daß der Regierungschef regiert, der glaubt wohl auch, daß ein Zitronenfalter Zitronen faltet.« Das Kabinett wirkte wie ein wildgewordener Haufen unablässig gegeneinander agierender Partner. Rau bemühte sich mit leisen, oft beschwörenden, gelegentlich resignativen Untertönen, das Bündnis zusammenzuhalten. Auch um seiner selbst willen. Noch hatte er das Ziel, im zweiten Anlauf Bundespräsident zu werden, nicht aus den Augen verloren.

Zunehmend wuchs die Kritik an Rau, auch in den eigenen Reihen. Sein Politikstil sei überholt. Zu allem Ärger sprach Matthiesen im August 1996 die Nachfolge an und hob Wirtschaftsminister Clement auf den Schild. Rau wurde vorgeworfen, er nutze sein Amt zu wenig, um die SPD als führende Kraft auf allen Feldern der Politik darzustellen und zu präsentieren. Seine ausgleichende, oft zögernde Art der Machtausübung, vor allem aber seine Neigung, einen möglichst breiten Konsens zu suchen, bringe der SPD gravierende Nachteile. In Zeiten der absoluten Mehrheit habe das geklappt. In dieser Koalition müsse aber auch auf den Tisch gehauen werden. Er wirke wie ein Notar, der nur Kompromisse beurkunde.

Bis zum Herbst 1995 hatte Rau bundesweit als Vaterfigur seiner Partei gegolten. Als stabilisierender Faktor eines aus den Fugen geratenen Personalkarussells. Doch als der Machtwechsel vom bedächtigen, aber wirkungslosen Scharping auf den saarländischen Napoleon am überraschten Rau vorbei vollzogen wurde, stand der Vorsitzende der nordrhein-westfälischen Landespartei im Regen. »Es war eine bittere Stunde für mich. Vor allem, weil manche nicht mit mir gesprochen hatten, als sie den Meinungswechsel vollzogen«, sagte Rau, der sich auf dem Mannheimer Parteitag für die Wiederwahl von Scharping eingesetzt hatte.

Auch in Düsseldorf verdunkelten Schatten das Bild des bis dahin populärsten sozialdemokratischen Politikers der Bundesrepublik. Garzweiler II bedrohte von Beginn an das Bündnis. Die Grünen kämpften mit allen Mitteln. Ihre Glaubwürdigkeit stand auf dem Spiel. Sie versuchten, das riesige, die Umwelt belastende Braunkohleprojekt zwischen Köln und Aachen zu verhindern. Quer legte sich vor allem die grüne Umweltministerin Bärbel Höhn. Die Basis meuterte. »Garzweiler kommt«, donnerte der Fraktionsvorstand der SPD.

»Dieses Projekt zu verwirklichen ist für meine Partei auch eine Frage der Glaubwürdigkeit«, drohte Wolfgang Clement. Wenn zudem durch Subventionskürzungen der Abbau der Steinkohle radikal reduziert werde, was erhebliche Arbeitsplatzverluste bedeute, dann »gewinnt Garzweiler II eine neue, noch gewichtigere Dimension«. Clement und Matthiesen agierten im Kabinett Rau als streitbare, treibende Kräfte. Sie bemühten sich, die SPD als Wirtschaftspartei und Sachwalter der Arbeitsplätze zu positionieren.

Garzweiler zog sich als grüne Schleifspur durch die politischen Diskussionen beider Parteien. Es gab Aufstände; heimliche und offene Drohungen der Grünen, die Koalition zu beenden. Alle Hebel wurden in Gang gesetzt, um die Hürde zu nehmen. Beide Koalitionspartner drückten, schoben, zerrten. Die Hardliner der Parteien schossen aus allen Rohren.

Mal ging es um den Rahmenbetriebsplan, mal um die Menschen, die umsiedeln sollten, mal um die wasserrechtliche Genehmigung. Schließlich um die Frage, ob man die rot-grüne Koalition weiterführen könne, wenn die Genossen den geplanten Tagebau am linken Niederrhein auf rund ein Drittel der ursprünglichen Fläche verkleinerten. »Das ist ein Wahnsinnsprojekt, egal in welcher Größe«, schimpfte der BUND. Für die Sozialdemokraten warb Bodo Hombach: »Garzweiler II ist das am gründlichsten und umfassendsten geprüfte Industrieprojekt, das ich kenne.«

Hinter den Kulissen versuchte Johannes Rau auffallend moderat und geduldig, den Streit beizulegen. Raffiniert verstand er es, Durchhänger zu verschleiern. Er bemühte sich um beide Seiten; behielt die Fäden in der Hand, auch wenn es gelegentlich so aussah, als drohe der Karren im Morast der Verdächtigungen und Unterstellungen steckenzubleiben. Bei den Grünen erlitt er kaum Autoritätsverluste. »Wenn Johannes Rau spricht, hören unsere ihm zu, wie sie dem altersweisen Willy Brandt gefolgt sind«, räumte einer aus der Führungsriege der Grünen ein. Längst war allen klar geworden, daß in Düsseldorf über die Zukunft eines rot-grünen Bündnisses auf Bundesebene entschieden wurde.

Der Bundesgeschäftsführer der SPD, Franz Müntefering, ein enger Vertrauter des Ministerpräsidenten, dem Rau geholfen hatte, Bezirksvorsitzender im stärksten SPD-Bezirk des Landes zu bleiben, im westlichen Westfalen, gab 1997 die Parole aus, alles habe sich dem Ziel unterzuordnen, 1998 den bundespolitischen Machtwechsel zu erreichen. Auch in Düsseldorf zündete die Botschaft. Michael Vesper, der grüne Stellvertreter des Ministerpräsidenten, meinte: »Düsseldorf ist eine ganz wichtige Voraussetzung für den Politikwechsel in Bonn. Darum müssen wir alles daransetzen, daß unsere Koalition gut funktioniert.«

Kritiker fragten, ob die Regierung gewählt worden sei, um sich überwiegend mit dem eigenen Erhalt zu beschäftigen, Risse zu kitten, zu verschleiern und sich durchzuwurschteln.

Am 18. Januar 1998 beschloß ein Sonderparteitag der Bündnisgrünen in Nordrhein-Westfalen, die Koalition mit der SPD trotz des anhaltenden Streites um den geplanten Braunkohletagebau fortzusetzen. Es war ein Erfolg für Rau, um dessen Nachfolge gerangelt wurde. Wolfgang Clement besaß das Wort des Ministerpräsidenten, seinen Sessel einzunehmen. Rau orakelte: »Man muß wissen, wann andere die Aufgabe besser wahrnehmen können.«

Abschied von der Landespolitik

Gut zwei Wochen nach dem Wahlsieg des niedersächsischen Ministerpräsidenten Gerhard Schröder bei der Landtagswahl am 1. März 1998 und dessen erwarteter Nominierung zum Kanzlerkandidaten der SPD kündigte Rau am 17. März 1998 an, bis zur parlamentarischen Sommerpause sowohl das Amt des Ministerpräsidenten als auch den Landesvorsitz abzugeben. Als seinen Amtsnachfolger schlug er Wirtschaftsminister Wolfgang Clement vor, seinen langjährigen Vertrauten. Im Verhältnis der beiden knisterte es seit einem Jahr. Mißtrauen belastete ihre Beziehung. Franz Müntefering, Bundesgeschäftsführer der SPD, sollte den Landesvorsitz übernehmen.

Rau hatte bereits Ende 1997 – für manche Genossen zu zögerlich – den Entschluß gefaßt, sich aus der Landespolitik zurückzuziehen. Seinem Kronprinzen, der unruhig und energisch drängte, sollte Zeit verschafft werden, sich bis zur nächsten Landtagswahl im Jahr 2000 als Ministerpräsident zu präsentieren. Bei einem Gespräch mit Clement, Müntefering und Finanzminister Schleußer, das im Dezember 1997 stattfand, war Rau bereit, zu jedem gewünschten Zeitpunkt 1998 zurückzutreten. Allerdings wurde bei diesem Treffen auch über eine Erwartung Oskar Lafontaines gesprochen, den Rücktritt erst nach der Bundestagswahl zu vollziehen.

Clement traute dem Braten nicht. Er glaubte, Rau wolle, trotz gegenteiliger Signale, noch für längere Zeit in Düsseldorf bleiben. Der langjährige Kronprinz litt unter der immer wieder rausgeschobenen Rücktrittsabsicht des sichtlich genervten und gereizten Landesvaters. Der grüne Koalitionspartner betrachtete Clement mit Skepsis und gespreizten Fingern. Er galt als zu wirtschaftsfreundlich.

Am 14. März 1998 sprach Rau mit Lafontaine. Einige Tage später wurde sein bevorstehender Rücktritt bekanntgegeben. Er strebte ein neues Amt an.

Wehmut schwängerte die Luft der Düsseldorfer Stadthalle am 24. Mai 1998. Johannes Rau verspürte keine Lust, »eine Rede zum Abschied« zu halten. Mehr als zwei Jahrzehnte hatte das Machtsymbol an der Spitze der nordrhein-westfälischen Sozialdemokraten gestanden. Aufgestiegen zur überragenden Führungsfigur.

Die Krisenregion mit einst 600000 Bergleuten überführte er einigermaßen sozialverträglich in eine mit nur noch knapp 60000 Kumpeln. Neue Arbeitsplätze waren entstanden, vor allem in der Umwelttechnik und im Medienbereich. Trotz Höchstverschuldung wurden jährlich rund 30000 neue Wohnungen gefördert. Manche Genossen fühlten sich den Tränen nahe. Fotos wurden auf die Großleinwand geworfen: Bilder aus dem Leben des dienstältesten deutschen Ministerpräsidenten.

Lafontaine meinte in seiner Rede, der Rücktritt Raus sei vielleicht auf eine Tugend zurückzuführen, die er dem scheidenden Landesvater besonders zuschreibe: Solidarität. Diese Tugend verlange, stets sich selbst zurückzunehmen, um das Ziel nicht zu gefährden. »Insofern hast du uns dafür ein Beispiel gegeben. Dafür vielen Dank.«

Rau verbarg trotz aller Lobhudeleien nicht, daß er gekränkt war. Die »Unterstellungen und Verdächtigungen« im letzten Jahr seiner Amtszeit seien ihm »an die Nieren gegangen«. Schlagzeilen wie »Der Kerl muß weg!« hätten geschmerzt. »Ich sage das ganz freimütig, es gab manche Äußerung, die habe ich nicht nur für unpassend gehalten. Manche hat mich auch verletzt. Ich wollte das heute nicht verschweigen.«

Wiederholt zeigte er in den folgenden Wochen, wie stark ihn die Auseinandersetzungen um seine Kandidatur für das höchste Staatsamt berührt hatten. Wie kränkend er sie empfand. Hinter der politischen Maskerade wurde das »Seelchen Rau« sichtbar, seine Bitterkeit.

Doch wieder zog er seine Zuhörer in Bann, als er von Erfolgen und Mißerfolgen der gut zwanzigjährigen Arbeit sprach. Für sich beanspruchte er, das Bindestrichland Nordrhein-Westfalen verschmolzen zu haben. Dankbar, fast verlegen nahm er den langanhaltenden Applaus entgegen.

Als Landesvater begleitete er die größte Stillegungsaktion des europäischen Bergbaus; er mußte das Aufbegehren der betroffenen Menschen ertragen und eine aktive Industrie- und Strukturpolitik betreiben. Den Menschen an Rhein und Ruhr erläuterte er immer wieder das Problem der industriellen Wandlungen und ihre verändernden Wirkungen auf das gesamte Leben. Zum Ende seiner Tätigkeit als Ministerpräsident unterlag er dem Rhythmus der Geschichte: Niemand ist für alle Zeiten stark. Er mußte die schmerzliche Wahrheit erleben, daß er, der fast unangreifbar schien, vom eigenen Status geblendet war. Rau machte die schmerzhafte Erfahrung, daß auch sein Ansehen, seine Autorität bröckelten.

Die Einheit zwischen Westfalen und Rheinland maßgeblich befördert zu haben wird sein Verdienst bleiben. Für NRW war er zur Figur geworden, die mit strategischer Umsicht Identität stiftete. »Ich bin auch ein wenig stolz auf das, was ich gestalten durfte … Wir haben in den vergangenen Jahren viel für unser Land erreicht. Wir haben dafür auch Begriffe geprägt …, das Bündnis der Vernunft, die solidarische Gesellschaft, die ökologische und ökonomische Erneuerung Nordrhein-Westfalens in sozialer Verantwortung …, und für mich füge ich hinzu, und ich bleibe dabei: Versöhnen statt spalten.«

Johannes Rau als Ministerpräsident begleitete aufmerksam Harald Brand, der Chefredakteur der WDR-Landesprogramme im Fernsehen. Über die essentiellen Leistungen des Landesvaters urteilt er: »In dem von Kohle- und Stahlkrise geschüttelten Land an Rhein und Ruhr gelang Johannes Rau etwas, was ihm hohes Ansehen bei den Kumpeln und Hüttenarbeitern verschaffte, weil es den sozialen Frieden im Land sicherte. Er beschaffte milliardenschwere Staatsbeihilfen für den Bergbau und sicherte damit Zehntausende von Arbeitsplätzen für die Bergleute. Doch unabhängig von dieser Sozialverpflichtung erkannte Rau, daß die Zeit von Kohle und Stahl vorbei war, die Montanindustrie den Zenit ihrer wirtschaftlichen Bedeutung in und für NRW überschritten hatte.

Gleichermaßen pragmatisch wie visionär trieb Johannes Rau die wirtschaftliche Umstrukturierung des Industrielandes voran. Milliarden für eine neue Infrastruktur, für Verkehrswege und moderne Arbeitsplätze. Zu seinen großen Leistungen zählt zweifelsohne auch, dem nukleartechnologischen Wahnsinn jener Jahre frühzeitig die Grenzen aufgezeigt zu haben. Sinnbild dafür waren die Atomkraftwerke in Hamm und Würgassen und in besonderem Maße der Schnelle Brüter von Kalkar. Was jahrzehntelang als die Zukunft der Energiegewinnung mit Milliardensummen gefördert und gepriesen wurde – das Prinzip ›Schneller Brüter‹ – fand in Nordrhein-Westfalen ein Ende, bevor eine möglicherweise verhängnisvolle Atomzukunft beginnen konnte. 1994 verkündete Johannes Rau: Nordrhein-Westfalen ist kernenergiefrei.

Das war leichter gesagt als erkämpft. Doch Beharrungsvermögen in politischen Überzeugungen, Durchsetzungswille und Verhandlungsgeschick waren es, die Rau diesen politischen Triumph ermöglichten. Daß er zwischendurch ein Tal der Resignation durchschritten hatte – nach der Niederlage im Bundestagswahlkampf 1987 gegen Helmut Kohl –, das kam später wiederum NRW zugute. Mit voller Kraft widmete sich Rau nicht nur dem Atomausstieg in NRW, sondern zugleich auch neuen Arbeitsplatzoffensiven. Ein Land im Umbruch, tatkräftig und umsichtig herbeigeführt von seiner Regierungsmannschaft.

Um so bemerkenswerter und bedrückender für ihn, daß ihm die Wähler im Mai 1995 die absolute Mehrheit verweigerten, die er zweimal hintereinander bei Wahlen unangefochten erreicht hatte. Rau entschied sich für die Koalition mit den Grünen. Eine weitreichende Entscheidung für ihn, für das Land und auch für die bundespolitischen Perspektiven seiner Partei. In der Wahlnacht hatte Rau noch überlegt, nach dieser – wie er es empfand – Niederlage das Amt des Ministerpräsidenten aufzugeben, aber rot-grüne Strategien der Bundespartei, deren stellvertretender Vorsitzender er ja auch noch war, ließen ihn am Amt festhalten. Er, der das Land knapp zwanzig Jahre lang geradezu patriarchalisch geführt hatte, mußte nun nach der Regel handeln: ›Politik ist die Kunst des Möglichen.‹ Eine Aufgabe, die er – auch für politische Beobachter erkennbar – eher freudlos als Pflichtübung wahrnahm. Die Düsseldorfer Koalition verhedderte sich im Dauerstreit um den rheinischen Braunkohletagebau Garzweiler II, um Verkehrspolitik und politische Alltagsprobleme. Dazwischen der Ministerpräsident, der nicht mehr politisch gestalten konnte, sondern nur noch zwischen rivalisierenden Freunden vermittelte. Indiskretionen, auch aus den eigenen politischen Reihen, vergällten ihm die Freude an der Arbeit, untergruben seine politische Autorität und kratzten am Image des landespolitischen Übervaters. Der Ministerpräsident grüßte nur noch mit ausgeklügelten Botschaften zwischen links und rechts und überließ seinem selbst geholten und bestimmten Nachfolger Wolfgang Clement Dispute und Entscheidungen – nicht schmerzfrei, wie man weiß, doch erleichtert auf dem Weg nach Berlin.«

Weggefährten beeindruckten Festigkeit und Härte, mit denen Rau sein Ziel verfolgte, Bundespräsident zu werden. Jene, die irritiert den Kopf schüttelten, erlebten einmal mehr seine Dünnhäutigkeit und gereizte Empfindsamkeit, gelegentlich gekoppelt mit Selbstmitleid. Trotz jahrzehntelanger Auseinandersetzungen im politischen Alltagsgeschäft und einiger bundesweiter Schlappen demonstrierte er, wie verletzbar er sein kann. Oft hyperempfindlich. Und daß er selten bereit ist zu vergessen.

Rudolf Augstein schrieb im *Spiegel* über die Attacken auf Rau: »Es hat alles nicht gefruchtet. Johannes Rau jagt seinem Lebenstraum hinterher, und alle anderen müssen ihm folgen. Sie stehen bei ihm im Wort. Vergebens hofften sie, er werde so souverän sein, selbst keinen Anspruch auf das Präsidentenamt geltend zu machen.«

7.

Letzte Runde

Die beiden letzten Sätze des Bonner Koalitionsvertrages von 1998 zwischen SPD und Grünen ließen erkennen, was Johannes Rau anstrebte: »Die Koalitionspartner werden mit einem gemeinsamen Personalvorschlag in die Bundespräsidentenwahl 1999 gehen«, hieß es. »Das Vorschlagsrecht liegt bei der SPD.«

Hinter diesen schmucklosen Sätzen verbarg sich einerseits die Tatsache, daß die Grünen – im Gegenzug für das Vorschlagsrecht bei der Besetzung eines Postens in der EU-Kommission – den SPD-Kandidaten mitwählen wollten. Andererseits, daß sich die Sozialdemokraten auf Johannes Rau festgelegt hatten.

Im November 1998 meinte er mit Genugtuung, als der Parteivorstand der SPD ihn für das Amt des Bundespräsidenten nominierte: »Ich danke euch herzlich für euer entgegengebrachtes Vertrauen. Ich habe Respekt vor denen, die eine andere Präferenz hatten. Ich habe alle Argumente sorgfältig und gewissenhaft geprüft, und ich glaube, mich dem Ruf nicht verschließen zu sollen.

Manches an publizistischem Mobbing der letzten Monate hinterließ Narben. Oft ist von Krönung bzw. Lebenstraum die Rede gewesen. In der Demokratie gilt Dienst als Schlüsselwort, nicht Krönung. In der Demokratie träumen wir davon, das Leben der Menschen zu verbessern, und wir wollen uns nicht selbst nach oben träumen. Davon habe ich in fünfundvierzig Politikerjahren – bei allen eigenen Schwächen – etwas zu leben versucht.

In den nächsten acht Monaten will ich übernommene Aufgaben weiterführen und zugleich sparsam, aber deutlich zu sagen versuchen, wo ich ab Juli 1999 Akzente setzen möchte in einem Amt, das durch die Kraft des Wortes stärker wirkt als durch seine Verfassungsrechte.

Versöhnen statt spalten, den Anstand wahren, zusammenführen und den Grenzen ihren trennenden Charakter nehmen, Gräben zuschütten – bleibt meine Lebensmelodie ...«

Daß Rau für das höchste Amt im Staate geeignet ist, in mancher Hinsicht sogar eine ideale Besetzung darstellt, bleibt unumstritten. Auch wenn Frische und Elan, wie einige Kritiker unkten, in die Jahre gekommen sind. Mancher legte dem »Fossil« nahe, sich zu besinnen.

Vergebens hofften zahlreiche Bürger, einen unverbrauchteren Amtsinhaber zu bekommen oder endlich eine Frau. Sowohl jene, die ihn in Zeitungsanzeigen und Artikeln zur Besinnung mahnten, als auch andere, die stumm blieben und nur den Kopf schüttelten. Doch der achtundsechzigjährige Rau wollte Präsident aller Deutschen werden, auch wenn die Bundesbürger im Schnitt mit sechzig Jahren in den Ruhestand gehen.

Vom verblaßten Mythos des Bruder Johannes ist geschrieben worden: Der Egomane werde von den gleichen schlichten Motiven getrieben wie zuletzt Helmut Kohl. »Raus aufdringliche Bewerbung ist ohnehin moralisch durch die Umstände diskreditiert, unter denen sie zustande kam: durch Erpressung, als er sich endlich zum Verzicht auf das Ministerpräsidentenamt in Düsseldorf bequemte«, schrieb Hans-Ulrich Jörges im Oktober 1998 in der *Woche*.

Man mag es drehen, wie man will: Rau bringt der in zahlreiche selbstverschuldete Turbulenzen und kaum vorhersehbare Krisen geratenen rot-grünen Bonner Koalition – man denke an den folgenschweren Militärschlag der NATO gegen Serbien – einen ausgleichenden Effekt. Für jenes bürgerliche Segment, das wohlklingend »Neue Mitte« genannt wird, übernimmt er eine integrierende, harmonisierende Funktion. Er lindert den Schrecken jener, die das rot-grüne Bündnis zunehmend mit Mißtrauen betrachten. Seiner Ausstrahlung als Herold der Mitte bedarf die rot-grüne Politik. Wie Weizsäcker für Kohl weltmännische Liberalität brachte oder Roman Herzog Standfestigkeit, sperrige Individualität und Zukunftshinweise.

Trau, schau, wem! Das rot-grüne Bündnis in Bonn steckt – vor allem seit dem abrupten Rücktritt Lafontaines – in einer öffentlichen Vertrauenskrise. Vertrauen wird nicht durch übersteigerte, selbstsichere Gesten, durch trotzige Reden und beschwörende Aufforderungen, durch markige Kanzlersprüche erworben, sondern durch Kompetenz, Zuverlässigkeit und Leistung. Wer vertraut, weiß sowohl um die Gefahren des Lebens als auch um die Unzulänglichkeiten der handelnden Personen.

Vor der Wahl zum Bundespräsidenten fragten wir einen kritischen Begleiter und politischen Partner in Düsseldorf nach der wichtigsten Leistung von Johannes Rau innerhalb der rot-grünen Koalition in NRW. Roland Appel, der Fraktionssprecher von Bündnis 90/Die Grünen, gilt als offen und unzweideutig: »Johannes Rau hat die rot-grüne Koalition zu seiner Sache gemacht und seine Aufgabe darin gesehen, das immer wieder zusammenzufügen, was andere durch Provokation des Koalitionspartners zerschlagen haben. Er hat Kompromisse erreicht, wenn andere Genossen den Karren an die Wand fahren wollten.«

Gefragt, welche persönliche Eigenschaft Raus er jenseits der Wahlprosa besonders schätze, meinte Appel: »Er gibt den ›kleinen Leuten‹ die Sicherheit, ernst genommen zu werden.« Und was mißfällt an seinem politischen Stil? »Er behandelt seine Feinde zu nett!«

Vorausgesetzt, er wird zum Bundespräsidenten gewählt, fragten wir Appel, was könnte Rau für diesen Staat bedeuten? »Das Gewissen, das die Gesellschaft mahnt, Solidarität, Humanität im Zeichen gnadenloser Standortideologie zu verteidigen und Mitmenschlichkeit in einer multikulturellen Gesellschaft zu leben.«

Es stimmt: Die Vergangenheit eines Politikers wird vergoldet. Nicht mit Geld, wohl aber mit präsidialem Glanz und einem disziplinierten Dienst im Schloß Bellevue. Erwartet wird von ihm, der »leidenschaftlich gern mit anderen Menschen« spricht, die Schubkraft seiner Integrationsfähigkeit.

Rau verließ die Arena der Machtpolitik, um sich in ein relativ unpolitisches Abseits zu begeben. Übertriebene Vorstellungen sollte niemand mit dem Amt verbinden. Überraschende Initiativen wurden selten daraus gestartet. Und wenn, dann verdankten die Inhaber ihren Strategie-Abteilungen und zukunftsorientierten Planern mehr als nach außen drang.

Bundespräsidenten wirkten vor allem durch das Wort, durch ihre Glaubwürdigkeit, durch den Stil ihrer Amtsführung, durch geistige Vehemenz und Präsenz, durch die Werkstatt, die für sie arbeitete. Das alles wird Johannes Rau, auch als politisches und menschliches Widerlager, zwischen Rot und Grün, zwischen Schwarz und Gelb ausdrucksvoll verkörpern. Sich selbst zu inszenieren, verstand er bislang recht gut.

Seine Leitmelodie »Versöhnen statt spalten« wird er für die noch immer gespaltene, zerrissene Nation einsetzen müssen, für die Integration von Ausländern, für einen neuen Dialog zwischen den Generationen. »Noch schwieriger zu korrigieren«, meint Rau, »sind mentale Sperren und Barrieren, die zu Mißverständnissen, ja zu Unverständnis zwischen Deutschen im Osten und Westen führen.«

Vor sechzig Jahren begann der Zweite Weltkrieg. Auch als kritischer Augenzeuge dieses letzten großen Mordens, das von deutschem Boden ausging, wird er sein »gereiftes« Leben verstehen. Als einer, der Geschichten erzählen kann und Geschichte vermittelt. »Wenn wir uns der Verantwortung für die eigene Geschichte stellen, dann heißt das freilich nicht, daß wir uns klein machen, daß wir Demutsgesten üben und darauf verzichten müßten, unsere berechtigten Interessen zu vertreten.«

Auch die Jahrhundertwende und das neue Jahrtausend werden seine politischen Bemühungen steuern. Man darf gespannt sein. Jedenfalls wird es die Ankündigung großer Reden nicht geben. »Jede Rede wird ein redlicher und hoffentlich kreativer Versuch sein, das zur Sprache zu bringen, was gesagt werden muß.«

Die »Berliner Republik« wird seine rheinisch-bergische Art auszuhalten haben. Auch seine manchmal unnachahmlich kalauernde Begabung. Vor allem aber seine Sehnsucht nach Harmonie. Das Land könnte davon profitieren. Auch wenn der Sohn des Predigers den Begriff »Berliner Republik« nicht sonderlich schätzt, meinte er abwägend: »Man kann eine Epoche erst bezeichnen, wenn sie vorbei ist. Die Weimarer Republik hat sich ja auch nicht in Weimar gebildet. Deshalb glaube ich, daß man die gegenwärtige nicht als Bonner und die kommende nicht als Berliner Republik bezeichnen darf. Ich kann mit beiden Begriffen nichts anfangen. Für mich sind und bleiben wir die Bundesrepublik Deutschland. Und ich sehe keinen Grund, auf Namenssuche zu gehen. Aber daß wir es mit einer Veränderung zu tun haben – durch die Ereignisse der Jahre 1989 und 1990 – ist unbestreitbar.«

Nach der Wende stimmte Rau gegen Berlin als Regierungssitz. Wenn er heute darauf angesprochen wird, beteuert er mit wohlkalkulierter Leichtigkeit, im August 1990 habe er mit dem damaligen hessischen Ministerpräsidenten Wallmann ein Papier vorgelegt, »in dem wir gemeinsam vorschlagen, daß der Amtssitz des Bundespräsidenten Berlin sein sollte. Es war immer völlig unbestritten: Der Bundespräsident gehört nach Berlin. Hauptstadtaufgaben mit Repräsentationscharakter sollten in Berlin und nicht in Bonn wahrgenommen werden. Das war immer meine Meinung.«

»Ich hoffe«, sagte der ehemalige Konzernchef und überzeugte Berliner Edzard Reuter, »daß Johannes Rau nach seiner Wahl, anders als bisher, die Hauptstadt Berlin auch innerlich annehmen wird, und zwar nicht als ›Zentrale‹ einer allein auf diese Hauptstadt ausgerichteten Bundesrepublik, sondern im Sinne einer Herausforderung für die Lösung offener Aufgaben. Dazu zählt – erstens – die wirkliche Vereinigung Deutschlands; zweitens die Integration ethnischer Minderheiten, insbesondere unserer türkischen Mitbürgerinnen und Mitbürger; drittens die energische Unterstützung der Bestrebungen zur Verbreiterung und Vertiefung der Europäischen Union.« Vom Bundespräsidenten erwarte er, »den Menschen in unserem Land das Gefühl zu nehmen, daß sie im Zeitalter der Globalisierung anonymen Mächten ausgeliefert sind, die ihr Schicksal bestimmen und die sie doch nicht verstehen können«.

Auf die Frage, was Rau charakterisiere, meinte der ehemalige Industrieboß: »Für mich ist er dadurch gekennzeichnet, daß er seit jeher Aufrichtigkeit und menschliche Wärme in die Politik gebracht hat. Er gehört zu den – leider allzu wenigen – Politikern, die glaubhaft machen können, daß sie in Zweifelsfällen immer das gemeine Wohl über ihre persönlichen Interessen stellen.«

»Zukunft wagen« möchte Landesvater Rau, der sich seiner Faszinationskraft noch immer sicher ist. Sein Hang, den Problemen ihre Schärfe zu nehmen, wird bleiben. Des Menschenfischers künftige Strecke führt durch allzu oft betretenes Gedankengelände.

»Jetzt haben wir mit Berlin die größte deutsche Metropole als Bundeshauptstadt. Dadurch aber werden weder München noch Leipzig, weder Hamburg noch Dortmund, weder Düsseldorf oder Frankfurt und auch nicht Köln oder Dresden zur Provinz. Starke Länder und handlungsfähige Regionen in Europa sind die moderne Antwort auf Nationalismus und Zentralismus einerseits und provinziellen Separatismus andererseits.«

Geschickt inszenierte Rau 1998/99 seine Abschiedstournee als Bewerbungsreise. Mal feierte er das Reformationsfest mit Soldaten im Altenberger Dom, mal sprach er im Deutschen Nationaltheater, mal überzeugte er oberbergische Naturfreunde im Schloß Ehreshoven:

»Globalisierung funktioniert nur, wenn Regionalisierung sie trägt.« Hier zischte er ein Bier bei gepflegter Marschmusik, dort prostete er einem langjährigen Gewerkschaftsmitglied zu. Es war ein gekonnter, wohlkalkulierter Aufgalopp. Routiniert verkaufte sich Rau als unaufgeregtes Exemplar der Gattung Mensch. Kopfschüttelnd sah er den Fehlern anderer zu: sowohl denen seines Nachfolgers Wolfgang Clement, der in manche Fallen tappte, »die er sich selbst aufgestellt hat«, als auch jenen der parteilosen Unionskandidatin für das Amt des Bundespräsidenten, Dagmar Schipanski. Mit ihren Äußerungen über die PDS sorgte sie im März 1999 für Ärger in der Union: »Ich grenze mich zur PDS ab, diese Partei aber nicht aus. Wenn die PDS-Bundestagsfraktion sich für mich entscheidet, gehört das zur Normalität in dieser Demokratie.«

Führende Politiker der Unionsparteien stöhnten auf. Gezetert wurde über das Eigentor ihrer Kandidatin. »Die ist genauso dumm wie damals Steffen Heitmann«, raunzte ein CDU-Präsidiumsmitglied. In der PDS gab es Sympathien für die Ostfrau. Sie zu wählen sei überlegenswert, sagte der Schweriner Landeschef der PDS, Helmut Holter. Während die Union auf der einen Seite den Umgang der SPD mit der PDS geißelte, streckte auf der anderen Seite Dagmar Schipanski ihre Hand nach der PDS aus.

Die Opposition witterte Morgenluft, als Oskar Lafontaine am 11. März 1999 seinem Kanzler die Brocken vor die Füße schmiß und als Privatmann ins Saarland heimkehrte. Der Finanzminister der rot-grünen Koalition und Parteivorsitzende der SPD trat von allen Ämtern zurück. Vier Tage später beklagte der impulsive Steuermann, der durch seinen abrupten Abgang noch einmal seine Partei schockte, vieldeutig das schlechte Mannschaftsspiel der Regierungscrew Schröder.

Einige Genossen, die Lafontaines Rigorismus, sein taktisches Gespür, seinen Behauptungswillen, aber auch seine launische, machtpolitische Arroganz kannten, waren weniger überrascht. »Mit den Beziehungen zwischen beiden kann das nichts zu tun haben«, beschönigte Regierungssprecher Uwe-Karsten Heye die zermürbenden Untergrundkämpfe der beiden robusten Fighter, die sich nach außen als unzertrennlich verkauft hatten. Wortkarg beruhigte der Kanzler: »Ich spüre keine Krise.« Der schmallippig gewordene Johannes Rau eilte nach Bonn, um – getreu seiner Devise: Versöhnen statt spalten – die gequälte Partei einigen zu helfen. Als Parteivize begab er sich an die Seite des umstrittenen Genossen Schröder, um das unfaßbare explosive Gemisch, das der Saarländer hinterlassen hatte, zu entschärfen. Wie so oft wurde die Einigkeit der Politdarsteller beschworen: Gerhard Schröder als Parteichef nominiert und am 12. April 1999 auf dem Bonner Sonderparteitag zum achten Parteivorsitzenden der SPD gewählt. Der dramatische NATO-Einsatz in Jugoslawien mit seiner komplizierten völkerrechtlichen Ausgangslage, der das Grundverständnis der rot-grünen Koalition erschütterte, trieb die deutschen Sozialdemokraten zur Einheit.

Ein Tag mit Rau

Es gibt klare Brühe mit Fleischklößchen. Dann Nudeln mit Gulasch. Vom »Bio-Rind«, sagt die Schulleiterin stolz. Eine Schülerin besteht auf Nudeln mit Käse, ohne

Fleisch. Sie ist Vegetarierin. Alles ziemlich protestantisch. Kein Wunder, wir sitzen in der Mensa einer evangelischen Internatsschule – an einer langen, sauberen, weißgedeckten Tafel: ein paar Lehrer, ein paar Journalisten, zwei Dutzend Schülerinnen und Schüler vom Trifels-Gymnasium in Annweiler, mitten im pfälzischen Weinbaugebiet.

Und mittendrin Johannes Rau. Mit einem Anflug von Ausschweifung: Der hohe Gast genehmigt sich ein Gläschen vom einheimischen Rotwein. Obwohl es erst Mittagszeit ist. Leutselig langt er zu bei Nudeln und Gulasch. Verlangt einen Nachschlag. Demonstriert Wohlbehagen, Zugehörigkeit, Interesse. Fragt die jungen Leute am Tisch nach ihren Vornamen. Bemüht sich redlich, die im Kopf zu behalten. Stößt mit Philip an, der Theologie studieren will und sich ebenfalls an die Rotweinflasche herangetraut hat. Philip hat ein rundliches, frommes Gesicht. Man sieht ihm den zukünftigen Gottesdiener schon an. Rau freut sich über das Berufsziel des jungen Mannes. Prostet ihm zu: »Und alles Gute!«

Keine zehn Wochen trennen ihn mehr von der Wahl zum Bundespräsidenten. Ob er sich schon auf die Staatsbankette freue, will einer wissen, mit der Speisenfolge auf Büttenpapier, mit »Amuse Gueule« und Hummersüppchen, mit Fisch- und Fleischgang? »Ach, das kommt doch gar nicht so oft vor, wie Sie denken ...«

Ich bleibe der Alte, läßt er spüren. Der Glanz des Amtes reizt mich nicht. Meine Welt bleibt die Evangelische Akademie, auch wenn ich bald in Schloß Bellevue logiere. Rau, der Volksnahe. Rau, der Bescheidene. Der langjährige Landesvater, der bald Vater der Nation sein wird.

Warum er Bundespräsident werden wolle, hat ihn vorhin eine Schülerin gefragt. Und da hat er gewinnend gelächelt: »Es ist schön, daß die leichteste Frage am Anfang kommt.« Und dann hat er gesagt, das Ganze sei eigentlich gar nicht seine Idee gewesen. Da hätten andere ihn gedrängt. Und »ich habe ja beim letzten Mal schon kandidiert, bin nicht gewählt worden, jetzt hat man mich wieder gebeten, diesmal will ich's werden. Denn – ich könnte es!«

Die Schulleiterin moderiert. Ihr zuliebe ist er gekommen. Man kennt sich noch aus alten Zeiten, als sie in Nordrhein-Westfalen arbeitete und er Wissenschaftsminister war. Für alte Freunde ist Johannes Rau gern da. Und überhaupt macht es ihm Spaß, mit (jungen) Leuten zu reden, sie zu überzeugen und Herzen zu gewinnen.

Seine eigenen Kinder, erzählt er, seien von dem drohenden Umzug nach Berlin nicht gerade begeistert – wegen der Schule und wegen der Freunde. Er habe ja noch ziemlich junge Kinder, obwohl er selber schon so alt sei. »Meine Frau ist halt sehr spät geboren.« Das klingt fast entschuldigend und bringt die ersten Lacher. Und auf die setzt er immer; wenn er zum Beispiel unvermittelt einwirft: »Wir hatten früher mal einen Pfarrer, der war wie Gott! Sechs Tage unsichtbar und am siebten Tage unbegreifbar.« Ein andermal bittet er um einen Schluck Wasser. Die Schulleiterin zaubert es unter dem Stuhl hervor. »Das freut mich«, schmunzelt Rau, »daß die Flaschen bei euch gut versteckt sind.«

Wenige Tage zuvor ist Oskar Lafontaine mit einem gewaltigen Knall von der politischen Bühne gesprungen. Er habe ständig ein schlechtes Gewissen, hatte der Saarländer vorher geklagt, weil er sich so wenig um seinen kleinen Sohn kümmern könne. Rau – ebenfalls ein später Vater, aber im Gegensatz zu anderen SPD-Größen nur einmal verheiratet – wird von solcher Seelenpein nicht gekniffen. »Die Kinder wollen, daß der Vater ansprechbar ist, wenn sie ihn brauchen«, philosophiert er. »Aber sie brauchen ihn ja nicht so oft. Und so viel ist ein Bundespräsident auch gar nicht unterwegs. Der sitzt öfter zu Hause in seinem Büro, als man denkt.«

Und was ist mit »Frau statt Rau«? Auch auf diese Frage hat der Kandidat oft genug geantwortet. »Es hat sich ja keine SPD-Frau gemeldet«, sagt er keck. Wenn eine geeignete Parteigenossin den Finger gehoben hätte, ja, dann wäre er schon ins Grübeln gekommen. »Aber da war ja keine.«

Ein Argument, mit dem er viele Frauen in der SPD in den letzten Wochen in echte Rage versetzt hat. Bevor wir überhaupt gemerkt hatten, sagen sie, daß dieses Amt auch schon im Zuge der Koalitionsverhandlungen verteilt würde, war Bruder Johannes offiziell »der Mann« von Schröder und Lafontaine. Und wenn man dann auch nur ein bißchen hinter den Kulissen grummelte, kriegte man es vom Kandidaten schriftlich oder mündlich, jedenfalls deutlich: Keine könne da meckern, denn keine sei geeigneter als er ... Manche haben in diesen Wochen einen ganz neuen Eindruck gewonnen vom netten Herrn Rau. Aber das können die Schülerinnen und Schüler vom Trifels-Gymnasium ja nicht wissen. Darum versucht es eine der jungen Damen noch einmal: Ob er es denn nicht wenigstens symbolisch schön gefunden hätte, wenn Deutschland an der Schwelle zum neuen Jahrtausend ganz oben an der Spitze mal von einer Frau repräsentiert würde?

»Symbole sind schön«, lächelt Rau, »so zur Abwechslung mal, für ein Jahr vielleicht. Aber doch nicht für fünf!

Fünf Jahre Symbolik wären nun wirklich ein bißchen üppig ...« Und dann denkt er laut vor sich hin: Leider seien Frauen in der Geschichte der Bundesrepublik tatsächlich immer nur von den Parteien ins Rennen geschickt worden, die keine Mehrheit hatten. Tüchtig seien die ja alle gewesen: von der Annemarie Renger über die Gräfin Dönhoff und Hildegard Hamm-Brücher bis jetzt zu Dagmar Schipanski. Aber eben immer von der falschen Seite nominiert ... Er lauscht nachdenklich seinen Worten und macht ein Gesicht, als glaube er wirklich, das sei nichts als ein dummer Zufall.

»Die Frau Schipanski«, sagt er, »die hat mir manches voraus. Zum Beispiel kennt sie den Alltag in den neuen Bundesländern viel besser. Aber ich hoffe, ihr ebenfalls einiges vorauszuhaben. Und ich hoffe, daß ich weder gewählt werde, weil ich ein Mann bin, noch nicht gewählt, weil ich keine Frau bin.« Es soll halt der Beste gewählt werden. Und Rau hat keinen Zweifel daran, wer das ist.

»Welches Profil wollen Sie entwickeln als Bundespräsident?« wird er gefragt. »Da bin ich selber gespannt! Man darf sich da nichts vornehmen. Das muß sich entwickeln aus der Situation.« Er plane jedenfalls keine »Ruck-Rede à la Herzog«. Vom ersten und bisher einzigen sozialdemokratischen Bundespräsidenten, seinem alten Freund und Lehrmeister Gustav Heinemann, dem Großvater seiner Frau, wisse er, welches die schwerste Rede seiner Amtszeit für ihn gewesen sei: »Das war im Münchner Olympiastadion, als während der Spiele das Attentat auf die israelischen Sportler verübt wurde. Da muß man aus der Situation das Richtige sagen, das kann man nicht planen.«

Und prompt fällt ihm ein, was der schwierigste Augenblick seiner eigenen langen Amtszeit in Düsseldorf gewesen ist: »Da stand ich vor einem brennenden Haus in Solingen; da war eine türkische Familie drin umgekommen.« Rau kann nicht nur flapsen, er kann intensiv erzählen. Mit wenigen Sätzen macht er alle, die ihm zuhören, betroffen. Es ist mäuschenstill. »Ich habe nie so Bewegendes erlebt. Und da muß man dann, so bewegt, wie man ist, die richtigen Worte finden, die den Betroffenen Trost spenden und auch politisch das richtige Signal geben.«

Die richtigen Worte finden, das kann er. Und wenn er sie nicht findet, dann ist er zutiefst unglücklich. »Ich habe mit dem Oskar Lafontaine zehn Tage vor seinem Rücktritt zusammengesessen. Wir haben geredet. Natürlich habe ich gespürt, daß er unglücklich, daß er unzufrieden war. Aber das Ausmaß seiner Verzweiflung habe ich offenbar nicht verstanden. Ich habe ihm den Rat gegeben: ›Laß uns weiterreden!‹ Das hat er nicht getan.«

Der vorher so starke SPD-Chef hat vor seinem dramatischen Rücktritt nicht den Drang verspürt, mit Rau zu reden. Der Predigersohn aus Wuppertal empfindet das als Versagen, als Niederlage: »Wir sind ja befreundet. Wir haben oft unterschiedliche Standpunkte gehabt, aber wir sind befreundet! Nicht zuletzt verbindet uns das Attentat von Köln. Die Frau, die dem Oskar das Messer in den Hals gestochen hat, die wollte ja eigentlich mich treffen. Ich stand bloß schlecht für sie. Und da hat sie den Oskar attackiert. Das Attentat verbindet uns wie eine Art Blutsbrüderschaft. Trotzdem hat er nicht mit mir zu sprechen versucht. Überhaupt fand ich die Art seines Rücktritts nicht gut. Ein von so vielen Leuten gewählter und getragener SPD-Vorsitzender darf sich nicht einfach wortlos aus dem Staub machen. Aber ich habe ihm einen Brief geschrieben. Wenn er reden will, bin ich für ihn da.«

Für viele dieser jungen Leute sei der Rücktritt Lafontaines ein echter Schock gewesen, erzählt die Schulleiterin. »Schlägt das Herz der neuen SPD, der Schröder-SPD, noch links«, fragt eine, »oder schlägt es in der Neuen Mitte?« Die Formulierung gefällt Rau. Fröhlich lacht er und empfiehlt, sich keine Sorgen zu machen: »Die SPD hat Breite, hat viele Nuancen. Die Doppelspitze hat im Wahlkampf hervorragend funktioniert, leider aber nicht im Alltag. Der Oskar Lafontaine war ein Modernisierer, stand für Innovation und soziale Gerechtigkeit. Das müssen jetzt andere übernehmen. Für mich ist das nichts mehr. Ich habe meine parteipolitische Karriere hinter mir.«

Was er denn von dem Slogan »Bildung statt Eurofighter« halte, fragt eine Schülerin. Da verweist er stolz darauf, daß seine Leidenschaft ein Leben lang der Bildungs- und Wissenschaftspolitik gehört, daß er zur Gründung mehrerer Universitäten und vieler Gesamtschulen beigetragen habe. »Alle Eltern sollten die Chance haben, ihre Kinder auf eine Gesamtschule zu schicken. Leider fehlen da immer noch viele Plätze.«

»Und schicken Sie Ihre eigenen Kinder auch auf die Gesamtschule?«

»Nein!« Befreites Gelächter. Jetzt haben sie ihn gepackt. »Ich kann das erklären: Meine Frau hat einen großen Teil ihrer Ausbildung in Großbritannien gemacht. Sie hat die Kinder zweisprachig erzogen. Wenn die nun in eine Schule kämen, die mit Englisch anfängt, dann hätten sie keine Herausforderung, dann würden sie sich langweilen. Deshalb gehen sie jetzt auf ein altsprachliches Gymnasium und lernen Latein, was für die eine Tochter alles andere als ein Zuckerschlecken ist ... Für die müssen wir uns wahrscheinlich noch mal was anderes überlegen.« Jedenfalls sei Bildung unheimlich wichtig: »Obwohl, den Gegensatz zwischen Bildung und Eurofighter, den sehe ich nicht. Wir brauchen beides!«

»Und was ist mit der Wehrpflicht?«

»Ich bin dafür. Die ist wichtig für das Zusammengehörigkeitsgefühl in einem Staat ... Aber ich würde versuchen, in derselben Woche Bundeswehrsoldaten und Wehrdienstverweigerer zu besuchen. Denn das ist eine Gewissensentscheidung, die muß man achten.«

»Und wie wäre es mit einem sozialen Jahr für die Mädels?« Diese Frage ruft bei den Schülern frenetischen Beifall hervor. Doch Rau zeigt sich skeptisch: »Auf den ersten Blick wirkt das fair. Aber wenn man es auf die gesamte Lebenszeit umrechnet, dann haben Frauen gewiß keinen Nachholbedarf auf sozialem Gebiet, ganz im Gegenteil ...« Und dann geht das breite Lächeln des geborenen Versöhners über sein Gesicht: »Ich habe zwei Töchter und einen Sohn.«

»Sind Sie für den Ausstieg aus der Atomenergie?«

Rau überlegt lange und gesteht: »Ich war mal für die Nukleartechnik. Die galt damals als die weitaus beste Lösung, unsere Energieversorgung sicherzustellen. Es gab überhaupt kein Problembewußtsein. Aber wenn ich mich heute frage, ob der Ausstieg notwendig ist, dann besuche ich die Tschernobyl-Kinder auf Spiekeroog, und dann bin ich ganz sicher.« Trotzdem hält er nichts von Pessimismus und Weltuntergangsstimmung: »Es gibt Menschen, wenn die Licht am Ende des Tunnels sehen, dann kaufen die sich noch ein Stück Tunnel. Ich kann dazu nicht raten. Wir müssen sensibler werden, aber nicht pessimistischer. Wir haben Umweltgesetze, von denen hätte man vor zwanzig Jahren nicht träumen können! Wir leben in einem ungeheuren Wohlstand, der ist nur falsch verteilt. Aber man darf nicht aufgeben. Wenn man den Markt absolut setzt, entsteht eine Gesellschaft, die kennt vor allem den Preis und von nichts mehr den Wert.«

Rau hat lange gebraucht, um grünes Denken für sich und vor allem für die Regierung in Nordrhein-Westfalen zu akzeptieren: »Früher habe ich immer gesagt: Lieber ein Haus im Grünen als die Grünen im Haus!« Sechs Wochen habe er nach den letzten Landtagswahlen in NRW mit sich gerungen und sich gefragt, ob er sich eine Koalition mit den Grünen wirklich zumuten wolle. »Aber dann habe ich überwiegend sehr gute Erfahrungen gemacht. Natürlich müssen Koalitionspartner anständig miteinander umgehen. Man darf einander weder erpressen noch erdrücken! Das gilt auch für Bonn …«

Einer fragt nach Jürgen Trittin. »Den kenne ich vom Vermittlungsausschuß. Zur Zeit ist er der Buhmann. Und er ist daran nicht ganz schuldlos. Trotzdem sage ich: Der Jürgen Trittin ist schwierig, aber verläßlich. Solche Menschen mag ich.«

Die stellvertretende Schülersprecherin lobt das künftige Staatsoberhaupt. Sie findet es toll, daß er sich Zeit nimmt für das Gespräch mit jungen Leuten: »Tun andere Politiker das nicht viel zu selten?« Das Lob überhört er, bittet um Verständnis: »Oft wissen wir Älteren ja gar nicht mehr, wie man mit der jungen Generation umgeht.« Generation? »Sind Sechzehnjährige und Neunzehnjährige heutzutage nicht schon völlig verschieden? Das macht es schwer für uns. Und nichts finde ich schlimmer als schulterklopfende Jovialität und falsche Anbiederung. Wenn Politiker zu selten mit jungen Menschen reden, hat das oft auch mit Verlegenheit und Unsicherheit zu tun. Mein Rat an meine Kollegen kann deshalb nur sein: Lernt zuhören, statt Rednerschulen zu besuchen!«

Es liegt nicht an Rau, wenn sich an diesem Vormittag kein Gespräch entwickelt, wenn er wenig Gelegenheit zum Zuhören erhält. Die Schülerinnen und Schüler haben sich in mehrwöchigen Arbeitskreisen ihren Fragenkatalog zusammengestellt und weichen keinen Zentimeter davon ab. Verkrampft ist die Atmosphäre nicht, aber wahrlich auch nicht locker.

Wie er denn sein Lebensmotto »Versöhnen statt spalten« im Verhältnis zur PDS umsetzen wolle, wird er gefragt. »Ich werbe nicht um ihre Stimmen«, sagt er. »Sie hat sich aus der SED entwickelt, aber sie hat sich entwikkelt. Das muß man anerkennen.« Neben der Bekämpfung der Arbeitslosigkeit sei jedoch das Zusammenwachsen der Deutschen das wichtigste Thema. Und die PDS habe nun mal in den neuen Ländern viele Anhänger. »Ich möchte sie behandeln wie jede andere gewählte Partei. Man kann das Gespräch nicht verwehren.« Andererseits denke er nicht daran, der PDS die Entscheidung darüber zuzuspielen, ob er die Wahl zum Bundespräsidenten annehme oder nicht. »So eine Erklärung, wie sie Roman Herzog vor fünf Jahren abgegeben hat – nicht mit den Stimmen der PDS! –, wird es von mir nicht geben. Gottlob sieht die Frau Schipanski das ja ähnlich und hat damit ein bißchen die Luft aus dem Thema genommen. Jedenfalls interessieren mich alle Stimmen. Auch die der CDU.«

Natürlich wird auch nach den Menschenrechten gefragt und einem Einsatz der NATO im Kosovo. »Der Milošević, das ist ein Tyrann. Und gegen Tyrannen muß man aufstehen. Insofern ist der Einsatz der NATO – auch ohne Mandat von UNO und OSZE – auf jeden Fall gerechtfertigt. Aber wie man das juristisch begründet, das weiß ich nicht, dafür habe ich zu wenig studiert …« Die meisten jungen Leute am Trifels-Gymnasium von Annweiler hat er an jenem Montagmorgen im März 1999 voll für sich eingenommen. Nicht zuletzt mit seinem vehementen Engagement gegen die Todesstrafe. Kurz vorher sind die beiden Brüder LeGrand in den USA hingerichtet worden.

»Hat die Bundesregierung genug für sie getan?« fragt einer. »Das weiß ich nicht. Aber mich hat die Mutter der beiden Appelt-Brüder, die noch in der Todeszelle sitzen, um Hilfe gebeten. Ich habe an den Präsidenten geschrieben und an die zuständigen Gouverneure. Ich habe sie persönlich angerufen und bei einem gar nicht an die Zeitverschiebung gedacht. Aber ich habe ihn wachgekriegt …«

Auch ohne Zeitverschiebung ist es inzwischen halb zwei geworden. »Noch Fragen an Johannes Rau? Das ist nicht der Fall.«

»Aber ich habe noch jede Menge Fragen an euch«, sagt er. »Andererseits ist es schon halb zwei, da habe ich immer schon seit vierzig Minuten Hunger.« Es gibt klare Brühe mit Fleischklößchen. Dann Nudeln mit Gulasch.

Rechte und Pflichten

Am 23. Mai 1949 wurde das Grundgesetz in Bonn verkündet. Der Parlamentarische Rat hatte es am 8. Mai in dritter Lesung mit 53 zu 12 Stimmen angenommen. Bonn sollte vorläufige Hauptstadt der Bundesrepublik werden.

Die Kompetenzen des Bundespräsidenten waren absichtlich eingegrenzt worden. Mächtig sollte der Kanzler, machtlos der Bundespräsident sein. Die Urheber des Grundgesetzes hatten es so gewollt. Elementare geschichtliche Gründe gab es dafür reichlich. Denn die ausgeweitete Machtfülle des Reichspräsidenten trug beträchtlich zum Scheitern der Weimarer Republik bei. Er war vom Volke gewählt worden und verfügte über eine starke demokratische Legitimation. Den Kanzler seiner Wahl konnte er ernennen und entlassen. Wenn ihm ein vom Parlament beschlossenes Gesetz nicht paßte, durfte er den Reichstag auflösen. Der Reichspräsident war Herr des Notstands und führte den Oberbefehl über die Streitkräfte. Trotz dieser monarchischen Machtfülle blieb er praktisch unabsetzbar.

Als zwischen 1948 und 1949 die Verfassung ausgearbeitet wurde, lagen Hitler und sein verbrecherisches Regime wie ein drohender Schatten über den Beratungen. Leidvolle politische Erfahrungen prägten die Vorstellungen der Urheber. Das qualvolle Scheitern der Weimarer Republik und der unsägliche Übergang zum Tausendjährigen braunen Reich bewegten die konzeptionellen Gespräche und Ideen.

Plebiszitäre Elemente wurden aus dem neuen Grundgesetz verbannt. Verfassungswidrige Parteien sollten verboten werden. Gegen die Zersplitterung der Parteien setzte man die Fünfprozentklausel. Nur der gewählte Bundeskanzler sollte die Richtlinien der Politik bestimmen. Gestürzt werden konnte er nur über das »konstruktive Mißtrauensvotum«.

Anders als in der Weimarer Republik sollte der Bundespräsident nicht mehr direkt vom Volk gewählt werden. Er konnte nur dann zur zentralen Figur werden, wenn bei der Kanzlerwahl auch im dritten Wahlgang kein Bewerber die absolute Mehrheit erreichte. Erst dann sollte das Staatsoberhaupt das Parlament auflösen können und Neuwahlen ausschreiben.

Wie immer es heute betrachtet wird: Nach dem Grundgesetz ist der Bundespräsident ein machtloser Mann. Doch er verkörpert die Einheit der Nation, ist ihr Symbol, hat dafür einzutreten, daß die Grundrechte eingehalten werden und die gesellschaftlichen Spielregeln verbindlich bleiben.

Er repräsentiert die Staatsgewalt, wenn Verträge zu unterzeichnen sind, welche die Bundesrepublik mit ausländischen Staaten abschließt. Gesetze erhalten durch seine Unterschrift Geltung. Er symbolisiert die Würde des Staates, wenn er Personen ernennt, die hohe Ämter oder politische Führungsaufgaben übernehmen. Außerdem besitzt er das Begnadigungsrecht. Das Staatsoberhaupt ernennt oder entläßt auf Vorschlag des Bundeskanzlers auch die Bundesminister.

Unbenommen bleibt es ihm, auf den politischen Entscheidungsprozeß Einfluß zu nehmen. Allerdings diskret. Nicht vor der Öffentlichkeit. Vorausgesetzt, er findet das Vertrauen aller Parteien. Gelingen kann dies nur, wenn er zu allen Distanz hält. Besonders zu jenen, die ihn gewählt haben. Rau weiß, daß der Bundespräsident »keine moralische Instanz an sich« ist. Seine Kraft, sagt er, »ist die des Wortes«.

Laut Artikel 55 des Grundgesetzes darf der Bundespräsident weder der Regierung noch einer gesetzgebenden Körperschaft des Bundes oder eines Landes angehören. Er darf kein besoldetes Amt, keinen Beruf ausüben und weder der Leitung noch dem Aufsichtsrat eines auf Erwerb gerichteten Unternehmens angehören.

Nach deutschem Recht kann er auch seiner Aufgaben enthoben werden, und zwar nach Artikel 61 des Grundgesetzes von einem Verfassungsgericht »bei schweren Amtsverstößen«. Handelt es sich um ein »privates Delikt«, können ihm seine öffentlichen Aufgaben aberkannt werden.

Bei seinem Amtsantritt leistet er vor den versammelten Mitgliedern des Bundestages und des Bundesrates folgenden Eid: »Ich schwöre, daß ich meine Kraft dem Wohle des deutschen Volkes widmen, seinen Nutzen mehren, Schaden von ihm wenden, das Grundgesetz und die Gesetze des Bundes wahren und verteidigen, meine Pflichten gewissenhaft erfüllen und Gerechtigkeit gegen jedermann üben werde. So wahr mir Gott helfe.«

Kraft zur Integration

Unabhängigkeit und Zurückhaltung gehören zu den politischen Fundamenten des höchsten Staatsamtes, das die Bundesrepublik Deutschland zu vergeben hat. Der Neue muß dies beherzigen. Seinen Rat wird er nicht aufdrängen, aber er muß ihn geben.

Nicht zu aktuellen politischen Tagesfragen wird er öffentlich Stellung beziehen, wohl aber zu den grundsätzlichen Problemen unserer Gesellschaft. Dies kann auf vielfältige Weise geschehen. Mal im vertraulichen Gespräch mit Experten, Parlamentariern und Vertretern öffentlicher Meinung; mal durch Reden, wie sie zuletzt von Weizsäcker und Herzog wirkungsvoll gehalten wurden. Als Spiegel ihrer Grundüberzeugungen.

»Ich möchte ziemlich nahe an den Menschen sein und möglichst wenig auf dem Podium«, meinte Rau vor der Wahl. »Ich glaube, daß man sich auch als Bundespräsident in kleinen Kreisen mit anderen treffen und mit denen das Gespräch suchen kann. Wie das im einzelnen wird, kann ich noch nicht sagen.«

Zur Integration beizutragen ist eine der vornehmsten Aufgaben seines Amtes. Theodor Heuss (1949 bis 1959) war darin ein Meister. Seine ungespreizte, menschliche Art und seine vermittelnde Kraft des Wortes ließen ihn in der Nachkriegszeit herausragen. Heinrich Lübke (1959 bis 1969) paßte ins Gesamtbild seiner Zeit. Er agierte bieder und blieb umstritten. Gustav Heinemann (1969 bis 1974), Vorbild und väterlicher Freund des neuen Bundespräsidenten, machte sich als »Bürgerpräsident« zum politischen Anwalt jener Minderheiten, die an den gesellschaftlichen Rand gedrängt wurden. Seine Mahnungen und bohrenden Fragen sind noch heute aktuell.

Auch Walter Scheel (1974 bis 1979) und Karl Carstens (1979 bis 1984) trugen durch ihre persönliche Art, durch Glaubwürdigkeit und Stil zur Integration bei. Richard von Weizsäcker (1984 bis 1994) nahm – im vereinigten Deutschland – eine herausragende Position ein. Vorsichtig abwägend und kühl reflektierend versuchte er Widersprüche zu überbrücken. Er war bestrebt, zielstrebig Einfluß zu nehmen. Die Deutschen sensibilisierte er durch seine Reden. Roman Herzog (1994 bis 1999) bewies überparteiliche Standfestigkeit und umsichtige Offensivkraft. Er unternahm zahlreiche Anstrengungen, um die Einheit der Nation zu fördern. Wie seine Vorgänger trug er ebenfalls zur Integration bei.

Wichtigstes und wirksamstes öffentliches Instrument

des Bundespräsidenten sind seine Reden, seine Stellungnahmen, seine Markierungspunkte. Hier darf vom neuen Bundespräsidenten einiges erwartet werden.

Präsidenten kommen nicht von einem anderen Stern. Sie sind in der Welt der Macht- und Parteipolitik aufgewachsen, kennen die Rituale und Niederungen, die Wahlversprechen und den schnöden Alltag. Die meisten waren jahrelang darin eingebunden. Einige verkündeten später ihre Themen und Thesen leitmotivisch: Ausgleich zwischen Ost und West, zwischen Nord und Süd, zwischen oben und unten, zwischen jung und alt, zwischen Ausländern und Einheimischen.

Weizsäcker beispielsweise kritisierte den Parteienstaat. Seine Kritik verhallte. »Wir leben in einer Demoskopiedemokratie«, hatte er gewarnt. »Sie verführt die Parteien dazu, in die Gesellschaft hineinzuhorchen, dort die erkennbaren Wünsche zu ermitteln, daraus ein Programm zu machen, dieses dann in die Gesellschaft zurückzufunken und sich dafür durch das Mandat für die nächste Legislaturperiode belohnen zu lassen ... Es handelt sich um einen Kreislauf, bei dem die politische Aufgabe der Führung und Konzeption zu kurz kommt. Es ist ein Zusammenspiel von Schwächen derer, die die Mandate suchen, und jener, die sie erteilen.«

Politiker sind »keine moralische oder unmoralische Extraklasse«, warnte er im Februar 1993, »sondern Menschen wie alle anderen auch«. Skandale deutscher Politiker um geliehene Autos, spendierte Reisen und andere Affären schürten die Parteiverdrossenheit der Deutschen. Weizsäcker reagierte darauf. In der Öffentlichkeit wurde nach Maßstäben gefragt, an denen Politiker gemessen werden.

»In der Politik muß geführt werden«, forderte Weizsäcker. »Politiker brauchen dazu nicht nur Willenskraft und Sachverstand, sondern vor allem die Achtung der Bürger. Sie gewinnt man nur durch seine persönliche Haltung.«

Der neue Bundespräsident besitzt die Achtung der Bürger. Seine persönliche Haltung muß Rau auch künftig glaubhaft beweisen: durch Willenskraft und Sachverstand, durch Elan und Unabhängigkeit.

»Wer in der Demokratie etwas verändern will, der darf sich nicht auf politische Mandate und auf staatliches Handeln allein verlassen«, warnte Rau. »Politisches Handeln kann um so wirkungsvoller und um so erfolgreicher sein, je stärker es sich auf breites öffentliches Problembewußtsein und auf das Engagement möglichst vieler Menschen stützen kann.«

Mancher Konflikt ist vorgezeichnet. Die Staatsbürgerschaft für Ausländer gehört dazu; doch auch die innen- und außenpolitischen Folgen des militärischen Einsatzes deutscher Soldaten ohne UN-Mandat. Die Angriffe der NATO gegen Serbien – gegen Diktator Slobodan Milošević – haben die humanitäre und völkerrechtliche Brisanz gezeigt. Zum Eingreifen der NATO, meinte Rau, habe es keine Alternative gegeben, obwohl die »politischen Folgen ungewiß sind«.

Zwar berührt dies alles nicht den Entscheidungsbereich des Bundespräsidenten, sondern des Kanzlers, aber der Streit darüber stellt präsidiale Initiative und Entschlußkraft ernsthaft auf die Probe. »Zu unseren geschichtlichen Erfahrungen gehört es«, sagte Rau im Februar 1999 anläßlich des achtzigsten Jahrestages des Zusammentretens der Nationalversammlung in Weimar,

»daß wir Intoleranz, daß wir die Verachtung von Minderheiten und daß wir das Ausgrenzen ganzer Gruppen unter keinen Umständen zulassen dürfen.«

Gefragt, warum er Bundespräsident werden wolle, antwortete Rau: »Weil nicht nur meine Freunde meinen, daß jetzt offenbar jemand wie ich gebraucht werde, der Menschen zusammenführen kann, der mit der Kraft des Wortes wirbt. Es gibt viele, die mir das zutrauen. Und darüber freue ich mich.«

Richtungsangaben

Ein starkes Verlangen nach Glaubwürdigkeit und Anstand kennzeichnet Rau. Dieser Stil beruht weniger auf politischem Kalkül, sondern ist an seinen Lebensweg gekoppelt, an die Bergpredigt, an die evangelische Jugendarbeit, an kirchliche Prägungen. Für ihn hat die ganze biblische Botschaft Relevanz. »Nur nicht im Sinne der schlichten Übertragbarkeit. Es gibt den Menschen nicht, der nach der Bergpredigt lebt. Aber es gibt auch nicht den Menschen, dem diese Meßlatte erspart bleibt. In der Bergpredigt geht es um Entwürfe für die Welt. In der ganzen Bibel geht es darum. Das ist das, was ich mit Hoffnung bezeichne, nicht mit Optimismus«, betont er.

Es sei »die große Herausforderung an uns Politiker«, glaubt er, »Zukunft wieder mit Hoffnung zu erfüllen«. Für ihn entstehen Entscheidungen nicht im Streit der Menschen. Sie entwickeln sich aus dem Kampf der Sachargumente. Deshalb ist Dialogfähigkeit sein Credo. Sie sei mehr denn je die Voraussetzung dafür, daß Entscheidungen in den lebenswichtigen Zukunftsfragen am Ende Bestand haben können, »weil sie als gemeinsame Entscheidungen anerkannt sind«.

Sein Leitmotiv »Versöhnen statt spalten« folgt seiner Vision von einer harmonischen Gesellschaft. Harmonie ist für den Christen Rau richtungweisend. Für ihn ein Gebot! Ohne staatsmännisches Gepräge. »Eine Welt, die nicht verloren ist, gleichwohl aber im argen liegt und die gerettet werden soll, deren Rettung muß jetzt anfangen. Und diese Rettung fängt mit der Zuwendung zum Nächsten an.« Auch dieser Satz Raus weist die Richtung. Seine Richtung. »Ich habe mich bisher immer bemüht, Menschen zusammenzuführen, Widerstände auszuräumen, wo das nötig war, Brücken zu bauen, wo die Gräben zu tief waren, und so zu reden, daß die Menschen mich verstehen.«

Wer Rau nach Herausforderungen fragt, die seine politische Aufmerksamkeit binden, erhält vage Hinweise: »Es muß deutlich werden, daß wirtschaftlicher Erfolg und soziale Gerechtigkeit keine Widersprüche sind. Wir dürfen nicht zur Dividendengesellschaft werden. Auch wenn wir die Globalisierung im eigenen Interesse voranbringen. In einer immer pluraler werdenden Gesellschaft müssen wir die Wertediskussion verstärken. In den östlichen Ländern gehören nur noch zwanzig Prozent der Menschen einer der großen Kirchen an. Das sind Herausforderungen.«

Es sind Sätze, die er so oder ähnlich oft gesagt hat. Sie punktieren die politische Laufbahn eines Mannes, der wie jeder andere auch wechselnden Stimmungen und Launen unterliegt, der Machtverlangen und Widersprüchlichkeit verdecken möchte – und doch preisgibt.

»Wir werden am 9. November daran erinnern«, erklärte er in Weimar, »daß vor zehn Jahren die Mauer gefallen ist und daß wir das Menschen in Leipzig und Berlin, in Halle und Dresden verdanken, die auf die Straße gegangen sind. Wir dürfen dabei nicht vergessen, daß es zugleich Menschen in Prag, in Budapest, in Warschau und in vielen anderen Städten waren, die mit ihren Demonstrationen, mit ihrem Protest den eisernen Vorhang beseitigt haben, der mitten durch Europa ging.«

Bruder Johannes

»Daß mein Leben nicht von mir abhängt, sondern daß ich es als ein geführtes Leben verstehe«, betrachtet er als das spezifisch Christliche, fügt aber hinzu: »Nur kann ich das nicht dem anderen zumuten, sondern kann das nur für mich sagen. Und daß dabei die Quelle der Kraft im Glauben an Gott liegt, darauf kann man gelegentlich verweisen, aber man sollte mit solchen Überzeugungen nicht hausieren gehen.«

Toleranz heißt für Rau, daß Menschen einander zu ertragen haben. Ohne ständige Abneigung. Ohne schäumende Wut. Ohne mordende Feindschaft. Rau weiß, daß Christen zu allen Zeiten erbarmungswürdige Schauspiele lieferten, wenn sie ihre Widersacher verketzerten, verbrannten, verfolgten. Jedes inquisitorische Gelüst, dem er verfallen könnte, müßte seine »Liebesgesinnung« in Frage stellen. Auch deshalb versucht er, abweichende Meinungen zu ertragen. Nicht immer gelingt das.

Als Kurt Biedenkopf in den achtziger Jahren ihm »Verkommenheit« vorwarf, verletzte das Johannes Rau bis ins Mark.

Ihn strukturiert die Erfahrung, daß Kompromisse in der Politik das tägliche Brot sind.

Als christlich geprägter Sozialdemokrat war er bislang ein verläßlicher Politiker. Auch wenn ihn gelegentlich der Hafer stach. Er gehört zu jenen, die wissen, wovon man als Christ lebt. »Der hat nicht irgendeine Emaille über dem Metall, der ist Christ durch und durch, ist aus Fundamenten gewachsen«, beschrieb ihn ein evangelischer Kirchenführer. Auch seine »Dönkes« spiegeln einen Mann, der an Menschen Freude hat. Ehemalige Gemeindemitglieder bestätigen, daß er wirklich mit Menschen spricht und sich ihnen zuwenden kann.

»Rau ist ein Mann, der nicht nur kognitiv, sondern in seinem gesamten Lebensfundament Bibel, Gesangbuch und seinen Heidelberger Katechismus kennt«, urteilte ein ihm nahestehender Wuppertaler Pfarrer. »Das gibt ihm, ohne daß er es immer in den Vordergrund rücken muß, eine innere Leitlinie.«

Hoffnung ist für Rau der Atem seines Daseins, der rote Faden, der sich durch vieles zieht was er sagt und tut. Hoffnung wurde Teil seines bisherigen Lebensdranges. Davon ließ er sich tragen, und so wird es auch in Zukunft sein. Hoffnung vermittelte ihm die notwendige Gelassenheit. Ein Wesenszug, den enge Mitarbeiter rühmen, eine Art »sonniges Lebensgefühl«, das seinen psychischen Haushalt zu stimulieren scheint.

Er ist, wie könnte es anders sein, auch ein Zweifelnder. Allerdings treibt er seine Zweifel nicht allzu oft bis zu jenem Punkt, wo er sich selbst blockiert. Doch auch das geschieht. Gedanken gegen Gedanken zu setzen, damit beschäftigte sich bereits der junge Verlagsbuchhändler. Früh wurde ihm vermittelt, daß es zu jedem Satz einen gleichwertigen Gegensatz gibt.

Rau begreift sich als Christ, der glaubt, daß diese Welt

nicht verloren ist. Seine Grundüberzeugung ist, das hat er schon vor Jahren gesagt, »daß Gott die Welt und die Menschen liebt«. Christ zu sein heiße für ihn, nicht einfach mitzulaufen: »Ich habe mich eigentlich immer, seit meiner Kindheit, als jemand empfunden, der ohne die Gemeinde nicht leben kann ... Die Tatsache, daß ich überhaupt in die Politik gegangen bin, hat für mich etwas damit zu tun, daß ich glaube, der Christ darf sich nicht abwenden von den Problemen seiner Welt und seiner Umwelt.«

Auf die Frage, wo nach seiner Meinung Christus heute stünde, würde er unter uns leben, antwortete er: »Das weiß ich nicht. Ich weiß nur, daß er heute lebt und daß er bei denen steht, die Unrecht leiden, und bei denen, die Hilfe brauchen.«

In Rau läßt sich das Verlangen nach unkorrumpierbarem Bewußtsein erkennen. Er gehört nicht zu den weltabgewandten, lebensfremden Traumwandlern, auch wenn seine politischen Gegner dies manchmal dem Wahlvolk vermitteln wollten. Er zählt zu denen, die Verluste und Wunden erkannt haben, die moderne Gesellschaften, aber auch ideologische Systeme dem einzelnen zufügen. Dabei nahm er Abschied von Utopien.

Ziel des protestantischen Pietismus war, die gläubige Christengemeinschaft aufzubauen und dabei die Kirche zu reformieren – hin zum alten, wahren, lebendigen Glauben. Rau besteht nicht aus pietistischer Verstopfung und schlechtem Gewissen. Er überschritt früh Grenzen; steckte sein Leben neu ab; vermag zu genießen, zu leben.

Momente der Erschöpfung und Verzweiflung gab es genug. Schwierige, quälende Situationen auch während seiner zwanzigjährigen Amtszeit als Ministerpräsident. Der 29. Mai 1993 gehörte dazu. Eine Welle fremdenfeindlicher Gewalt erschütterte das Land: »Da habe ich morgens um sechs vor dem brennenden Haus in Solingen gestanden, in dem fünf Menschen verbrannt worden sind. Damals dachte ich: Ich gebe auf. Es hat keinen Zweck mehr.«

Seine Anfälle von Mutlosigkeit und Müdigkeit dauerten in den meisten Fällen nur Stunden, manchmal auch Tage. Immer wieder raffte er sich auf, setzte seinen Weg mit Selbstzweifeln, aber auch Zuversicht fort; suchte einen Ausgang im Labyrinth krisengezeichneter Gegenwart.

Verzagt, verbittert und verunsichert war er auch nach dem Brandanschlag. Damals in Solingen schien Rau verzweifelt zu sein. »Wenn ich verzweifelt gewesen wäre«, sagt er heute, »hätte ich aufgehört. Aber man zweifelt – und das ist genauso schwer – an der Verbesserlichkeit der Welt. Politik lebt davon, daß man die Welt für verbesserungswürdig und verbesserungsfähig hält. Wenn diese Sicherheit in Zweifel gezogen wird, dann ist das eine sehr kritische Situation.«

Wer glaubt schon, die Krisen der Gegenwart überwinden zu können? Oder wenigstens zu entkrampfen? Etwa Rau?

Nicht zuletzt die zunehmende Globalisierung mit ihren druckvollen Finanzmärkten und Produktivkräften sorgte für einen fortwährenden Strukturwandel in Wirtschaft und Arbeit. Rau scheint davon überzeugt zu sein, daß es künftig mehr denn je auf die Begabungen und Kompetenzen des einzelnen ankommt, auf jene menschlichen Fähigkeiten, die nicht ausradiert werden können:

Intuition, Kreativität, Einfühlungsvermögen und gesunder Menschenverstand. Und damit landet er wieder bei sich. Denn all das zeichnet ihn aus. Teils den Umständen gehorchend, teils den eigenen Fähigkeiten folgend, nutzte er seinen Kopf, sein Informations- und Beziehungsnetzwerk. Und kam auf diese Weise dort an, wo er heute steht.

Politik wurde für Bruder Johannes ein zeit- und atemraubendes Geschäft, in das er einsteigen mußte, »wenn man etwas bewirken will«. Auch für sich. Verschiedenen, oft unvereinbaren Ansprüchen ausgesetzt, lebte er sein Leben, konfrontiert mit den Grenzen des Machbaren.

Er lernte, daß Demokratien aus langsamen, auf Konsensbildung gerichteten Vorgängen bestehen. Und Probleme sich meistens erst dann lösen lassen, »wenn es allen weh tut«. Auch darauf stellte sich Rau ein. Er blieb bei der Stange, lernte, daß in der Politik mit Ja und Nein entschieden werden muß.

Politiker strecken sich nach den Wählern. Auch Rau machte das. Jetzt wird er nicht mehr strampeln und sich strecken müssen. Endlich kann er den Menschen – ohne wahltaktische Klischees, ohne Scheuklappen – jenen Stoff vermitteln, der als Grundüberzeugung in ihm steckt. Er darf Grenzen markieren und versuchen, Gemeinschaft zu schaffen; er kann auseinanderstrebende Kräfte auf den – vielleicht – kleinsten gemeinsamen, doch tragfähigen Nenner bringen. Ob er dabei die simple Wahrheit berücksichtigt, daß es selten die positiv bestimmten Ziele sind, die Menschen zusammenhalten, sondern die gemeinsam geteilten Ängste und Befürchtungen, bleibt abzuwarten.

»Jetzt wollen wir im ungeteilten Europa zu neuen Ufern aufbrechen, um gemeinsam den Nutzen für alle zu mehren und Schaden abzuwenden«, sagte er vor der

Wahl. »Wir wollen und wir müssen gemeinsam einen Beitrag dafür leisten, daß das einundzwanzigste Jahrhundert im Rückblick das Jahrhundert erfüllter Hoffnungen sein wird.«

Wie schwer das werden wird, zeigte nach dem Rücktritt der EU-Kommission im März 1999 die mühsam wieder erreichte Handlungs- und Zukunftsfähigkeit der Europäischen Union, offenbarte vor allem der Militäreinsatz der NATO im Kosovo-Konflikt. Krieg weise darauf hin, hatte er nach der umstrittenen Interventionspolitik gesagt, daß es vorher an Geduld oder an Härte gegenüber dem Gegner gefehlt habe. Rau weiß, daß wir noch nicht »die gesamteuropäische Friedens- und Sicherheitsordnung geschaffen haben, die nötig ist, damit Krieg, jedenfalls in Europa, kein Mittel der Politik mehr ist«.

Wenn Kinder sich die Welt wegdenken, schlagen sie die Bettdecke über den Kopf: Was man nicht sieht, gibt es auch nicht. Rau erzählte, daß er dies als Kind auch getan hat. So gelang es ihm für Augenblicke, die Realität besser zu ertragen. Doch das ist lange her. Als Bundespräsident muß er hinschauen, muß den bloßen Abklatsch seliger Versprechungen meiden. »Wir müssen handeln, vieles ist nachzuholen.« Er muß mit darüber nachdenken, wie sich beispielsweise die Dominanz des Ökonomischen überwinden läßt; wie sich Verhalten und Aktionen der Menschen in einer auf Gewinn bedachten Gesellschaft so steuern lassen, daß die Ressourcen gerecht verteilt werden und dabei den größten Nutzen bringen: Er muß sich fragen, wie sich die tiefer gewordenen Gräben zwischen Ossis und Wessis überbrücken lassen. Wer Fragen wie diese zu zögernd stellt, merkt vielleicht zu spät, daß die hehren Werte, auf die er sich beruft, längst ausgehöhlt sind.

»Laßt euch nicht zur Sau machen«, las man in den letzten Jahren auf Wänden in Bitterfeld oder Anklam. Viele Bürger in den neuen Bundesländern beklagen die Macht der Banken und des Kapitals. Sie beschweren sich über eine undurchsichtige Verwaltung. Und immer wieder über die Großkotzigkeit der Westdeutschen, über deren mangelndes Einfühlungsvermögen. Die überwiegende Mehrheit der Westdeutschen hält den Auf- und Ausbau Ostdeutschlands für zu teuer. »Immer wieder erlebe ich zwei Haltungen im Umgang miteinander, die ich nicht verallgemeinern will, die aber doch mehr als Ausnahmen sind«, sagte Rau. »Im Westen neigen noch zu viele Menschen zu Herablassung und Besserwisserei. Im Osten neigen noch zu viele Menschen zu Selbstmitleid und trotzigem Rückzug. Beide Haltungen sind Gift für das Zusammenwachsen und sie schaden der inneren Einheit. Sie verdecken auch, wie viel wir schon gemeinsam erreicht haben.«

»Glaubwürdigkeit, dies ist ein Schlüsselwort für den Politiker Johannes Rau«, hat Helmut Schmidt einmal geschrieben. »Würde und Glaubwürdigkeit sind für Politiker oft das Schwerste, aber Rau hat dieses Schwerste immer wieder geleistet.«

Zeit seines Lebens erfuhr Rau seine Grenzen durch die Vielfalt der selbstgewählten Aufgaben und die eigene Innenausstattung, durch die europäische Wirklichkeit und die in ihr erzeugten Bedürfnisse. Immer befand er sich inmitten von politischen Unübersichtlichkeiten, von pluralen Lebensweisen und lebensweltlichen Entwürfen. Manche setzten Bruder Johannes zu, holten ihn auf den Boden deutscher Tatsachen zurück. Hoch über der Erde bewegte er sich – Gott sei Dank – selten, arrangierte sich angemessen mit der Realität. Bodenhaftung wird ihn weiter leiten.

Der Versuch, Johannes Rau ins Klischee zu pressen, muß immer mißlingen. Vereinnahmen läßt er sich nicht. Die Lektionen seines Lebens hat er begriffen, die handfesten, oft irritierenden Erfahrungen. Dabei bewahrte er seine Synthese aus Sentiment und Verstandeskühle, aus kleinen, oft kaum sichtbaren Schritten und sinnfüllenden Worten, die Hoffnung verheißen. »Ich will zu einem Nachdenken anregen, das handlungsfähig macht«, hat er sich vorgenommen.

In den quälenden, belastenden Kriegswochen vor und nach dem fünfzigjährigen NATO-Jubiläum durchlitt Rau – wie viele andere – die katastrophalen politischen und humanitären Auswirkungen des Krieges auf dem Balkan. Die unkalkulierbaren Risiken für alle Seiten hatten ihm zugesetzt. Wieder einmal geriet auch er in die Schleudergänge der Zeitgeschichte. Im europäischen Labyrinth von politischen Absichten, militärischen Zielen und moralischen Erwägungen gab es für ihn keinen anderen Weg als den des Durchhaltens. Er hatte sich für den militärischen Einsatz der NATO gegen Jugoslawien ausgesprochen, um Morden und ethnische Vertreibungen zu verhindern. Verzweifelt stand er vor der Tatsache, daß sich die Greuel des Zweiten Weltkrieges wiederholten. Aus den Abgründen der Diktatur Hitlers zog er Konsequenzen, wollte vor der Brutalität und dem verbrecherischen Willen des serbischen Diktators nicht kapitulieren. Deshalb war er für das Eingreifen der NATO gewesen. In Gesprächen teilte er Zweifel und Sorgen vieler Menschen, zeigte Verständnis für die tiefe Zerrissenheit der Grünen, die auf ihrem Sonderparteitag – zehn Tage vor der Wahl – noch einmal dramatisch sichtbar wurde.

Als die Tochter seines väterlichen Freundes Gustav

Heinemann, die einundsiebzigjährige Theologin Uta Ranke-Heinemann, wetterte: »Die PDS ist die einzige Partei in Deutschland, die gegen den Krieg im Kosovo eintritt« und als aussichtslose Kandidatin der PDS für das Amt des Bundespräsidenten ins Spiel gebracht wurde, verriet das Gesicht ihres angeheirateten Neffen Johannes Rau nicht, was er wirklich dachte. Ihr demonstrativer Schritt zeigte jenseits aller taktischen Finessen, daß der Riß auch durch die eigene Familie ging.

Auch Rau fürchtete die dramatische Logik der militärischen Zuspitzung. Er spürte die eigene Unsicherheit im »schrecklichen Konflikt zwischen Menschenrecht und Völkerrecht«. Zum Kampfeinsatz der NATO hatte er anfangs gemeint: »Wenn man wartet, geht das Morden weiter.« Deshalb stimmte er mit »zerrissenem Herzen« zu und bekannte: »Auch ich habe früher gerufen: Nie wieder Krieg!«

8.

Im Spiegel der Meinungen

Einige Weggefährten, Kritiker und Partner, die zu Rau ein besonderes Verhältnis entwickelt haben, baten wir, sich über ihn und seine künftige Rolle zu äußern.

Ruhige Selbstsicherheit

BURKHARD HIRSCH

Bundestagsvizepräsident a. D. Burkhard Hirsch, FDP, gehört als »Querdenker« zu den knorrigen, ehrlichen, nicht verbiegbaren liberalen Köpfen in der Bundesrepublik. Als Innenminister in NRW erlebte er Rau aus nächster Nähe. Wir fragten ihn, was Rau als Bundespräsident für dieses Land bedeuten könnte:

»Ja, als Bundespräsident würde er den Bürgern zeigen, daß nicht steife Würde, nicht ideologischer Eifer zählt und nötig ist, sondern ruhige Selbstsicherheit und menschliche Nähe. Rau würde Menschen in allen Teilen Deutschlands ansprechen, obwohl er keine Frau und kein Ostdeutscher ist, nicht Friese und nicht Bayer, nicht Berliner und nicht Kölner. Er ist Wuppertaler und Wuppertal ist die Hauptstadt des Bergischen Landes. Als Bergischer ist er nicht einmal Rheinländer, sondern Angehöriger einer kleinen, selbstsicheren, querköpfigen und zur Nachdenklichkeit neigenden Minderheit wie sein Landsmann

Walter Scheel. Der bergische Humor ist dem mitteldeutschen sehr verwandt. Wenn ein Mitteldeutscher eine Geschichte erzählt, die er für äußerst komisch hält, dann verzieht er bei der Pointe keine Miene, sondern beobachtet den anderen interessiert, ob der sie wohl versteht. Und die Leute würden Rau verstehen, wie im Rheinland und in Westfalen, und sogar im Lipper Land.«

Gibt es ein ausdeutendes Erlebnis, eine Anekdote, die Rau charakterisiert?

»Bergische haben einen praktischen Sinn. So wird erzählt, daß Johannes Rau einmal in Jerusalem mit einer Delegation in brütender Hitze über einen Friedhof irrte, um das Grab der Else Lasker-Schüler zu ehren. Lange Zeit fand man es nicht, weil niemand die hebräischen Schriftzeichen lesen konnte. Plötzlich blieb Rau vor einem Grab stehen und erklärte: ›Das ist es.‹ Niemand widersprach, und so konnte die Ehrung endlich vollzogen werden. Rau hat umfangreiche internationale Erfahrungen gesammelt. Das wird ihm als Bundespräsident von großem Nutzen sein. In Israel ist er besser bekannt als mancher einheimische Politiker. Bei unseren westlichen Nachbarn, aber auch bei den englischen, amerikanischen und russischen Politikern hat er sich als Sozialdemokrat, als Ministerpräsident eines wirtschaftsstarken Landes und als Johannes Rau einen guten Namen gemacht.«

Sie haben lange mit ihm zusammengearbeitet. Ist er liberal?

»Rau ist auf seine Art liberal, meistens tolerant, etwa so, wie ein wirklicher Christenmensch seine Mitmenschen, welchen Glaubens auch immer, als Kinder Gottes akzeptiert, sie nicht nur toleriert, also schmerzlich erduldet, sondern in ihnen das Gemeinsame sucht, den Bruder, neugierig darauf, was ihre Eigenart ausmacht und was man wohl Liebenswertes an ihnen finden könnte. Und Rau behält es natürlich für sich, in seinem Hauptbuch der guten und bösen Taten, das er in seinem Gedächtnis gespeichert hat, unauslöschlich, aber nicht nachtragend. Schließlich bedeckt er sie mit dem Mantel der Nächstenliebe.«

Haben Sie das erlebt?

»Kurz vor der Landtagswahl 1980 hatte ich eine Verabredung zum Mittagessen in der Staatskanzlei vergessen, weil ich von einer Veranstaltung zur anderen gehetzt war. Ich kam zwei Stunden zu spät. Rau war kreidebleich vor Ärger und hatte gewartet, ohne anzufangen. Es war nicht die verlorene Zeit, sondern er empfand es als persönliche Mißachtung. Noch heute versichern wir uns fröhlich, bei der nächsten Verabredung aber wirklich pünktlich zu sein.«

Wer von Rau redet, spricht von Konsens, weniger von Entschlossenheit. Gehört Konsensfähigkeit zu seinen hervorstechenden Eigenschaften?

»Johannes Rau hat seine politische Laufbahn als Kommunalpolitiker in Wuppertal begonnen, einer Stadt, deren politische und soziale Zerklüftung noch größer ist als ihre geologische. Wer dort Erfolg haben will, muß ausgleichen, integrieren, mit den Menschen reden, sie lieben, sie verstehen wollen. Als Wissenschaftsminister und später als Ministerpräsident hat Rau an seiner dort erworbenen Neigung festgehalten, den Konsens zu suchen, für alle mühsamer als den Versuch eines ›Machtwortes‹. Aber er hat die Hochschullandschaft des Landes unbeirrbar geprägt, bereichert und dafür gesorgt, daß hier mehr Kinder aus einfachen Familien studieren konnten als jemals zuvor. Und er hat um die Nachfolge von Heinz Kühn als Ministerpräsident eisern gekämpft bis zum Erfolg. Hinter seinem Wunsch, zu überzeugen und zu einem Kompromiß zu finden, verbergen sich ein klarer politischer Wille und feste Entschlossenheit.«

Burkhard Hirsch, beschreiben Sie doch wenigstens eine Marotte Raus, die seine Hintergründigkeit zeigt:

»Rau vergißt keinen Geburtstag. Viele Briefe schreibt er mit der Hand, leserlich mit sehr sorgfältiger Schrift. Überhaupt wollte er an ihn persönlich gerichtete Briefe immer selbst beantworten, auch Briefe ihm völlig fremder Leute. Seine Tischreden sind in ihrer persönlichen Ansprache der Gäste legendär. Rau als Redner ist ein Kapitel für sich. Eine sensible Trauerrede kann er ebenso halten, wie eine große Versammlung in fröhliche, anhaltende Zustimmung versetzen. Im Landtag war er rhetorisch Chef im Ring, dem allenfalls Biedenkopf standhalten konnte, aber nur, wenn er Glück hatte.«

Wie brachte er seine Bibelfestigkeit an?

»Eine Zeitlang hatte Rau die Angewohnheit, in jeder Rede die Bibel zu zitieren. Bei der Einweihung des Bergischen Löwen, des letzten großen Bürgerhauses in Bergisch Gladbach, kam ich ihm mit einem Zitat aus einem Paulusbrief an die Korinther zuvor, natürlich leicht verfälscht, damit es besser paßte. Die Zuhörer jubelten. Aber als ich mich wieder neben den Ministerpräsidenten setzte, zitierte er mir mit leisem Tadel den korrekten Wortlaut. Er kannte ihn natürlich. Aber es wäre ihm nie in den Sinn gekommen, ein Bibelzitat passend zu machen.«

Wann endete die politische Zusammenarbeit mit Rau?

»Unsere politische Zusammenarbeit endete urplötzlich, als wir [die FDP] im Mai 1980 aus dem Landtag herausgewählt wurden. Unsere persönliche Freundschaft ist erhalten geblieben. Er war der einzige, der mir ernsthaft dabei half, alle Mitarbeiter unserer Fraktion unterzubringen und Sozialfälle zu lösen. Er war Landesvater geworden und holte für seine Politik noch zweimal die absolute Mehrheit.«

Was wird er als Bundespräsident vermitteln?

»Rau wird ein guter Bundespräsident werden, unverwechselbar, und er wird den Menschen Geborgenheit vermitteln.«

Stationen einer Freundschaft

WOLFGANG CLEMENT

Es ist ein schummeriger Dezembertag mit grauem Himmel, der nicht weiß, ob er es regnen oder schneien lassen soll. Am Wuppertaler Bahnhof nehme ich ein Taxi, das mich zur Katernberger Straße bringt. Ich nehme die Menschen und die Stadt mit ihren klassizistischen Häuserfassaden kaum wahr, sondern muß an das Angebot Willy Brandts denken, das mir Hans-Jürgen Wischnewski übermittelte, als Sprecher des SPD-Parteivorstandes von Dortmund nach Bonn zu wechseln. Gleichzeitig überlege ich, ob der Rat meines Chefredakteurs und Freundes Günter Hammer richtig war, doch einmal mit Johannes Rau zu sprechen …

Ich kannte den Ministerpräsidenten unseres Landes bis dahin nur aus der journalistischen Distanz. Warum sollte ich ihn aber nicht um Rat bitten? Im Alter von vierzig Jahren stand ich vor einer schwierigen Entscheidung: Sollte – und wollte – ich Journalist bleiben oder auf die andere Seite des Schreibtischs wechseln? Da gab es viel zu wägen: die sicher scheinende Karriere bei der *Westfälischen Rundschau* gegen die Unsicherheit eines politischen Weges, den ich im Vergleich zu anderen erst sehr spät einschlug. Sollte und wollte ich das wirklich?

Ich sitze hinten im Taxi. Der Fahrer sucht die angegebene Adresse und schimpft wegen der beschlagenen Frontscheibe, während ich darüber nachdenke, ob ich dieses Risiko meiner Frau und meinen Töchtern zumuten kann. Je länger ich mich mit dem Für und Wider befasse, desto klarer wird mir, daß mich Willy Brandts Angebot reizt. Denn die neue Aufgabe ist in vielerlei Hinsicht eine spannende Herausforderung. Und nicht zuletzt: Hatte ich nicht (fast) alles kommentiert, was es zu kommentieren gab, (fast) alles be- und geschrieben, was einen Journalisten anging? Das waren die Fragen, die mich damals bewegten. Um so gespannter war ich auf das Gespräch in der Katernberger Straße.

Johannes Rau empfängt mich an der Tür. Er ist allein in dem großen Haus. Ich habe diesen Junggesellenhaushalt noch immer in Erinnerung, die Kühle, die vielen Bücher, die herumliegenden Pfeifen, das große Gartenfenster mit Blick auf den grünen Rasen und den alten Baumbestand. Alles ist fast wie heute – und doch ganz anders, nun voller Leben.

Ich bin unsicher. Johannes Rau hatte erst wenige Monate zuvor fast aus dem Stand die absolute Mehrheit für die SPD in Nordrhein-Westfalen geholt – nach einem schwierigen Wahlkampf, in dessen Verlauf der populäre CDU-Spitzenkandidat Heinrich Köppler plötzlich gestorben war. Sein Nachfolger war Kurt Biedenkopf, der spätere »Sachsenkönig«.

Der neue SPD-Hoffnungsträger Johannes Rau hatte sich erstmals erfolgreich dem Wähler gestellt, nachdem er eineinhalb Jahre zuvor das Amt des Ministerpräsidenten des größten Landes der Bundesrepublik Deutschland von Heinz Kühn übernommen hatte.

Wir rauchen beide viel – damals übrigens die gleiche Marke. Ich sitze in einer dieser Polstergarnituren, in denen man schnell nach hinten rutscht und der Oberkörper einen scharfen Knick machen muß, um den Aschenbecher auf dem Glastisch zu erreichen.

Ich begegne Johannes Rau jetzt zum erstenmal so direkt. Bislang kannte ich ihn nur von ein oder zwei Interviews, von einigen Parteiveranstaltungen, sozusagen aus der Tiefe des Raums, vom Pressetisch oder – noch sehr viel ferner – vom Bildschirm her.

Im Gespräch verfliegen meine Unsicherheit und Distanz rasch. Raus Stimme ist etwas heiser belegt, er spricht nicht laut, aber sehr, sehr klar. Dazwischen leise ironische Bemerkungen oder ein Attribut, mit dem er Menschen scheinbar unabsichtlich streift und sie doch charakterisiert. Mir dämmert, daß meine Vorstellungen von dem, was – von außen betrachtet – in der großen Politik geschieht, mit der tagtäglichen Wirklichkeit wenig zu tun haben.

Mein erstes Thema: Parteivorstand und Präsidium in Bonn, die vermeintliche Machtzentrale der Genossen. Worauf lasse ich mich ein, wenn ich deren Sprecher werde? Johannes Rau vermittelt mir einen ersten Eindruck von seiner darstellenden Kunst – und von der darstellerischen der großen Drei der Sozialdemokratie, Willy Brandt, Helmut Schmidt, Herbert Wehner, wie sie miteinander umgehen, ohne noch aufeinander einzugehen, wie sie miteinander reden, ohne eingehend genug miteinander zu sprechen, wie weit sie sich schon voneinander entfernt haben. Ich erinnere mich noch genau an dieses Bühnenbild: drei gewaltige Elefanten beim Tanz, die Szene beherrschend, aber sich im Kreis bewegend …

Johannes Rau hatte ein klares Urteil über die prekäre Lage in Bonn, über jene Koalition, die schon bald ihr Ende finden würde. Trotz und alledem, ich nehme die Bonner Aufgabe an, geradewegs so, wie Johannes Rau es mir geraten hat. Vielleicht auch deshalb, weil Herausforderungen mich schon immer gereizt haben, für die es, wie er gesagt hat oder gesagt haben könnte, keine »Vergnügungssteuer« gibt.

Politik machen, das heißt damals auch: Marathonsitzungen, ermüdende weil kaum noch nach vorn weisende Diskussionen, Reibungsverluste, Frustrationen, Ohnmachtsgefühle. Und über allem Willy Brandt, der für viele schon zu einem Stück Geschichte geworden ist. Der Bonner Apparat hält mich gefangen, läßt mir viel zu wenig Raum, eigene Gedanken zu entwickeln, Freundschaften zu pflegen. Das kann auch ungeduldig machen.

Mein Verhältnis zu Johannes Rau beschränkt sich in dieser Zeit auf Sitzungen in Bonn sowie einige gemeinsame Termine und wird erst im Vorfeld der Landtagswahlen vom Mai 1985 enger, Johannes hat mich als Berater in seinen politischen Kreis geholt. Ich kann zu seinem Wahlerfolg beitragen.

Der fulminante Sieg, 52,1 Prozent für die SPD im bevölkerungsreichsten Bundesland, ist auch eine Abstimmung gegen die Regierung von Helmut Kohl, so glauben nicht nur wir. Dies wird sich aber als Trugschluß erweisen.

Sowohl die Höhe des Sieges als auch die Art und

Weise, mit der Johannes Rau scheinbar mühelos Stimmen einfängt, macht ihn zum Kanzlerkandidaten der SPD – viel zu früh und viel zu hastig, wie wir im folgenden Wahlkampf auf bittere Weise erfahren müssen.

Diese Niederlage, die auch durch die eigenen Freunde herbeigeführt wird, führt uns zueinander. Rau hatte von der »eigenen Mehrheit« gesprochen, die er gewinnen wollte, und Willy Brandt von 42 Prozent, die auch »ein schönes Ergebnis« wären. Erst viel später als Johannes Rau begreife ich, daß diese nur geringe Differenz den Beginn einer inhaltsleeren Koalitionsdiskussion und das Ende unserer Wahlkampfkonzeption bedeutet.

In diesem Wahlkampf bin ich von meinem Amt als Parteisprecher in Bonn zurückgetreten. Im Wahlkampfzug habe ich Johannes Rau bewundern gelernt. Die wochenlange Tour auf Schienen, kreuz und quer durch die Republik, Tag und Nacht auf engstem Raum, wenn auch in Konrad Adenauers komfortablem Salonwagen, geschlaucht, oft todmüde und ausgehöhlt, im Wissen um die bevorstehende Niederlage, Tag um Tag in bis zu sieben Wahlveranstaltungen präsent zu sein und immer noch Zuversicht auszustrahlen, das erfordert mehr innere Kraft als nur »Stehvermögen«. Am Ende wird Johannes Rau mit müder Stimme, aber doch wie von einer drückenden Last befreit, sein Mandat an die Partei zurückgeben. Ich stehe abseits und denke, lohnt sich das? Ist das die Politik, die mich gefangenhält?

Ich gehe als Chefredakteur zur *Hamburger Morgenpost*, und das ist wieder eine schwierige Aufgabe. Denn die *Mopo* kriselt in beängstigendem Dauerzustand, und ich soll sie wieder in die schwarzen Zahlen bringen. Vom Journalisten zum Politiker und zurück: Weg- und Scheidemarken, bei denen mich Johannes Rau als Freund begleitet. Aus Düsseldorf hilft er mir, kommt zu nächtlicher Stunde in die Hansestadt, um mir Unterstützung zu geben, uneigennützig und diskret. Er scheint zu ahnen, wann es not tut. Hamburg und die *Morgenpost* bleiben nur eine Station für mich, eine kurze Rückkehr ins alte Gewerbe. Schon bald fragt mich Johannes Rau, ob ich Leiter seiner Staatskanzlei werden wolle. Ich will.

Wir sind zwei sehr unterschiedliche Charaktere, wie sonst? Die meisten der später veröffentlichten Klischees über uns stimmen schon deshalb nicht, weil ich genug Raum, Zeit und Gestaltungsmöglichkeiten habe, um meine Vorstellungen vom Strukturwandel in Nordrhein-Westfalen umzusetzen, ohne daß Johannes Rau und ich darüber in Konflikte geraten. Die Kunst des Menschenfischens besteht eben auch darin, lange Leine zu geben, ohne den Angelhaken spüren zu lassen.

Mein Kürzel MP für Johannes Rau, wenn von ihm die Rede war, wurde in der Staatskanzlei zum geflügelten Begriff, zum Synonym auch für den Respekt, der ihm entgegengebracht wurde. Kumpanei hat es von oder mit ihm nicht gegeben, auch nicht von mir.

Johannes Rau ist ein Mensch, der mit dem Wort, mit der Sprache, mit Anekdoten und Geschichten gewinnt. Seine Fertigkeit ist es, zu Menschen zu reden und sie dabei auch wahrzunehmen. Er spricht nicht »über Menschen hinweg«, sondern mit ihnen. So kann er Wildfremde innerhalb weniger Minuten für sich einnehmen. Leise und nicht laut, so wie er vorträgt, das zwingt zum Zuhören, insbesondere dann, wenn er ohne Manuskript Spannungsbögen formt, die zumeist durch einen Scherz, eine Bemerkung aus dem Alltagsleben oder ein Bibelzitat »entspannt« werden. Sein Humor ist sprichwörtlich und so trainiert, daß er damit Nächte gestalten kann, dabei aber auch so vielschichtig, daß er die Momente zu überbrükken versteht, in denen er sich selbst vor fremden Einblikken schützen will.

Vor dem Wechsel im Amt des Ministerpräsidenten hat es über uns schrecklich viele Veröffentlichungen und Mutmaßungen sowie für uns beide eine schwierige Zeit gegeben, auch mit Entfremdungen. Zu Fremden sind wir uns aber dennoch nicht geworden. Wer sich an den Wechsel von Heinz Kühn zu Johannes Rau erinnert, der ahnt, daß solche Spannungen fast unvermeidbar sind, aber auch zur Entwicklung persönlicher Beziehungen beitragen können.

Was bleibt und was zählt, das ist freundschaftliche Verläßlichkeit, für die ich dankbar bin.

Er mag die Menschen

RUDOLF SCHARPING

Von Johannes Rau habe ich im Laufe langer Jahre der Zusammenarbeit immer wieder bestätigt bekommen, daß unser Beruf Freude machen kann. Unter der Maßgabe nämlich, daß wir uns daran erinnern, was besonders diesen Mann leitet: das Engagement für die Menschen als Förderung guten Lebens.

Unser gemeinsamer Freund Hanns Dieter Hüsch hat einmal in seiner höchsteigenen Zuspitzung gesagt: »Wer nur an den Mitteln und nicht an den Menschen arbeiten will, der möge in die Politik gehen. Wer nur am Menschen und nicht an den Mitteln arbeiten will, der möge auf die

Kanzel gehen. Menschen und Mittel gehören zusammen, und an beiden soll gearbeitet werden, mit Freundlichkeit und Zweifel, aber nicht ohne Hoffnung.«

Für Johannes Rau gibt es keine von den Menschen getrennten Mittel. Und ich habe immer wieder erfahren: Aus dieser Haltung heraus lebt der Familienvater, der Skatspieler, der Erzähler von Anekdoten, der Ministerpräsident und Politiker der SPD.

Seine zuverlässige Suche nach dem Konsens wurde dem Brückenbauer im Laufe der Jahre manchmal als Schwäche ausgelegt. Mit Ernst Jandl gesagt: »Werch ein Illtum!« Denn genau darin liegt die Stärke eines Mannes, dessen Freundlichkeit unter der Beharrlichkeit seiner Positionen nicht leiden kann.

Seine Überzeugungen vertritt Johannes Rau mit Kraft und im Bewußtsein seines Einflusses. Daß jedoch der persönliche Standpunkt mit den daraus gezogenen praktischen Schlüssen übereinstimmt – das macht den politischen Menschen aus, der eben deshalb ein menschlicher Politiker ist.

Auch wenn wir beide in seltenen Fällen nicht zum gleichen Ergebnis unserer Überlegungen kommen: Es bleibt die freundliche, freundschaftliche Zuneigung, die darauf gegründet ist, daß wir uns mit Wertschätzung und Vertrauen begegnen. In der Politik ist das leider nicht durchgehend der Fall.

Johannes Rau mag die Menschen, lacht und streitet mit ihnen, hört zu und sagt seine Meinung rundheraus. Diese Eigenschaften schätze ich hoch an einem unermüdlich Arbeitenden. Er verabschiedete sich als Ministerpräsident seines Heimatlandes nach vielen Jahren und blieb mit aller Kraft in der Politik. Für mich ist sein neues Amt die Fortsetzung eines gemeinsamen Weges. Wir werden weiterhin daran arbeiten, Menschen und Mittel zusammenzubringen. Auf die Zukunft mit dem Bundespräsidenten Johannes Rau freue ich mich.

Was mich mit Rau verbindet

RICHARD SCHRÖDER

Persönlich habe ich Johannes Rau erst im Jahr 1990 kennengelernt, aber natürlich zuvor schon genug von ihm gehört, um ihn zu kennen, nämlich über die stabilste deutsch-deutsche Klammer im geteilten Deutschland, die Kirche, in diesem Falle die evangelische. Viele Wege führen zur Sozialdemokratie, Kapitalismuskritik im Kontext einer materialistischen Geschichtsphilosophie, wovon ich verständlicherweise so viel nicht halte, oder die Forderung nach sozialer Gerechtigkeit in Freiheit, und dies wiederum auf der Grundlage einer säkularen humanen Gesinnung. Johannes Rau fand den Weg zur Sozialdemokratie auf dem Umweg über die Gesamtdeutsche Volkspartei Gustav Heinemanns, des ersten sozialdemokratischen Bundespräsidenten. Heinemann war geradezu der Prototyp des engagierten evangelischen Christen im »weltlichen« Beruf.

Während des Nationalsozialismus war er Mitorganisator der Bekennenden Kirche, die sich der nationalsozialistischen Vereinnahmung der Kirche widersetzte. Nach dem Krieg war er zweiundzwanzig Jahre lang Mitglied des leitenden Gremiums der Evangelischen Kirche in Deutschland. Heinemann hatte auf sein Ministeramt verzichtet und der CDU den Rücken gekehrt aus Protest gegen Adenauers einsamen Beschluß zum Aufbau einer bewaffneten Streitmacht der Bundesrepublik, weil dies die Option für die deutsche Einheit zerstören mußte. Deshalb gründete er die Gesamtdeutsche Volkspartei.

Die besten Diagnosen stellt der Pathologe, pflegt Lothar de Maizière zu sagen. Rückblickend war die Westintegration der westdeutschen Bundesrepublik die Voraussetzung dafür, daß das glücklich vereinigte Deutschland nicht im Niemandsland der Neutralität schwebt, sondern fest eingebunden ist in das zusammenwachsende Europa. Trotzdem gehört auch im Rückblick Konrad Adenauer zwar mein Respekt, Gustav Heinemann aber meine Sympathie. Er hatte uns nicht vergessen, ich meine uns Christen in der DDR, die sich die Herrschaft der SED weder ausgesucht noch gar gewünscht hatten. Wir waren eben gesamtdeutsch gesonnen, weil Einheit auch Freiheit entsprach, obwohl der Verstand sagte, die Sowjetunion gibt ihre Kriegsbeute niemals freiwillig raus, also bleiben nur die kleinen Schritte der Entspannung und der Annäherung, KSZE und die Hoffnung auf ein paar mehr vernünftige SED-Genossen.

Dies alles verbindet mich auch mit Johannes Rau. Die besondere Gemeinschaft der Kirchen im geteilten Deutschland, die auch die Grundordnung des Bundes der Evangelischen Kirchen in der DDR bestätigt hat, war für uns ebenso selbstverständlich wie die christliche Motivation zur Politik. Es ist ja nicht wahr, daß sie nur in einer C-Partei zur Geltung kommen kann, die immer in der Gefahr steht, außer der christlichen Motivation zur Politik auch noch eine spezifisch christliche Politik zu statuieren. Es muß aber so sein, daß in einer pluralistischen Gesellschaft gemeinsame politische Zielstellungen auch zwischen denen vereinbart werden können, die zu diesen Zielen durch unterschiedliche Motivationen gelangen. Aber es braucht nicht verheimlicht zu werden, daß die Gemeinsamkeit in derselben Partei noch größer ist, wenn neben den gemeinsamen Zielen auch noch die Motivation dieselbe ist. Diese Motivation kann so wiedergegeben werden: Weil Gott die Welt nicht aufgegeben hat, dürfen auch wir sie nicht durch Weltflucht aufgeben. Aber »man muß Gott mehr gehorchen als den Menschen«. Das habe ich immer als heilsamen Stachel gegen den Opportunismus empfunden. Und, frei nach Luther: Ein Christ beugt sich vor seinem Gott dankbar, dann aber nicht mehr vor einem anderen, sondern nur noch *für* einen anderen. Ich habe von dieser »Freiheit eines Christenmenschen« unter den widrigen Umständen der DDR-Verhältnisse dankbar profitiert, und nehme es gern in Kauf, mit solchen merkwürdigen Grundsätzen in der postmodernen Bundesrepublik hier und da einer vormodernen, vom Aussterben bedrohten Spezies zugeordnet zu werden. Das macht nichts. Denn allzu modern ist meist kurzlebig und nicht immer produktiv.

Johannes Rau gehört zu denjenigen westdeutschen Politikern, die die persönlichen gesamtdeutschen Erfahrungen vor dem Mauerbau während der Zeit der erschwerten Kontakte durch die Mauer hindurch nicht vergessen, sondern weiter praktiziert haben. Er gehört zu denjenigen Sozialdemokraten, für die die Einheit Deutschlands kein ketzerischer oder auch bloß unzeitgemäßer Gedanke war. Daß der Ministerpräsident von Nordrhein-Westfalen vom Umzug des Parlaments, der Regierung und schließlich, gegen die ursprüngliche Abmachung, auch des Bundesrates nicht begeistert war, wollen wir der Ehrlichkeit wegen nicht verschweigen, aber das ist Schnee von gestern. Johannes Rau wird seinen Amtssitz in Berlin nehmen, und das ist gut so. Er wird ein Bundespräsident aller Deutschen sein, wie schon seine beiden Vorgänger, und für das Zusammenwachsen der Deutschen, das weiter gediehen ist, als die Medien glauben machen – schließlich denkt niemand an Ausziehen, wir streiten uns bloß –, neue Akzente setzen.

Rau oder Frau

GREGOR GYSI

Die Frage ist nicht neu. Sie stand im Raum seit 1994, da er, so seine Kritiker, im dritten Wahlgang der Bundespräsidentenwahl nicht zugunsten von Frau Hamm-Brücher seine eigene Kandidatur zurückgezogen hatte. Rau oder Frau. Mit dieser Frage konfrontiert, stand die SPD vor ihrer Entscheidung Ende 1998 und nach der Nominierung einer Kandidatin durch die CDU/CSU. Die Entscheidung, für die in Wirklichkeit bei keinem Wettbüro Geld zu machen war, ist nun endlich getroffen, der neue Bundespräsident ist gekrönt.

»In der Demokratie gilt Dienst als Schlüsselwort, nicht Krönung«, so bekannte der damalige Kandidat einen Tag nach der Nominierung für das Amt, das in den Schoß der Sozialdemokratie und in die sozialdemokratische Familie Heinemann zurückkehrte. Er wird fortan an diesem Satz wie an seiner Maxime »Versöhnen statt spalten« gemessen werden, von seinen Freunden gleichermaßen wie von seinen Gegnern. Der Düsseldorfer »Fürstendemokratie« sollte allerdings keine Berliner »Präsidialdemokratie« folgen, die Gefahr ist auch gering, denn in Berlin weht ein anderer Wind als in Düsseldorf.

Inmitten der neuen Länder residierend, sieht er sich mit einer Wählerschaft konfrontiert, die in den letzten Jahren in diesem Wahlgebiet konstant zu sechzig Prozent und mehr Rot-Rot gewählt hat. Und da ist nicht vergessen – und wird es so schnell auch nicht –, von keiner Seite allerdings, daß Rau noch zu DDR-Zeiten der Wende zum Geburtshelfer der SPD in Brandenburg avancierte, Stolpe inthronisierte und die Brandenburger Toleranz gegenüber der PDS predigte, Jahre später aber im Vorfeld einer veränderten Stimmungslage und sich abzeichnender anderer Machtverhältnisse in Sachsen-Anhalt und Mecklenburg-Vorpommern die von ihm einst protegierte Toleranz aufkündigte und bei ihrer Anwendung mit der Peitsche seines eigenen Rücktritts von allen Parteiämtern drohte. Da hat er wohl doch noch einigen Erklärungsbedarf.

Seine Formel »Versöhnen statt spalten« braucht einen neuen Gestaltungsinhalt und -willen. Die Konflikte zwischen Inländern und Ausländern, zwischen Ost- und Westdeutschen, zwischen Arbeitgebern und -nehmern, zwischen Arm und Reich und den Generationen erfordern neue Sichten, unkonventionelle Lösungsvarianten und die Weisheit des Alters. Und die ist ihm wohl nicht abzusprechen.

Brief in Sachen Deutschland

CARSTEN SCHNEIDER

Carsten Schneider, der jüngste ostdeutsche SPD-Abgeordnete aus Erfurt, schrieb an Johannes Rau:

»Ich schreibe Dir heute in wichtiger Angelegenheit. Es gilt Mauern einzureißen! Die in den Köpfen? Nein, es geht um greifbarere Hindernisse. Ich denke, Dein neues Amt wird Dir eine neue Sichtweise der Dinge vermitteln. So ist es mir gegangen, als ich im Dezember 1998 in den Bundestag einzog. Ich kenne Deine Erfahrungen in Ostdeutschland zu wenig, um Dir einen Rat geben zu können. Ich kann Dir aber ein Stück Lebensgefühl vermitteln. Das eines Ostdeutschen und das eines Dreiundzwanzigjährigen. Weil es als Bundespräsident noch wichtiger ist, seine Landsleute zu kennen, möchte ich Dir alle Unterstützung anbieten, die ich leisten kann.

Sicher haben wir im Osten Deutschlands keine schwierigeren Probleme als in anderen Regionen der Bundesrepublik, aber wir haben eine andere Vorgeschichte. Damit meine ich gar nicht die oft zitierten vierzig Jahre, nein, das ist Vergangenheit. Und für die Zukunft wollen wir Politik gestalten. Für alte und junge Menschen sowie für Ostdeutsche und Westdeutsche. Zukunft für alle.

Aber zurück zur Vorgeschichte. Meine Landsleute im Osten unserer Republik haben in den vergangenen Jahren so viele Veränderungen erleben müssen, wie es nie in Deutschland der Fall war. Oftmals mußten sie dabei das Gefühl haben, daß dies Verschlechterungen waren. Natürlich wollte niemand eine Verschlechterung herbeiführen. Doch dies wurde nicht immer ganz klar. Gelegentlich sind bestimmte Entscheidungen der Vergangenheit auch für mich nicht nachvollziehbar.

Was wir in Zukunft brauchen, ist eine positive und vor allem gemeinsame Politik. Ich bin mir nicht immer sicher, ob dies gelingen kann. Jedoch kann ich in diesem Punkt auf Deine Fähigkeiten hoffen. Du kannst es schaffen, einen Ausgleich zwischen den Deutschen zu erreichen. Ob die Herkunft West oder Ost heißt, ist dabei egal. Denn einen ostdeutschen Kandidaten, nur um des Kandidaten willen zu wählen, ist nicht der Schlüssel der Dinge. Wir müssen uns in Deutschland abwenden von solchen Entscheidungen. Warum muß ein Ostdeutscher oder eine Ostdeutsche Bundespräsident werden? Weil es an der Zeit ist, war die immer gleiche Antwort, die ich bekam. An welcher Zeit ist es? Das einzuführen, was wir im Osten seit Jahren beklagen, nämlich daß westdeutsche Bundesbürger in Führungspositionen drängen nur weil sie Westdeutsche sind. Eine Wiedergutmachung in der Form, daß es nun andersherum laufen muß, ist unangebracht. Die besten für unser bestes, ist kein Leitspruch von roten Bannern zu alten Zeiten, sondern sollte die Zukunft prägen. Ich weiß, daß Du der beste Kandidat bist, den wir in Deutschland haben. Du kannst den hohen Anspruch, den diese Zeiten erfordern, erfüllen …«

Drei Begegnungen

MICHAEL SCHMID-OSPACH

Seit vielen Jahren kennt Michael Schmid-Ospach, stellvertretender Fernsehprogrammdirektor des WDR und Programmbereichsleiter Kultur und Wissenschaft, den

Wuppertaler Johannes Rau, den er als junger Journalist in der Stadt an der Wupper, doch auch an der Seite von Heinz Kühn in Düsseldorf, dessen medienpolitischer Berater er war, oft traf:

Erstens: Der spätere Wissenschaftsminister Rau, dem das Gymnasium »Siegesstraße« begrifflich die richtige Richtung gegeben hatte, im Foyer des Wuppertaler Schauspielhauses, dort, wo Heinrich Böll seine berühmte Rede zur Freiheit der Kunst gehalten hat, über die verfaulenden Reste von Macht, die mit rattenhafter Wut verteidigt werden. Dem jugendlichen Theaterkritiker hält er vor, die letzte Kritik sei so ganz richtig auch nicht gewesen. Auf die patzige Antwort, er möge dann selbst mal eine schreiben, antwortete er auch noch mit einem fröhlichen »gern«. Aber da war noch etwas zu kritisieren: Das Wort »mählich« gibt es doch gar nicht. Aus dem Streit um dieses Wort entwickelte sich eine Art roter Faden, Running gag oder Ceterum censeo, wie immer die jeweilige Bildungsoptik es will. Nach der starken Einsicht, daß die Sprache nun einmal der Spiegel der Seele sei, wurde einerseits behauptet, allmählich und mählich hätten eine leicht unterschiedliche Bedeutung, zum anderen wurden Zitate der Tochter von Thomas Mann bemüht, um auf die frühe Existenz des Wortes hinzuweisen. Ähnlich wie man Willy Brandt mit seiner grünen Tinte ein Stück angestrengter Akribie nachgesagt hat, war auch Johannes Rau öfter in Verdacht, das fehlende Komma in einem ellenlangen Text aufzuspüren. Im Streit um »mählich« brach sich ganz andere Souveränität Bahnen. Eines Tages kam ein *Spiegel*-Interview mit einem ministerpräsidentiellen Laufzettel. Etwa mit dem Motto: zur freundlichen Kenntnisnahme ohne weitere Veranlassung. Da stellte doch der *Spiegel* tatsächlich eine seiner so gefürchteten Fragen und dann hieß es: »Rau: Das wird sich mählich ändern.«

Zweitens: Der gemeine Fischer, soweit sein Meer, sein See, sein Fluß noch nicht abgefischt wurde, hat eigene Techniken. Nicht jeder Wurm auf jeder Angel schmeckt jedem Fisch. Der Menschenfischer selbstverständlich auch. So kenne ich Journalisten, die seltsam berührt – abgestoßen und fasziniert – von Masche sprechen, wenn Rau sich nach ihrem Kind erkundigt und den Namen sogar weiß. So wie der Menschenfischer zu kränkendem Nichtbeachten in der Lage ist, beherrscht er meisterlich die Bemerkung, die für den großen Komplex von Nähe und Distanz bezeichnend ist. Ob an der Bergbahn oder im Tulpenfeld, ich weiß nicht mehr, wo es genau war, heißt die Bemerkung im Vorübergehen: »Warum rufst du mich nicht mal an?« En passant. Während ich noch daran rumdachte, was das denn solle, fiel mir ein: Er hat doch tatsächlich vor ein paar Wochen jene Postkarte rumgeschickt, die die Bundespost bei neuen Telefonanschlüssen ihren Kunden zur Verfügung zu stellen pflegte. Und da war sie auch, auf der Postkarte, die Geheimnummer.

Drittens: Johannes Rau und die Journalisten ist sicher ein mühelos habilitationsfähiges Thema. Als Buchhändler und Verleger ist er mit der Sprache anders umgegangen als »normale« Politiker. Eine journalistische Zeit gab es dann auch und dann die lange Phase, Objekt derer zu sein, die in so unterschiedlicher Qualität das herstellen, was öffentliche Meinung heißt. Als ich ihn kennenlernte, saß er schon im Verwaltungsrat des WDR, Klaus von Bismarck hatte viel Respekt vor ihm, weil sein Anfahrtsweg lang genug war, um »die Akten ordentlich zu lesen«. Derzeit nimmt er wohl vom Verwaltungsrat des ZDF Abschied, einer der »Kontrolleure«, denen Respekt vor dem zu beaufsichtigenden Feld man in keiner Situation nahelegen mußte. Natürlich hat er es – wie kein zweiter – gelernt, auch dieses berufliche Feld gut im Blick zu behalten. Gerade in der Schlußphase als Ministerpräsident und auf dem Weg zum Bundespräsidenten gab es so manche Sumpfdotterblume zu betrachten, so manche journalistische Aufwallung im vollen Krankheitsbild. Auch vor dem übelsten Trick scheute der eine oder andere nicht zurück, der Krankheit als vermeintlichem Thema. Natürlich nur mit der besorgten Frage, ob man das hohe Amt nicht durch mögliche onkologische Verdachtsmomente gefährden könne.

Ich habe ihm eine der frühesten Lektionen zum Thema Journalismus zu danken. Als etwa neunzehnjähriger Reporter trug mir die Lokalredaktion die Ehre an, beim ersten Pressegespräch des Oberbürgermeisters von Wuppertal dabeizusein und ein Stück »grüner Klee« zu schreiben. Damit der Artikel süffig genug wurde, habe ich auch die Erzählungen am Rande gut verarbeitet, etwa den Kommentar, den Raus Mutter zu den ersten Schritten ihres Sohnes in diesem Amt gegeben hatte (natürlich mit der Bitte um Vertraulichkeit erzählt). In der heftigen Reaktion lernte ich nicht nur etwas über einzuhaltende Vereinbarungen »unter drei«, sondern darüber, daß auch die sogenannten öffentlichen Personen außerordentlich verletzbar sind und eigentlich einen Anspruch haben, jenseits der Sache nicht verletzt zu werden. Vielleicht wird ihm ja die Frage der sogenannten vierten Gewalt, ihrer Höhen und ihrer Tiefen, im neuen Amt einen Schwerpunkt wert sein.

Wenn das Sein das Bewußtsein bestimmt

KARIN HEMPEL-SOOS

Tausende Meter Archivmaterial bezeugen die politische Lebensleistung von Johannes Rau. Aktenkundig sind seine Vorlieben für Pils, Skat, Zigaretten, seine Bibelfestigkeit und sein ungebremster Hang, Witze zu erzählen. In innerparteilichen oder gesellschaftlich relevanten Emanzipationsdebatten um die Teilhabe von Frauen an der Macht fällt vor allem seine Zurückhaltung auf. Vorkämpfer nie, Mitstreiter ja. »Jedenfalls hat er nichts richtig blokkiert«, bescheinigen ihm diverse Frauenpolitikerinnen.

Eher der Not gehorchend denn dem eigenen Drange, äußerte sich Rau in letzter Zeit häufig zu sogenannten Frauenfragen. Der Schachzug der CDU, mit Frau Schipanski eine Mehrfachquote ins Rennen zu schicken: parteilose Wissenschaftlerin mit sauberer Ostvergangenheit, vierzehn Jahre jünger, zwang ihn dazu.

Auch die totgeglaubte Frauenbewegung meldete sich im Vorfeld der Bundespräsidentenwahl zu Wort und forderte das Staatsamt für eine Frau. Die sozialdemokratischen Frauen wollten natürlich ebenfalls ein weibliches Staatsoberhaupt, waren aber wie zumeist strategie- und bündnisunfähig. Die Grünen Schwestern hatten ihr frauenpolitisches Gewissen im Koalitionsvertrag zur Bildung einer rot-grünen Bundesregierung mit der Versicherung zwischengelagert, den/die sozialdemokratische/n Präsidentschaftskandidaten/in mitzuwählen.

Johannes Rau, der in auferlegter Selbstbescheidung öffentlich immer betont hatte, das Amt des Bundespräsidenten sei keines, um das man sich bewerbe, bemängelte gleichzeitig die fehlende Courage der sozialdemokratischen Frauen, keine habe den Hut in den Ring geworfen. Über öffentlich dennoch gehandelte Namen verlor er kein gutes Wort. Nach seiner Meinung gab es keine Frau, die zum Risiko der Kandidatur bereit, amtsbefähigt und in öffentlichen Ämtern bewährt war. Überdies hielt Rau – und mit ihm die männliche Führungsriege – den Frauen vor, für die anderen möglichen und interessanten Posten wie den/die Parlamentspräsidenten/in oder den Fraktionsvorsitz keine geeignete und akzeptierte Kandidatin ins Rennen geschickt zu haben.

Alles klar also. In mühsamster Kleinarbeit, um nicht zu sagen im Kleinkrieg, hatten Mitglieder der Frauenbewegung und Parteifrauen dafür gesorgt, daß Frauen in Parteigremien, Parlamenten, in Wirtschaft, Wissenschaft und Medien, Gewerkschaften und Kirchen endlich Sitz, Stimme und Mitwirkungsmöglichkeiten bekommen. Die Quotenregelung gibt es in der SPD seit gut zehn Jahren. Über Frauenförderpläne, Gleichstellungsgesetze, Frauenbeauftragte wird auch erst seit den achtziger Jahren bis hin zum Europäischen Gerichtshof gestritten. Führungspositionen in der Bundesrepublik sind daher entwicklungsbedingt fast ausschließlich von Männern besetzt, da kann Rau seelenruhig nach im öffentlichen Amt bewährten Frauen Ausschau halten.

Die Arbeitsgemeinschaft sozialdemokratischer Frauen (ASF), einstmals ein Quell talentierter, streiterfahrener wie politikhungriger Ladies, hat viele Begabungen in Kommunen und Länderregierungen entlassen. Öffentliche Diskussion und Gesetzgebung brachten exzellente Juristinnen an die Spitze bundesrepublikanischer Rechtsprechung.

Mit Duldung von Johannes Rau, dem Landesvorsitzenden der nordrhein-westfälischen SPD bis 1998, wurde die ASF, die im vorpolitischen Raum wichtige Überzeugungs- und Werbearbeit für die SPD leistete, organisatorisch ausgetrocknet. Eine Auflösung konnte gerade noch verhindert werden. Ein Jahrhundertfehler? Eher wieder ein paar Möglichkeiten weniger, wo Frauen sich »bewähren« könnten.

Rau, eher konfliktscheu, läßt seine Funktionäre gewähren. Aber diese Art des »versöhnlichen« Umgangs hat auch positive Seiten für frauenpolitischen Geltungsdrang mit der Tendenz zu gesellschaftlichen Veränderungen. Rau läßt zu, gibt Freiraum in Fragestellungen, die ihm politisch wie privat eher lästig sind.

Immerhin gibt es nach fünfzehnjährigen Anstrengungen in NRW über eine Landesgleichstellungsstelle (1975) und eine Staatssekretärin für Frauenfragen (1986) seit 1990 ein eigenständiges Frauenministerium. Wobei die Episode mit Friedhelm Farthmann als Landesfrauenbeauftragtem nicht verschwiegen werden soll.

Vor allem auf Druck der SPD-Frauen wurde die Gemeindeordnung in NRW geändert. Ab 1984 sorgt eine Kannbestimmung, ab 1994 eine gesetzliche Verpflichtung dafür, daß Kommunen ab zehntausend Einwohnern hauptamtliche Frauenbeauftragte bestellen müssen. Der Verfassungsauftrag des Grundgesetzes zur Gleichberechtigung der Frauen konnte von Städten und Gemeinden nicht mehr auf eine diffuse Bundesebene verschoben werden.

Das erste Gleichberechtigungsgesetz in der BRD für den öffentlichen Dienst trat 1989 in Kraft. Dieses Frauenfördergesetz gilt verbindlich für die Landesverwaltung und damit auch für die Hochschulen. Männer klagten beim Oberverwaltungsgericht in Münster, beim Bundesverfassungsgericht, beim Europäischen Gerichtshof. 1998 konnte die Frauenministerin in NRW, Ilse Ridder-Melchers, einen Sieg auf der ganzen Linie feiern. Der EGH bestätigte eindeutig die Rechtmäßigkeit der Gesetzgebung. Als beim WDR- und beim Ministergesetz die neuen Sprachregelungen der männlichen/weiblichen Form zum Zuge kommen sollen – Redakteur/Redakteurin, Intendant/Intendantin, Minister/Ministerin, Ministerpräsident/Ministerpräsidentin –, verhindert Johannes Rau die Intendantin und die Ministerpräsidentin. Wenn denn das Undenkbare möglich werden sollte, könnte für den Fall der Fälle immer noch das Gesetz geändert werden. So ist das, wenn Mann sich in Ämtern bewährt. Und ihm die Auslegung der Bibel lebenswichtiger erscheint als die Umsetzung von Parteiprogrammen in Regierungshandeln.

Als er im Sommer 1982 die Ehe mit der Heinemann-Enkelin Christina Delius bekanntgab, erläuterte Johannes diesen Schritt mit einem Teilsatz aus dem ersten Buch Mose (2,18): »Es ist nicht gut, daß der Mensch allein bleibt«; Gott, der Herr, hatte aber den Satz vollendet: »... ich will ihm eine Gehilfin machen, die um ihn sei.« Vier Verse weiter wird diese Gehilfin aus einer männlichen Rippe gebaut und begründet bis heute den männlich-patriarchalischen Anspruch über das Weib an sich und den Platz, der ihm gebührt. Vereinbarkeit von Beruf und Familie schließen sich da aus. Wenn das Sein das Bewußtsein bestimmt, liefert das private Familienleben die Sprühstärke für politisches Handeln. Mit dem Namen Friedhelm Farthmann wird sein frauenpolitisches Engagement mit der Vokabel »Tittensozialismus« verbunden bleiben, Hans-Jochen Vogel wegen der Einführung der Quote im SPD-Statut von Frauenhymnen umkränzt werden.

Johannes Rau, der Präsident für den Neubeginn im dritten Jahrtausend, für das Zusammenwachsen zwischen Ost- und Westdeutschland, der Versöhner zwischen Flügeln und Regionen, Generationen und Geschlechtern, wird trotz und wegen des enzyklopädiestarken Nachweises der Frauenförderung alle Verdienstorden aller Männerimperien zu Land, zu Wasser und zur Luft und zu Recht erhalten.

Der Moderator

JÜRGEN W. MÖLLEMANN

Jürgen W. Möllemann kennt als Vorsitzender des Landesverbandes der FDP in Nordrhein-Westfalen den ehemaligen Ministerpräsidenten genau. Als Landes- und Bundespolitiker mußte sich der ehemalige Vizekanzler und Bundesminister mit Rau kritisch, aber auch partnerschaftlich-konstruktiv auseinandersetzen:

Person und Wirken von Johannes Rau sind sicherlich durch eine zentrale Eigenschaft, besser gesagt eine alles prägende Fähigkeit charakterisiert: die des Moderierens. Johannes Rau ist ein begnadeter Moderator, der seinesgleichen sucht. Mit seiner großen Begabung, Konfliktsituationen zu moderieren und damit zu entspannen, hat er wie kein anderer vor ihm Einfluß auf die Politik im bevölkerungsreichsten Bundesland Nordrhein-Westfalen genommen.

Er ist mit dieser ihn über alles andere hinaus prägenden Moderatorenrolle zugleich eine eigentümliche Schöpfung in der Geschichte der Politiker. In einer Zeit, da Politiker gerne mit Wirtschaftsmanagern verglichen werden, entspricht Rau der Rolle des Chairmans. Er ist kein Macher, kein Unternehmer. Er ist nicht derjenige, der Projekte anpackt, durchkämpft und schließlich umsetzt. Er ist aber derjenige, der die Identität seines Unternehmens verkörpert. Er sorgt für ein ausgewogenes Sozialklima, er verantwortet das strategische Beziehungsgeflecht und vermittelt die Kultur des Unternehmens.

Johannes Rau kommuniziert Werte. Immer wieder präsentiert er Familie und Heimat als hohes Gut, redet mit Menschen darüber, fragt nach dem Befinden der Partner und Kinder. Damit trifft er den Nerv jedes und jeder einzelnen. Die immer wieder geschriebene Bezeichnung »Menschenfischer« trifft deshalb den Kern. Johannes Rau »menschelt« – nicht aufgesetzt und gekünstelt, nicht weil er glaubt, daraus politischen Gewinn zu ziehen. Er tut es, weil er so ist.

Immer wieder bemüht sich Johannes Rau, bei Konflikten integrierend zu wirken. Es ist die seltene persönliche Begabung, krisenhafte Situationen zu entspannen, mit der er fast zwei Jahrzehnte lang Nordrhein-Westfalen regierte. Er moderiert die Konflikte nicht nur, er gestaltet sie.

Damit hat er in einer der wichtigsten und größten europäischen Industrielandschaften, dem Ruhrgebiet, bruchartige Entwicklungen verhindert und die Region mit einem sehr programmatischen Ansatz auf den Weg zu einer Industrielandschaft mit Chancen geführt. Es ist sein Verdienst, daß es dort keine gewaltsamen Demonstrationen und zeitweise bürgerkriegsähnliche Zustände wie in einer vergleichbaren Umbruchsituation in den Industrierevieren der USA, zum Beispiel in Pittsburgh, gegeben hat.

Gleichzeitig sind mit dieser moderierenden, integrierenden Art aber durchaus auch negative Konsequenzen verbunden. Nicht zu Unrecht hieß es früher in Nordrhein-Westfalen über den damals amtierenden Ministerpräsidenten: »Tut niemand wohl und niemand weh, hat den größten Erfolg in NRW.« Er übertrieb das Integrieren, nicht zuletzt sicherlich um der Verlustminimierung willen.

Er ist damit kein Reformer im eigentlichen Sinne. Ihm war und ist der innere Frieden immer wichtiger gewesen als Veränderungen, die in der heutigen Zeit auf einigen Gebieten dringend geboten sind. So hat er in seinem Heimatland Nordrhein-Westfalen zum Beispiel eine grundlegende und durchgreifende Reform im Schulwesen ebenso versäumt wie bei der Verwaltung. Heute kämpfen die Betroffenen mit diesen Altlasten.

Eine Konsequenz übertriebenen Integrationseifers war sicherlich auch die erste rot-grüne Koalition in Nordrhein-Westfalen, die im Jahr 1995 gegründet wurde. Als Liberaler sage ich das nicht aus Bitterkeit darüber, daß wir nicht mitregieren – wir haben 1995 bei der Landtagswahl versagt. Ich sage es deshalb, weil man sieht, wie dieses Land unter Rot-Grün leidet. Ein jahrelanger Streit um den Braunkohletagebau Garzweiler II, permanentes Gezerre zwischen SPD-Wirtschaftsminister und den Grünen über Flughäfen, Straßen, Kraftwerke, moderne Technologien und, und, und. Im bevölkerungsreichsten Land der Bundesrepublik herrscht Stillstand. Hier hat die übertriebene Integrationsneigung von Johannes Rau dem Land keinen Dienst erwiesen.

Grundsätzlich ist diese Eigenschaft des Moderierens und die Fähigkeit zum Integrieren heute allerdings mehr denn je gefragt. Johannes Rau hat hiermit auch die nötige

Sensibilität, um Ost und West in Deutschland und darüber hinaus näher zusammenzuführen. Ihm kann es gelingen, die nach wie vor bestehenden Spannungen zwischen den Bürgerinnen und Bürgern in den neuen und in den alten Bundesländern abzubauen. Für diese Aufgabe ist er besser gerüstet als jeder und jede andere.

Ein ruhender Pol in hektischen Zeiten

BODO HOMBACH

Wenn wir mit der Wahl eines Bundespräsidenten Glück haben, dann gelingt es ihm, jene historische Dimension des Zeitgeistes zu verkörpern, die über aktuelle Moden und Schlagzeilen hinausgeht. Er wird zum Symbol für den Charakter einer Epoche, für das Muster ihrer Antworten auf die großen Herausforderungen. Er geht dabei ein kleines Stück in die Zukunft voraus, vermag die Richtung zu weisen. Wenn wir hingegen Pech haben, gerät ein Präsident in grotesken Kontrast zu seiner Zeit, wird als Grüßgott-August der Nation zur Karikatur.

Um sich zwischen diesen Polen ein Bild von der möglichen Statur unseres künftigen Präsidenten zu machen, gilt es, dessen Eigenschaften ins Verhältnis zu setzen zu den großen Aufgaben beim Einstieg ins nächste Jahrhundert. Zwar gehen wir zugleich in ein neues Jahrtausend, doch überschreitet diese Perspektive die Dimension, die wir uns vorstellen können – auch nur das nächste Jahrzehnt prognostisch zu fassen ist schwierig genug. Um welche grundlegenden gesellschaftlichen Bewegungen wird es also in den kommenden Jahren gehen?

Die professionellen Deuter sehen viel Wandel, nur die

Ungewißheit scheint gewiß. Mal warnen sie vor Sinnverlust und vor den Auflösungen gesellschaftlicher Zusammenhänge, mal fordern sie von Bürgern und Institutionen noch mehr Bewegung. Konservative Parteien wie die CDU drängen bei Technik und Ökonomie auf Tempo und beklagen zugleich abnehmenden Zusammenhalt in Familien und anderen gesellschaftlichen Bereichen. Sie schaffen es aber nicht, den Zusammenhang zwischen beiden Ebenen in ihre Überlegungen aufzunehmen: Beschleunigung und Traditionszerfall gehören zusammen. Man kann nicht das eine forcieren und zugleich das andere vermeiden wollen.

In diesem Zwiespalt ist die alte Regierung mit ständiger Veränderungsrhetorik nach und nach, zuletzt völlig erstarrt, kündigte Reformen an, bewegte sich aber zurück, statt einen Schritt weiterzugehen. Sie schaffte es schließlich kaum noch, dem Zug der Zeit aus dem Weg zu springen, geschweige denn, entscheidende Weichen so zu stellen, daß wirtschaftliche und soziale Dynamik sich parallel entwickeln. Das Soziale schien immer zum historischen Relikt statt zur eigenen Quelle der Innovation zu werden. Damit bewegten sich in Deutschland wesentliche Bereiche mit unterschiedlichen Geschwindigkeiten; und als Folge wuchsen die Spannungen in unserer Gesellschaft, die wir nun wieder abbauen müssen.

Wenn sich traditionelle Elemente des Zusammenhalts verflüchtigen, muß man die verlorene soziale Qualität neu und in neuen Strukturen schaffen. Eine Rückkehr gibt es nicht. Die neue Regierung ist nun angetreten, in Deutschland Blockaden aufzulösen. Sie beschleunigt also den Wandel und weiß, daß sie damit von den Bürgern viel erwartet: mehr Flexibilität, die Aufgabe gewohnter Sicherheiten, den Mut, neue Wege zu gehen, das Selbstvertrauen, berufliche Risiken und Veränderung auch als Chance zu verstehen.

Wenn wir den Bürgern und vielen Institutionen die Preisgabe über Jahrzehnte gewachsener Muster und Gewißheit zumuten wollen, dann müssen wir ihnen zugleich vielfältige Sicherheiten anbieten: Angst macht nicht aktiv, sondern lähmt. Der moderne Individualismus braucht also soziale Fundamente, die neue Kultur der Selbständigkeit ein stabiles Umfeld. Wir drängen darauf, daß die Gesellschaft jene nicht hängen läßt, die das moderne Tempo nicht mithalten können.

Wir kommen nicht umhin, neue Wege zu beschreiten; wir können nur wählen, ob wir dies rechtzeitig – als Konsequenz unserer Einsichten – oder sehr spät als Reaktion auf zugespitzte Krisen oder unausweichliche materielle Zwänge tun. Auf jeden Fall werden wir von technischen, ökonomischen und gesellschaftlichen Veränderungen getrieben, und daraus folgt, daß wir uns unablässig bemühen müssen, nicht überholt zu werden, sondern weit genug vorweg zu sein, um die Richtung beeinflussen zu können: gezielt und mit großer Anstrengung vorangehen, denn schöne Zukunftskonzepte allein reichen nicht aus. Es gilt, die gesellschaftliche Kraft zu entfalten, um auf die Qualität der Entwicklung Einfluß zu nehmen.

Wichtigste Voraussetzung für einen offensiven Umgang mit dem Wandel ist eine ausreichende Orientierung, doch in dieser Phase schwieriger Reformen erfahren wir zugleich, daß über Jahrzehnte bewährte Einrichtungen und Institutionen an Kraft für Sinngebung und Wegweisung verloren haben. Wir fallen also aus der Sicherheit der Traditionen. Das stellt jede Gesellschaft vor die Alternative, entweder sich in einem Kampf aller gegen alle zu zerfleddern oder auf zivilisatorische Mindeststandards und Gemeinwohlkriterien zu verständigen, die man auf jeden Fall bewahren möchte.

In dieser Zeit der Umbrüche kann ein Bundespräsident eine große Rolle spielen, der sich als verläßliche Instanz bewährt, der Orientierung zu geben vermag, der zusammenhält, was auseinanderzulaufen droht, der die Fähigkeit zum Kompromiß entwickelt hat, die uns vor Extremen bewahrt.

Johannes Rau hat in Nordrhein-Westfalen gezeigt, wie Strukturwandel organisiert werden kann, ohne die Menschen abzuhängen. Stahlarbeiter und Bergleute hatten das Vertrauen, daß er das ihm und seinem Amt Mögliche tut, um ihnen zu helfen. Mit diesem Fundament konnte er auch unangenehme Nachrichten überbringen. Die Betroffenen waren sicher, daß es sich dabei um wirklich unvermeidliche Entscheidungen handelt und daß er ihnen beisteht, mit den folgenden Schwierigkeiten fertig zu werden.

Bürgernähe ist ihm keine leere Formel, vielmehr spürt er die Erwartungen und Hoffnungen, die sich auf ihn richten, und möchte sie nicht enttäuschen. Seine Herkunft und religiöse Bindung erlauben es ihm nicht, zu den Menschen, für die er Verantwortung übernommen hat, ein machtpolitisches-zynisches Verhältnis zu entwickeln. Er ist in seinem Denken wirklich bei ihnen

Aus diesem Antrieb wurde Wandel ohne soziale Brüche seine Leitschnur. Dieser gesellschaftliche Wandel begleitet seine gesamte politische Laufbahn, und er ist auch heute ein herausragendes Kennzeichen der gesellschaftlichen Wirklichkeit. Rau kann also auch als Präsident bei seinen Themen bleiben. Er hat in Nordrhein-Westfalen der Erneuerung Rückhalt gegeben, der ist auch in ganz Deutschland nötig, um von tradiertem Korporatismus zu neuer Korporation zu gelangen.

Beim Bündnis für Arbeit, Ausbildung und Wettbewerbsfähigkeit, bei der Gesundheitsreform, bei der Agenda 2000 und bei anderen Strukturreformen müssen wir darauf bauen, daß alle Beteiligten um des Wohls des Ganzen willen kurzfristig eigene Interessen zurückstellen. Das wird nicht ohne jenen Minimalkonsens gehen, der schon im Grundgesetz Artikel 14, Absatz 2 angelegt ist: »Eigentum verpflichtet, sein Gebrauch soll zugleich dem Wohle der Allgemeinheit dienen.« Dieser Konsens wahrt sich nicht von selbst, ihn immer wieder neu zu bestätigen gehört zu den vornehmen Aufgaben des Präsidenten.

Die Geschichte der sozialen Marktwirtschaft und viele internationale Erfahrungen zeigen immer wieder: Im Konsens über Ziele und Regeln läßt sich ein größeres Reformrad drehen als im Konflikt. Damit sind nicht alle unterschiedlichen Interessen aufgehoben, doch das Fundament der Gemeinsamkeiten läßt sich verbreitern. Es geht um Deutschland, nicht um kleinkarierte Klientelinteressen. Auf dieser Basis kann man sich aus festgefahrenen Lagern befreien.

Das Bündnis für Arbeit, Ausbildung und Wettbewerbsfähigkeit ist ein Instrument für die Verständigung auf Ziele und Spielregeln. Die Spielzüge orientieren sich auch weiterhin am wohlverstandenen Eigeninteresse, wie in einem sportlichen Wettbewerb. Das Bündnis ist also ein Verfahren, um bessere Ergebnisse zu erzielen. Es ist zugleich keine aufgesetzte oder neu erfundene Prozedur, sondern zeitgemäße Ausformung einer erfolgreichen Tradition.

Gerechtigkeit ist nicht Gleichheit der Ergebnisse, sondern faire Chance beim Start und eine weitere Möglichkeit, wenn im Leben etwas schiefgelaufen ist. Wir Sozialdemokraten bestehen darauf, daß Wettbewerb Grenzen hat: rechtliche sowieso, aber auch moralische und zivilisatorische. Nicht alle Bereiche des Lebens sollten wir als Markt organisieren. Wir müssen also weg von Polarisierung, die niemandem langfristig nützt. Solche Konfrontation führt sehr schnell zur Verhärtung und damit zur gesellschaftlichen Blockade.

Raus Formel »Versöhnen statt spalten« war eine politische Innovation, war Vorahnung auf eine Entwicklung, die unsere Gesellschaft in vielerlei Gruppen zu teilen droht. Sie machte es möglich, scheinbar unausweichlich auseinanderdriftende gesellschaftliche Bereiche wieder miteinander zu verbinden: die gewerkschaftlich organisierten Betriebsräte mit ihren ökologisch orientierten und studierten Kindern, die traditionellen SPD-Wähler mit der neuen Mittelschicht.

Versöhnung gegensätzlicher Interessen hat zwei Aspekte: Einmal gilt es, für solche Projekte Zustimmung zu mobilisieren, dann geht es aber auch um die konkrete Tagesarbeit, um Verhandlungen, um Kompromisse und Details. Das Markenzeichen von Johannes Rau sind die leisen Wege, die kein Aufhebens machen, sondern sich am Gelingen orientieren.

Johannes Rau hat es auch geschafft, die SPD in NRW aus der unfruchtbaren Spaltung in Linke und Rechte, in Traditionalisten und Modernisten zu holen und zu einer Organisation zusammenzubringen, die gemeinsam an der Zukunft des Landes arbeitet. Er ist für Bevölkerungsschichten wählbar, die weit über den klassischen Wählerbereich der SPD hinaus reichten. Er hat gezeigt, wie sich politische Mehrheiten finden und binden lassen, die sich kulturell von einem nach rückwärts gewandten CDU-Milieu entfernen.

Wenn er »Wir« sagt, grenzt das nicht aus. Er läßt Pluralität zu und schafft doch jenes Fundament an Gemeinsamkeit, ohne das Gesellschaft nicht funktionieren kann. Er kann Wähler für sich gewinnen, ohne zu polarisieren. Wir Jüngeren im nordrhein-westfälischen Landesverband der SPD haben von ihm gelernt, Mehrheit und Mitte mit der SPD zu verbinden. Er ist also ein Praktiker des dritten Weges, ohne daraus ein theoretisches Konzept zu machen.

Die Fähigkeit zu vermitteln sollte aber niemanden darüber hinwegtäuschen, daß Johannes Rau sich auch gegen heftige Widerstände durchsetzen kann: machtfähig, zielstrebig einerseits und die große Fähigkeit zusammenzuführen andererseits. Wer nur eine Seite sieht, verfehlt ihn. Er hat sich seine Positionen erarbeitet und diese auch gegen Konkurrenten durchgesetzt. Ohne die Kraft, sich im Machtgefüge zu behaupten, wird man nicht mit achtunddreißig Jahren Oberbürgermeister in Wuppertal und gewinnt auch nicht die Kampfabstimmung um den Landesvorsitz der SPD. Auch das Amt des Ministerpräsidenten war ihm nicht zugeflogen.

Je komplexer und enttraditionalisierter unsere Gesellschaft wird, desto aktueller und moderner ist Raus Politikansatz der Verständigung und Gespräche. In hoch entwickelten Informationsgesellschaften kann Politik bei den relevanten Akteuren gewünschtes Verhalten nicht erzwingen. Und das bedeutet: Die Basis neuer Konzepte sind Vereinbarungen, die niemanden überfahren. Sonst bewegt sich nichts; sonst bleiben die Interessenvertreter in ihren Gräben; sonst gilt die alte Regel, daß schon verloren hat, wer sich zuerst bewegt.

Es geht Rau sowohl um den zivilisierten Umgang bei unterschiedlichen Interessen als auch um den Weg, auf dem man am besten im Sinne politischer Ziele vorankommt. Seine politische Erfahrung hat ihm die Gewißheit vermittelt: Wohlstand und Lebensqualität erwachsen nicht aus fundamentalistischer Prinzipienreiterei. Es gilt vielmehr, sich auf Ziele zu einigen, die unsere Werte zur Basis haben. Und wenn wir uns zusammengerauft haben, muß man diese Ziele auch gegen jene verteidigen, die glauben, ihre Interessen gegen die gemeinschaftlichen Ziele, gegen das Gemeinwohl durchsetzen zu können.

Raus berühmter Hang zur Anekdote ist seine Methode, in der Auseinandersetzung mit Menschen gewonnene Eindrücke zu verarbeiten und zu vermitteln. Er sagt von sich selbst, daß Politik für ihn nie zuerst Konstruktion von Gedankengebäuden war, sondern immer Verbesserung der Lebenschancen anderer Menschen sein sollte: ohne große Theorie, ganz praktisch und konkret.

Er hat in NRW gezeigt, wie ethische Prinzipien und moderne Politik zusammenpassen, daß es also wichtig ist, einen geistigen Leitfaden zu haben, um der konkreten Aufgabe Herr zu werden. Damit steht er fest in der Tradition unserer Partei, die es immer wieder verstanden hat, Orientierung und Fortschritt miteinander zu verbinden – eine Tradition, die zugleich ständige Herausforderung ist, denn wir dürfen nicht stehenbleiben. Das Grundprinzip Innovation im Konsens ist für all die schwierigen Strukturreformen, die vor uns liegen, Markenzeichen unserer Politik.

Die europäische Sozialdemokratie hat in den vergangenen Jahren gezeigt, daß es möglich ist, sich von scheinbar ewigen Wahrheiten zu trennen und dabei weder die grundlegende Richtung noch die Mehrheitsfähigkeit zu verlieren. Schauen wir nach England, in die Niederlande, nach Schweden und auch in unser eigenes Land: Die Sozialdemokratie hat sich immer wieder erneuern müssen, um unter veränderten Umständen zeitgemäß für ihre Ziele einzutreten.

Heute verwirklichen wir unsere Ziele nicht mehr gegen die Marktwirtschaft, sondern wir nutzen die Regeln dieser Wirtschaftsordnung für unsere Ziele. Wir schaffen soziale Sicherheit mit und in der Marktwirtschaft. Auf diesem Weg der Erneuerung darf die SPD, darf die ganze Gesellschaft ihre Grundwerte nicht aufgeben. Einer wie Johannes Rau ist prädestiniert, die dafür nötige öffentliche Aufmerksamkeit wachzuhalten.

Orientierung in komplexer Lage aber erfordert glaubwürdige Personen. Wir müssen in Deutschland ja nicht nur mit jenen generellen Phänomenen zurechtkommen, die mit Globalisierung, Individualisierung, Säkularisierung, mit dem Übergang in die Informations- und Wissensgesellschaft zu tun haben. Wir haben noch einige Aufgaben zu bewältigen, die das Erbe unserer Geschichte sind.

Raus Überzeugung ist ihm Verpflichtung. So pflegt er seit Jahrzehnten intensiven Kontakt mit Israel und arbeitet daran, das Verhältnis von Juden und Christen zu verbessern. Er begibt sich also in seinem Bemühen um Verständigung durchaus auf schwieriges Terrain. Er läßt in Israel auch das Thema Palästinenser nicht aus, spricht mit beiden Seiten, versucht eine Basis für gemeinsame Perspektiven zu finden. Schon 1986 wurde ihm für sein Engagement die Ehrendoktorwürde der Universität Haifa verliehen.

Im Verhältnis zu den westlichen Nachbarn sind Kontakte aus der alten Bundesrepublik selbstverständlich geworden, gegenüber den östlichen Nachbarn ist ein schwieriges Mischungsverhältnis geblieben: Einerseits hat die jahrzehntelange faktische Trennung keine alltäglichen Begegnungen möglich gemacht, andererseits gab es Kontakte in die DDR, doch die liefen unter der Oberhoheit eines Regimes, das inzwischen von allen überwunden werden konnte. Gerade im Verhältnis zu Polen und Tschechien ist noch Verständigungsarbeit zu leisten, für die ein Bundespräsident Johannes Rau das nötige Feingefühl mitbringen wird.

Auch im eigenen Land sind wir noch längst nicht fertig: In den Jahrzehnten getrennter Geschichte hat sich in Ost und West ein je eigenes Bild von der Wirklichkeit, haben sich unterschiedliche Erfahrungen angesammelt, die sich nicht per staatlichem Vereinigungsbeschluß wieder angleichen lassen, sondern erst als Folge einer neuen gemeinsamen Praxis.

Nur die Erfahrungen aus konkreter Zusammenarbeit ergeben neue Allianzen, die sich nicht mehr nach Ost und West scheiden, sondern nach der beruflichen Situation etwa oder nach der Haltung zu gesellschaftspolitisch wichtigen Fragen. Mit der Zeit wird die Binnendifferenzierung in den einzelnen Bundesländern tiefer sein als die Unterschiede zwischen West und Ost.

In allen wichtigen Zukunftsfragen müssen wir in Deutschland neue Lösungen finden, und die werden, wenn sie etwas taugen, nicht die bisherige Praxis Ost oder

West fortschreiben, sondern darüber hinausgehen und etwas anderes werden. Dieses Neue wird die Basis der Einheit sein; weil wir es gemeinsam schaffen, wird es ganz selbstverständlich zu beiden Teilen gehören. Und wenn das so ist, wird Ost und West nur noch auf die Geographie verweisen. Der Bundespräsident muß über alle einseitigen Parteilichkeiten hinweg darauf achten, daß dieser Prozeß vorangeht, daß sich weder die eine noch die andere Seite einbunkert.

Gräben zu überwinden erfordert gelegentlich auch, den eigenen Schatten zu überspringen und sich auf andere einzulassen, auch wenn man sie nicht gleich versteht. In einer Zeit schneller Veränderungen laufen die Generationen Gefahr, sich voneinander abzuschotten, weil die Lebenserfahrung der Älteren für den Lebenslauf der Jüngeren scheinbar keine brauchbaren Anleitungen mehr gibt. Der Bundespräsident kann hier nicht zusammenführen, indem er mit buntem Outfit in der Disko auftaucht, sondern wenn er auch für junge Menschen glaubwürdig ist.

Das gilt für Johannes Rau, weil sein Antrieb erkennbar ist. Er steht im christlichen Glauben und hat damit eine Richtschnur, die erkennbar und zugleich flexibel genug ist, sich auf die Herausforderungen einer neuen Epoche einzustellen. Gerechtigkeit und Menschlichkeit sind Richtschnur für die Handlungen des Staates, wenn sich das politische Handeln an religiösen Grundlagen orientiert. Rau gelingt es, Geschichte, Erfahrung und Werte zu einer im gesellschaftlichen Wandel tauglichen Orientierung zu verbinden.

Ohne sein religiöses Fundament ist er nicht zu verstehen: eher Vermittler als aufmüpfig zu stehen und nicht anders zu können, auch dann noch fähig zum Gespräch, wenn er mit den Positionen oder Handlungen des Gegenüber nicht einverstanden ist. In diesem Fundament liegt auch seine Qualität für das Amt des Präsidenten.

Wenn wir uns den Zulauf vor Augen führen, den Kirchentage auch und gerade bei jungen Leuten haben, dann erkennen wir, wieviel Bedeutung die Frage nach Sinn und Deutung hat. Johannes Rau wird darauf bestehen, daß auch eine sich zunehmend säkularisierende Gesellschaft ein Wertgerüst braucht, und seine Angebote machen. Er wird davon reden, und er wird dies vorleben.

Mit ihm wird auch der Dialog zwischen den Repräsentanten der Kirchen und denen des Staates weiter vorankommen. Zwar sind die Übereinstimmungen groß, insbesondere was das Soziale angeht, dennoch sind gelegentlich Fragen offen, die den Grenzbereich zwischen säkularen, rechtlichen Regelungen und moralischen Fragen angehen.

In einem Interview hat er einen deutlichen Unterschied zwischen symbolischem Tun und symbolischen Gesten gemacht und sich dabei auf Brandts Kniefall in Polen einerseits und manche Pose Kohls auf der anderen Seite bezogen. Auf diesem Grat zu balancieren ist ihm gegeben.

Am 1. September 1999 jährt sich der Beginn des Zweiten Weltkrieges zum sechzigsten, bereits am 6. Februar 1999 der Zusammentritt der Nationalversammlung in Weimar zum achtzigsten Mal. Das sind Anlässe, bei denen über die deutsche Geschichte reflektiert werden muß. Wir Deutsche haben als Folge der Vergangenheit ein kompliziertes Verhältnis zu uns selbst und zu dieser Geschichte.

Wir brauchen das Berliner Mahnmal um unser selbst

willen, hat Rau gesagt, und diese Bemerkung kennzeichnet eine Haltung, die sich bewußt ist, daß auch dann, wenn die Erben der Opfer uns die Hand reichen, wenn die letzten vereinbarten Entschädigungen bezahlt wurden, wir selbst noch längst nicht fertig sind. Insofern ist die Debatte vielleicht wichtiger als das fertige Mahnmal.

Rau ist auch jemand, der sich gegen ritualisiertes Gedenken verwehren kann, ohne in den Verdacht zu geraten, vergessen zu wollen. Es ist ja eine Form zu finden, wie jene Generationen mit einem Verbrechen umgehen, an dem sie selbst nicht beteiligt waren und für das sie dennoch in Haftung genommen werden. Er hat immer nach Wegen gesucht, wie man gerne Deutscher, wie man Patriot sein kann, ohne von der Geschichte dieses Landes wegzuschauen.

Johannes Rau wird an Gustav Heinemanns Konzept des Bürgerpräsidenten anknüpfen, der nicht über den Angelegenheiten der Bürger schwebt, sondern an ihrer Seite steht.

Zeittafel

16. Januar 1931	Johannes Rau wird in Wuppertal-Barmen geboren.
Ostern 1937	Eintritt in die Grundschule.
Ostern 1942	Eintritt in das Wilhelm-Dörpfeld-Gymnasium.
Sommer 1943	Helene Rau zieht mit ihren Kindern nach Sachsen.
Anfang 1944	Die evakuierte Familie kehrt nach Wuppertal zurück.
Oktober 1946	Für drei Monate muß Rau eine Lungenheilstätte aufsuchen.
Anfang 1947	Wechsel auf das neusprachliche Gymnasium.
1. Januar 1949	Beginn einer Lehre in der Verlagsbuchhandlung Emil Müller KG.
2. Dezember 1952	Eintritt in die Gesamtdeutsche Volkspartei (GVP)
1. Januar 1953	Vertriebsleiter beim Luther-Verlag in Witten.

15. Dezember 1953	Tod des Vaters.
16. Januar 1954	Rau wird Geschäftsführer des Jugenddienst-Verlages.
4. Juni 1957	Eintritt in die SPD.
21. Januar 1958	Wahl zum Juso-Vorsitzenden.
6. Juli 1958	Rau gewinnt Landtagsmandat.
Frühsommer 1959	Mitarbeit am Godesberger Programm der SPD.
27. September 1964	Rau wird Stadtrat in Wuppertal.
9. Januar 1967	Rau wird Fraktionsvorsitzender der SPD im Landtag.
3. Februar 1968	Streitgespräch mit Rudi Dutschke in Wattenscheid.
21. März 1968	Rau tritt in den Parteivorstand der SPD ein.
24. November 1969	Rau wird Oberbürgermeister von Wuppertal.
28. Juli 1970	Rau wird Wissenschaftsminister in NRW.
25. Juni 1977	Rau übernimmt den SPD-Landesvorsitz in NRW.
30. Januar 1978	Rau wird Mitglied des SPD-Präsidiums.
20. September 1978	Wahl zum Ministerpräsidenten von NRW.

11. Mai 1980	Die SPD gewinnt bei der Landtagswahl in NRW die absolute Mehrheit.
22. April 1982	Wahl zum Stellvertretenden Bundesvorsitzenden der SPD.
9. August 1982	Der einundfünfzigjährige Rau heiratet Christina Delius.
1. November 1982	Rau wird für ein Jahr Präsident des Bundesrates.
19. Dezember 1983	Tochter Anna-Christina wird geboren.
28. Januar 1985	Sohn Philip-Immanuel wird geboren.
12. Mai 1985	Erneut gewinnt die SPD in NRW die absolute Mehrheit.
15. Dezember 1985	Rau wird gebeten, als Bundeskanzler zu kandidieren.
11. November 1986	Tochter Laura-Helene wird geboren.
25. Januar 1987	Niederlage bei der Bundestagswahl (SPD: 37 Prozent).
13. Mai 1990	Rau erreicht in NRW wieder die absolute Mehrheit.
6. Juni 1990	Er wird zum viertenmal Ministerpräsident.
3. Mai 1993	Vorübergehend übernimmt Rau den Vorsitz der SPD.

13. September 1993	Die SPD nominiert Rau als Kandidaten für das Amt des Bundespräsidenten.
23. Mai 1994	Im dritten Wahlgang um das höchste Staatsamt unterliegt Johannes Rau Roman Herzog.
14. Mai 1995	Bei der Landtagswahl in NRW verfehlt die SPD die absolute Mehrheit.
6. Juli 1995	Rau wird wieder Ministerpräsident. Die SPD muß mit den Grünen koalieren.
17. März 1998	Rau kündigt an, sowohl Regierungsamt als auch Landesvorsitz der SPD abzugeben.
27. Mai 1998	Er legt das Amt des Regierungschefs von NRW nieder. Wolfgang Clement wird sein Nachfolger.
2. November 1998	Der Parteivorstand der SPD nominiert Rau für das Amt des Bundespräsidenten.
23. Mai 1999	Johannes Rau wird Bundespräsident der Bundesrepublik Deutschland.